国王的心有多重

张士敏　著

文匯出版社

图书在版编目（CIP）数据

国王的心有多重/张士敏著. —上海：文汇出版社，
2015.10

ISBN 978-7-5496-1629-9

Ⅰ.①国… Ⅱ.①张… Ⅲ.①散文集－中国－当代 ②
报告文学－作品集－中国－当代 Ⅳ.①I217.2

中国版本图书馆 CIP 数据核字（2015）第 234464 号

国王的心有多重

作　　者 / 张士敏
责任编辑 / 乐渭琦
装帧设计 / 陈益平

出 版 人 / 桂国强

出版发行　**文匯**出版社
　　　　　上海市威海路755号
　　　　　（邮政编码200041）
经　　销 / 全国新华书店
照　　排 / 上海歆乐文化传播有限公司
印刷装订 / 启东市人民印刷有限公司
版　　次 / 2015年10月第1版
印　　次 / 2015年10月第1次印刷
开　　本 / 890×1240　1/32
字　　数 / 270千
印　　张 / 12.625

书　　号 / ISBN 978-7-5496-1629-9
定　　价 / 32.00元

直挂云帆济沧海

——序士敏散文选《国王的心有多重》

赵丽宏

  士敏先生是资历很深的老作家了,在读者的印象中,他是小说家,他的很多小说,在不同的时代,都曾留给读者深刻的印象。现在,士敏先生一部散文集马上就要出版,他用自己的作品告诉读者,他也是一位出色的散文家。

  其实,在我的阅读记忆中,士敏先生就是一位散文家。那是上世纪六十年代初,我还是一个孩子,有一次,读到少年儿童出版社出版的散文选《荔枝蜜》,书名是用了杨朔的一篇散文题目。这是我很喜欢的一本散文,收入这本书中的散文,都出自当时的名家手笔,其中就有士敏先生的《瞿塘一日游》。这是一篇写三峡风光的散文,但不是一篇平常的游记,文章中有对自然风光的生动描绘,有对历史风物的介绍和追怀,也有对在那里生活工作的普通劳动者的赞美。在《荔枝蜜》这本散文选中的入选作者中,士敏先生也许是最年轻的,但他这篇散文却让人感觉气象万千,有气势,有感情,十分耐读。我至今仍记他在这篇散文中对三峡急流的描绘,那种谋篇布局和驾驭文字的能力,使我联想起在急流中争渡的船夫。在士敏先生即将出版的散文选中,他把写于五十多年的《瞿塘一日游》放在了首篇,让读者看到一个优秀作家以怎样的姿态作为自己散文的开篇。这是一个可以让人细细观赏的美妙开篇,也可以看做是一个作家为自己的写作定的一个基调。

散文是非虚构的文体,读一个作家的散文选,可以窥见作者的人生屐痕,也可以发现他的心路历程。士敏先生的散文选,写作的时间跨度长达五十多年,这些写于不同年代的文字,记录了他所经历的时代风云和人间冷暖。他在散文中写自己的遭遇,自己的观察,自己的思索,写他的所见所闻,写他和各种人物的交往,文章记录的是个人的经历,折射的却是大半个世纪的岁月沧桑和历史沉浮。

士敏先生从前曾被人归入"工人作家",这个称号,曾经时髦光鲜,也曾暗淡失色。士敏先生似乎并不在意别人怎么将他归类,他在作品中写自己熟悉的生活,抒发自己真实的感情。这大半个世纪来,他一直以一个生活的探求者和写作的探索者来要求自己。当很多当年活跃一时的工人作家停止写作,淡出文坛时,士敏先生一直没有中断笔耕,文坛上仍能看到他活跃的身影。他不甘于生活的一成不变,始终对世界充满了好奇。中年以后,他远游异域,客居他乡,虽然寂寞,但却丰富了自己的写作内容。这些内容,大多体现在他的散文中。他在散文《在美国》中这样感叹:"已经知天命之年,为何还要离乡背井,到异国他乡生活? 而且是个语言、文化习俗、社会制度和生活方式迥异的国度,对此我也说不清,但有一点肯定,套句流行语:想换一种活法。"这样的感叹,好像有些茫然,但很真实地表达了一个作家想探索世界、扩展视野、丰富人生阅历和写作领域的欲望。士敏先生走出国门后写的那些散文,很值得一读。这些文字,不仅拓阔了他的思路,也使他的作品更加文采斐然。

　　士敏先生已经年过八十,但在我的印象中,怎么也无法把他和一个"老"字联系在一起。三十年前,有一次我曾和他一起到大连参加一个文学笔会,那时我三十出头,他刚过五十。我们一起登山观海,兴致勃勃。最近看到他,感觉他还是老样子,依然兴致勃勃地关注着他身边的世界。岁月在他身上留下的,竟然不是衰老,这也许是文学的魅力。三十年前,我在海边曾赠他李白的诗句;三十年后,读罢他的散文选,我还是想用李白的这两句诗赠他:"长风破浪会有时,直挂云帆济沧海。"

2015 年 6 月 18 日于四步斋

目 录

瞿塘一日游

我未到瞿塘峡以前,是从杜甫的"白帝高为三峡镇,瞿塘险过百牢关"、李白的"白帝城边足风波,瞿塘五月谁敢过",以及那首千载相传的《滟滪谣》:"滟滪大如象,瞿塘不可上,滟滪大如马,瞿塘不可下"等无数诗句来认识她的。

瞿塘峡给我的印象是神秘、险恶、冷峻,使我感到惊恐。当我真正看到她,领略到她的英姿的时候,我心情激动,真想为她唱一支时代的颂歌。那是一个春天的早晨,我由重庆乘江轮到奉节,然后换乘当地航标站的汽艇。这是一种川江特有的航标艇,洁白的船舷,橙黄的船身,方头平底,煞是美观。

陪我同行的是一位名叫周逊的航标员,一个年轻、热情、率直的小伙子。他的任务就是管理、维护奉节到瞿塘峡一带航道的灯标,以及各种导航标志。他的父亲是在峡中推划子的,他自己也是喝瞿塘峡水长大的,担负这工作已经五年了。能有这样的人作向导,真使我高兴。

小小的船身，穿过激流，避过礁石，追波逐浪，上下浮沉，直赴瞿塘。小周递给我一件木棉救生衣，他告诉我，马上要过诸葛亮的八阵图了。这时在左前方江上，出现了一个石堆。水流在石堆上冲击，石堆忽隐忽现，着实使人眼花缭乱。据说陆逊当年中孔明之计，几乎在这里丧命，这是《三国志》里很有名的一个典故。杜甫就曾写下了"功盖三分国，名成八阵图，江流石不转，遗恨失吞吴"的绝句。虽然带着神话色彩，但一个不高明的水手误陷进去，也是不堪设想的。

不一会就到峡口，只见一座高峻的山岗上耸立着一座白色的城堡，白墙红瓦，居高临下，气象万千。山岗上还可以看到蜿蜒颓废的古墙，这就是当年刘备托孤、声名煊赫的白帝城。白帝城下，就是瞿塘峡口，双峰对峙，宛若门户，所以又名夔门关。一块千丈岩壁，那样平整，那样光洁，犹如一块屏风。褐色的石壁上镀上一层朝霞，闪闪灼灼，金光四射。那隙缝中嵌着几根深绿色的葛藤，简直就是一位艺术家苍劲的笔触。

"下面壁上还有字。"小周说着递给我一只望远镜。我一看，只见写的是："剑门天下险，峨嵋天下秀，夔门天下雄。"

好一个天下雄！我几乎脱口叫绝。这时掌舵老大招呼我站稳，要进峡了。只听得浑厚的喊声："注意，准备！"一阵哗哗急流，船如离弦之箭，向前奔去。此刻我才深深领略"众水会流万，瞿塘争一门"的气概和意境。

进入峡内，犹如进入一个无波澜的湖，平静极了。这种突然的平静，很令人不满足，似乎缺少什么。缺少什么呢？想起来了，是缺少滟滪堆！传说滟滪堆是拦在这门口的，我问小周，小周豪迈地回答说："那害人精，早被我们炸了，不然的话，咱们能这样平平安安地进来？"接着他给我念了几句顺口溜："滟滪堆，拦峡口，千人惊来万人愁，轰隆一声震天响，害人顽石低了头。"

"这是我们自个儿编的顺口溜，你没想到吧？"他笑着问我。我点点头，想起过去那些冬天枯水期观察它是否大如"象"，夏天涨水期间观察它是否大如"马"，而胆战心惊决定自己行踪的人，想起以前那些为了祈求神灵保佑，而磕头作揖向江里倾倒祭奠酒饭，那些粉身碎骨、葬身江底的人，他们怎么能想到会有今天？

"你瞧那里峭壁，"小周打断我的沉思，我一看在南岸陡峭的崖壁上凿有无数方形小孔，弯弯曲曲地向上延伸，底下刻有三个大字："孟良梯"。传说古时候有一个大将叫做孟良，率兵过山，因无路可走而开凿的。后人称它为"孟良梯"。到处是神话，到处是诗，我被深深激动了。"这孟良梯真能上去吗？"看看那近九十度的陡壁，我有点不相信。

小周却认真地说："孟良上不上得去不知道，不过有一次为了设导航标志，我们可上去过。"

"那你们比孟良还勇敢罗！"我们都一齐声大笑起来，这笑声飞上峡顶，又落到江底，满江满峡都在笑。呵，我从未听到过一个笑声会变得这样响亮，这样豪迈……

为了看得更真切，我要求老大把船速放慢些。老大干脆将机器停了。小艇沿着峡边顺水缓缓滑行。

看，两岸层层峰峦，紧紧相连，无一空隙，悬岩如壁，山势巍峨，真好像峰与天相接，船在谷底里航行。此情此景，我感到惊讶、赞叹。仰望顶峰，胸部感到一种说不出的压抑，甚至连呼吸都紧迫了。就在这时，我眼前豁然一亮，像奇迹似的，在峡壁一块寸草不生、光溜溜的突出的大岩石上，屹立着一株倔强的青松，那高高的树干，挺拔苍劲，那茂密的枝叶，碧绿闪光。青松的旁边，有一间白色小屋，屋边竖立着一根旗杆。

小周见我望得出神，骄傲地说："这是我们的信号台，这个地方可重要呢。就像马路上交通信号灯一样，没有它，来往的船就要碰头。"他怕我不理解，详细向我介绍。

我点点头，问道："谁在这上面看守呢？这棵松树是他种的吗？"

他说："一个老工人，名叫齐来山，他在这儿工作整十年了。这棵松树，就是他亲手栽下的。十年前还不到一人高的小树苗，如今长这么大了。"

我不由感叹："一个人在这陡峭的山岩上坚守十年，真不简单。"

小周说："可不是，光买米就要翻两座大山走三十多里路，别的困难就不用说了。当初建台的时候，领导上本来要派一个小伙子来，可老头不肯，他说：'还是让我老头子在这儿守吧。'他看看周围除了大石头还是大石头，竟异想天开地引来一棵松树苗。我们就笑话他，说'哈，老齐头，你也不看看，这硬石头上千百年来，连草都不长一根，你还想种树？'他一本正经地说：'我能待下去，它也活得了，让它同我老头一起在这石窝窝里扎根安家吧。'为了种活这棵幼苗，他从几十里远的山外挑来泥土，从又陡又深的峡谷里挑上江水，小青松不但长活了，你瞧，长得多么高大茁壮，多么有气势。"

这时，峡顶山尖上飘过一块乌云，接着一阵峡风吹过，那岩顶上的青松，傲然挺立，茂密枝叶轻轻地摇曳着，"哗哗"作响。小周来了兴致，站起身将双手围在嘴边高喊："啊——嗬！"

喊声刚停，接着空中响起一阵响亮的呼应："噢——嗬——"

由于峡谷震荡，那声音着实地动山摇。随着吼声，小屋里走出一个人，立在青松旁边。我昂起头，从那迟缓的动作，隐约分辨出是个老头儿。小周举起手，他也举起手，就算是问好。

一只山鹰正盘旋在他头顶上，英勇，气魄。

小艇缓缓滑行。我脑海中好像打开一扇窗子，忽然透亮。这时我才意识到那株在岩石上扎根成长，在风雨中傲然屹立的青松，不仅意味着生命，而且象征着革命者的性格，象征着我们时代的春天。如果说，前一刻我还不过是个纯粹的游览者，现在我才深深地感觉到，这草、木、山、水，它都与我同呼吸共命运。我的感情沉甸甸的。

走出峡口，黄昏便来临了。因为小周还要去附近检查几处灯标，我们把船停在一帮渔船旁边准备提早吃晚饭。

我坐在船头，眺望峡口，雾霭由山谷、由水、由绿色的树丛中、由四面八方升腾起来，两团被夕阳染得艳红艳红的云彩，悠悠然地飘啊飘,而那峡底下的江水呢,是一泓清流。我们检查完最后一只浮标灯时,已是夜色四合,等待着我们的是一个迷人的夜晚。

我们将船停稳,抽着烟,静静地等待着。

夜,终于来了。繁星、渔火、标灯糅合在一起,闪闪烁烁,摇摇曳曳,顺着微风隐约传来一阵渔人歌。

"玩了一天,你觉得我们这儿美吗?"小周问我。他身体平伏着,双手支着下巴,黑暗中两只眼睛在闪光。

"真太美了。"我说,"特别是这儿的人。"

"人?"小周奇怪,"人还不到处都一样?"

我想说明,但又觉得没有什么可说的。

小周忽然轻轻碰了我一下:"看,月亮快上来了。"

我睁大眼睛,紧盯着那一片墨黑的山尖,好像等待着一种幸福的降临。不知过了多少时候,眼前蓦然一亮,是一道淡淡的霞光。起先,她像一个羞怯的少女,露出一丝身影,随后慢慢地往上升,往上升,跃然而出,一面大镜子高挂山顶,那么浑圆,那么晶莹。山和江流,都水淋淋、白花花的。一切都似乎可见而又不可见,好像被赋予了新的意境,新的生命。我感到满足而又幸福,沉浸在一种奇异的幻境里。

"呵,你在想什么?"小周又打断了我的思路,他是个不大能安静的人。

我说:"我在想……"我一下说不上来。

他说:"干你们这行的人,就是爱想。不过不管什么人到了我们儿都要想,我也常常想。"

我说:"哦,你也想,想什么呢?"

他羞怯地说,"什么都想。想过去,想现在,想将来,想得最多的还是现在。"

"嘟……"远处驶来一条客轮,是由重庆开往武汉的,灯火辉煌,满船歌声。我默默地用祝福的眼光目送着,直到它消失。

"就说这客轮吧,没我们的灯光,就航行不了。"小周也目送着远去的客轮。"我们的工作要为多少人的生命负责,所以时刻想,怎么才能搞好,有时半夜做梦也会跳起来。嘿,干我们这一行就是心不定。"说罢,他打个哈欠。

"是啊! 担子不轻。"我感叹。

我凝视着那灯火闪烁的江面,那奇妙的倒映在水中的山影,我想起这一天的所见所闻,那充满神话色彩的八阵图,那被炸掉的滟滪堆,那株挺拔的青松,那连脸也没看清楚的老灯守齐来山,还有面前的小周……这诗的河流、诗的故乡,过去有多少诗人在这儿写下不朽的诗篇,而又该用什么样的诗,什么样的激情来歌颂她的今天,歌颂这些平凡而又不平凡的人呢?

我转过身,小周已睡着了,明月的光华洒在他满是孩子气的脸上,嘴角微张着,在笑呢。

(原载 1961 年 2 月《解放日报》朝花副刊)

巫峡风雷

小小的航标汽艇，如一片轻盈的树叶，在汹涌的川江急流上漂流着。驶过牛口险滩以后，一座座大山巍然耸立，我们便进入巫峡了。

进得峡内，眼前蓦然一黑，定神再看，几线灿烂的阳光，自峰顶垂落谷底，褐色的岩壁，金闪闪，加上云雾弥漫，波光水影，煞是诱人。到了巫山十二峰附近，只见群峰叠起，各具姿态。我觉得好象步入了一条无尽的艺术长廊。那些奇峰怪石，有的如猛虎扑腾；有的如巨鹰振翅；有的如武士掣剑……奇妙的大自然雕塑了多少艺术精品啊！北岸峰顶有一块修长的巨石，背倚蓝天，俯向江心，真象一个娴静的女子凝神远望，期盼什么。这就是著名的神女峰。

同行的航标员"老川江"告诉我，在川江流行着好几种关于神女峰的传说。一说是三峡滩险水急，礁石林立，都是妖魔作怪的结果，为了给峡中船民降福除灾，西王母娘娘的公主瑶姬化成这块石头,站在山顶指点舟人。另一种传说却是哀怨凄绝的:很久以前,山下有个渔民在江中打鱼,被泡旋打入江底,他的妻子在家等丈夫不归,登上山顶,俯身远望。她不顾风雪晨昏,日复日,年复年地伫立着期盼丈夫回来,最后化成这尊石像。

老川江似乎倾向于后者,他举起烟袋,指点着说:"你看,她的头发披散着,怀里还抱着一个孩子呢!"接着他又感慨起来:"什么瑶姬神女,这不过是那个时候,川江撑船人的命运实在太悲惨了,只能把希望寄托神仙。可是,解放前峡里哪一天不翻几条船,死几十个人?神女有什么用?有多少妻子母亲象这石像一样站在山顶,盼望她们的亲人归来啊。"

我不曾作过有关"神女'历史的考证,然而这位从小在川江长大、经受过苦难的老人的话却深深地打动了我。这时,头顶上"轰隆"一声震响,耀眼的闪电象一柄长剑由峡顶直刺谷底,接着一串炸裂的脆响,声音由低变高,自远而近,群山和应,犹如千军万马,山崩海啸。原本汹涌的江水,更被激怒了,水泡飞溅,烟雾蒙蒙。晴朗的天空霎时变得阴沉沉的。不一会儿,雨点便劈劈啪啪地落下来。老川江解释说,这是峡中的"发水雷",来得快,去得也快,这在其他地方怕还不容易看到呢。

我听过草原的呼啸,看过海洋的咆哮,却不曾体验过这高峡雷霆的磅礴气势。回到舱中侧身俯卧在舵板上,听着头顶震耳欲聋的雷声,愣愣地望着一块被雨水冲刷的礁石,蓦然间想起一些过去听说的故事,感到有一种说不出的恐惧。不由问老川江:"你害怕不?"

"懈放前怕过,现在不怕了。"

"为什么呢?"我问。

"怕人的不是雷电、激流,而是人,是土匪。"他说,"解放前峡里土匪很多,在那盗匪横行的年代,别说这大雷雨天,就是晴天白日,没有五六条船作伴,你也休敢泊在这儿,更别想在这儿玩山赏景。不然,早做江底鬼了。现在你啥也不用怕。"他安慰我。

我相信他说的。

不知什么时候,雨渐渐停了,再看江水,涨高了两三尺。我钻出船篷,环顾四周,只见青山如洗,苍翠欲滴,真是"雨时山不改,晴罢峡如新"。仰望"神女",只见她娉婷于云海之上,周身披片片云彩,一缕金色的阳光,斜射在她上,云片闪着光彩,飘幻不定,宛若仙境。

我们继续前行,走不多远,便是金盔银甲峡。只见峭壁上面,有一块突出的巨石像一个古代勇士的头盔。峭壁下端,一个小小的岬角突出江心,四周江水回旋,泡连泡,漩连漩,令人目眩。就在那岬角之上,却傲然屹立着一杆红色的标灯。

"你听说过航标员郑兴高的故事吗?"老川江问。

我摇了摇头。

他郑重地说:"游三峡,不能不看神女峰,过金盔银甲峡,就不能不来看看这盏标灯,听听郑兴高的故事。"他告诉我,那是1954年的严冬,当时正值开辟川江夜航。这块地方十分险要,必须设立灯标。但因漩涡过多,航标艇无法靠岸。为了船只航行的安全和千百万人的生命,年轻的航标工郑兴高千方百计地由别处登岸,爬上峡顶,用嘴咬住七斤重的标灯,冒着随时随地可能粉身碎骨的危险,慢慢爬下来……

好像事情就在眼前,老川江指着身边岩壁,激动地说:"你看这岩壁多陡。我和伙伴们睁大两眼,屏住呼吸,看着这光滑得连一根草也没有的岩壁,只见他像壁虎一样,一点点慢慢爬啊,爬啊……我们几个人仰着头,张着嘴,摊开手,整整一个多钟头,就这样站在小艇上……最后他终于爬到这岬角上,将标灯设好。"

我双眼眨也不眨地注视着那杆标灯。看着看着,我觉得它活了起来,变成一个英勇的青年,手中高擎一把红色的火炬,在黢黑的江中,为船只指引正确的航道。我又想起那"神女"的神话和那个日夜伫立山顶的渔女、盼望丈夫回来的悲凄的故事。千百年来,航行在这儿的人们,胆战心惊,他们祈求平安,幻想幸福,但是只能从神话中得到满足。今天,这些美好的愿望终于在我们这一代实现了。我凝视着岬角上那杆在波澜狂涛之中傲然屹立的标灯,那殷红的色彩,多么灿烂。

（原载 1962 年 1 月 11 日《工人日报》）

巫峡风雷

夜过西陵峡

现在是深夜两点钟，"江峡"轮静悄悄地穿越群山，劈开激流，驶入西陵峡神话般的境界。西陵峡是长江三峡的门户。西起王昭君的故乡香溪镇，东至峡口南津关，大自然用 37 千米长的悬崖绝壁，深渊险滩，组成了它的雄伟天险。

如果将三峡天险视作航道上的猛虎，那西陵峡则是可怕的虎口，在这儿，集结了川江最著名的险滩急流。如果把三峡风景比拟一串珍珠，那西陵峡便是其中最晶莹、最诱人的一颗。在这儿，有使你神往的"兵书宝剑"；在这儿，将要出现雄伟的三峡水力枢纽发电站的连拱大坝。

进得峡口，首先便是宜昌大峡。悬崖矗立千姿万态，下弦月像一把银镰，挂在尖峭的峰顶上，银白的光华犹如素绸飘落谷底。仰望头顶，青天似带；俯视脚下，江水如线。金色的繁星和红宝石似的标灯，融合在一起，远远的，便什么也分不清了。

我随一位接引我的水手登上驾驶台。宽大的驾驶台沉浸在一团神秘、肃穆的气氛中。没有光亮,没有声息,只有短促简洁的舵令声。

　　船身像一条矫捷的游鱼,迂回曲折,破浪前进。一会儿大山挡前疑无路,一会儿峰回路转一水通。我把前额贴在冰凉的玻璃上,注目前视,蓦然左岸峰岭上,发出"吱——吱"清脆的鸣声。我不由想起李白的名句:"昨夜巫山下,猿声梦里长。桃花飞渌水,三月下瞿塘。"真是美极、妙极!

　　"嘟——嘟",忽然间一阵汽笛声,山鸣谷应,回荡冲击,真是惊天动地。原来,一座陡削大山拦在面前。一个"左微舵",山峰像似听命,退避两旁。呈现在眼前的竟是一番"星垂平野阔,月涌大江流"的壮阔景象。平滑的江面万里无垠,微风吹过,疏疏密密的灯火,闪闪跃动。原来这儿就是未来三峡大坝的坝址区——三斗坪。

　　过去有关大坝的传闻,现在都凝汇成一幅壮丽的形象活跃在眼前:一座二百多米高的齐天大坝,拦住滔滔江水,万吨巨轮,驶出上海港,登上升船机,由碧波荡漾的"人造海"直驶山城重庆……这个美丽的理想,将在我们这一代成为现实。

　　"在我们的远景规划里,这儿都是'海底'。"一直伏在窗栏上,专心指挥驾驶的老船长莫家瑞意味深长地对我说。我回过头来,注视着这位先进生产者、川江上的红旗手、受海员们尊敬的老船长。他肩披棉袄,迎着夜风,探身窗外,昂视着壮丽的江景……就是他,第一个引领江轮夜航三峡,使宜昌到重庆的航程,由四天缩短为三

夜过西陵峡

天。在川江上航行的海员当中，传说着许多关于他的故事。有人告诉我，他闭着眼睛，也能说出一条条水的纹路，一处处礁石的历史。然而，我提到他令人钦佩的领航技术时，他却谦逊地说："我之所以能安全领航，主要是航道整治得好，许多暗礁险滩，炸的炸，清的清；特别是最近几年，航标电气化，多种新式的导航设备都渐渐设置起来了。更主要的是船员们认识到为人民开船的重大意义。全船上下一条心一股劲，没有这些，别说一个莫家瑞，就是十个，早晚也要栽斤斗。"

不知为什么，平静的驾驶室内突然起了一阵小小的骚动。车钟被重重地摇了几下。不一会，几个人分别报告："舱面准备好"，"机舱备好"。

莫船长对我说："到崆岭了。"

崆岭，是全川江最险恶的地段，即所谓的"鬼门关"。全段河道弯曲，礁石林立，水流湍急。在川江有句名谚："青滩、泄滩不是滩，崆岭才是鬼门关。"远在 1903 年，德国人入侵四川，一个在尼罗河险滩航行有丰富经验的王牌船长驾驶着"瑞生"号在这儿葬身鱼腹。还有"福太"、"福远"等多艘轮船，用无数生命在这儿写下了悲剧。解放后经过除礁、拓宽，境况大改善，但仍然是一段险恶的航程。

近了，近了，两股强烈的探照灯光交织在起，只见前面乱石遍布，激流澎湃，漩涡接漩涡，泡沫连泡沫，势如千匹脱缰野马，万条奔腾蛟龙，水流以每秒五米的速度喧嚣哗叫，乱冲乱撞。

情况万分危急。人们目光都聚焦莫船长。

"加——车!"只听莫船长一声口令。轮机发出更高昂的吼声,同汹涌的波涛声交织在一起。

"左微舵!"随着又一声口令,船头竟避开旁边宽阔的航道,对准一支尖刀似的礁石驶去。一秒,二秒,三秒……那锋利的"尖刀"似乎已伸手可触……

我几乎并住呼吸。

"右微舵!"船,像一条剑鱼由礁边一擦而过,激起一阵白色的浪花……

过后,我才知道那把"尖刀"的名称就叫"对我来"。在"对我来"旁边看似宽阔的航道中,埋伏着大块暗礁,若不对准它就过不去。德国人的"瑞生"号就是在此毁灭的。当然,如果你以为学会这一手"对我来"就万事大吉,那未免太天真了。此时此刻,如果转舵早迟几秒,或是舵角差几分,或是机器转速够不上劲,总之,全船每个人,每个部门,若配合不好,马虎一点儿,那就不堪设想。这时我才理解莫船长所说,这不是哪一个人的能力,这是靠一个强大的集体力量。

过了岣岭,就是"牛肝马肺"和"兵书宝剑"。仰视着那悬挂在绝壁上的"牛肝"("马肺"由于石崩已毁)和不知哪位将军遗忘的"宝剑兵书",我怎能不神往呵。

远方天际浮现出一抹青灰色,渐渐转橘黄。苍郁的山峦镀上了一条黄色的金边,一早起来的苍鹰,飞出岩洞,在峡谷上空翱翔盘旋。当我们驶出峡口,到达香溪镇时,已是红日高升,朝阳满江了。

　　回望船尾，来路已无法辨认，遥视前方，又是一群新的崇山峻岭。胜利地过了险滩，又迎接新的战斗，我忽然想起"战斗，前进！再前进的"歌词。我们的生活，我们的道路，不正是这样的吗？

（原载 1962 年 2 月《文汇报》副刊《笔会》）

在三峡航道上

清晨，我披上衣服，步出舱房。看看表，时间是六点一刻，在海洋或平原，正该是旭日初升最美妙的时刻；可在这山高峡陡、气象森严的长江三峡，一切却还都为迷蒙的雾气笼罩着。

我沿着走廊，缓步向船首踱去。大多数舱里的旅客还在梦中，只有三两个早起者在安静地凭栏眺望。船尾的螺旋桨与三峡的激流搏斗着，发出一声声粗犷沉重的吼声，船身微微有些震动。

船头甲板上已经站立着三个人，左首是穿长大衣、鼻梁上架一副近视眼镜的老先生。边上是一个四十上下的中年男子和一个十二三岁的少先队员。不消说，他们都在欣赏这美妙的大自然。那老先生眉飞色舞，摇头晃脑，大有诗兴勃发的样子，可又有点矜持。而那位红领巾就痛快多了，他不停的以一个孩子所特有的欢欣的语调，表达着自己的感情。一会仰着头说："嗳，爸爸，你瞧，这山有多陡呀，就同咱县的城墙一样。"一会又指手画脚，大叫着："咳，你瞧，你瞧呀,那岩壁上还长着一棵松树哩。树身子都歪了也不掉下来,真绝。"再不然就是指着江中某一块奇形怪状的石头,或从深绿的峡壁上挂下来的一条银色小溪,惊喜地喊叫。总之,一切的一切都能获得他的赞美。

我走到孩子近边,双臂搁在栏杆上,面对眼前的景色,沉思起来。清凉的江水既绿且酽,真如醉人的青梅酒浆。山腰间、水面上,缭绕着片片乳白的晨雾,游移飘忽,犹如轻纱。蓦地一抹玫瑰色的霞光,自青葱的峡顶投射过来,瞬间,将这一切涂上一层瑰丽而又迷蒙的色彩。空气是这样沁人、甜润,晨光是如此美好迷人。也不知是这景色诱人,还是即将与三峡分手,我心中不由地产生一种惜别之情:"呵,三峡,再见了!"

三个月前,我来到长江三峡。此前,对三峡风景的壮丽优美和三峡航道的曲折惊险我是早有所闻的。来到以后,我真为这奇艳绝丽的风景所迷住了,但是随着对三峡的了解,更使我赞美和钦佩的,还是三峡中的航道工人。这种感情的产生,是我来到一个航道工程队以后。他们的任务是:勘察航道、炸毁礁石,清除航行中的障碍。一句话:为船舶的安全航行开路。他们成年累月地驾着白木船,背着行军帐篷,出没在人迹稀少的荒山野谷和惊涛险浪的漩涡急流中。工作平凡,默默无闻,但是他们的贡献却是巨大的。有人告诉我:十几年来,他们炸毁的礁石土方积在一起,可以堆成两座像巫峡神女峰那般高的山,他们清除的沉船、沙洲等各种障碍物,那就多得数也数不清。由于他们的辛勤劳动,使过去令人谈峡色变的三峡航道,现在一年四季畅通无阻。在三峡的悬崖峭壁上,印满他们的足迹,洒满了他们汗水,有人甚至献出宝贵的生命。可以说,他们用自己的鲜血和汗珠,扫除了三峡航道的障碍,保证了千百万船员和旅客的生命安全。在这里有多少英雄人物和动人事迹呵。

"哎哟,不好!"我的思绪忽然被身旁红领巾的惊叫声打断。只听他尖叫着:"爸爸,你瞧,路没了,咱们的船要开到大山上去了。"

我一看,果然,一座巍峨的大山阻住去路,江水到此似乎断绝了。船向山脚渐渐靠近、靠近,眼看就要撞上去了。就在这时,身后驾驶台上的汽笛一声长鸣,船头往左来了个大转弯,眼前豁然一亮,出现在我们眼前的是又一个宽广的新天地。

刚才还紧张得瞪大眼睛的少先队员,欣喜地叫了起来:"啊唷,真有意思。"

那位老先生忍不住低声赞美:"妙哉妙也,真是'山重水复疑无路,柳暗花明又一村'。"

此处江面要比刚才宽阔一些,两岸的山也没刚才那样陡。江面礁石却很多,远方江边,泊着几艘航道工程队的炸礁船。突然,响起一阵猛烈的爆炸声,掀起几股冲天的水柱。

"乖乖,多厉害。爸爸,这放炮干啥?"小家伙从不放过任何一件有趣的事。

"不知干啥的。"他爸爸回答。

我忍不住说:"这是航道工程队员们在炸礁石。"

我的话引起小家伙的兴趣,他转过身将我上下打量了一番,问道："叔叔，炸礁石干什么呢？"

我笑道："把礁石炸掉，咱们的船就可以平平安安地航行了。"

"叔叔，"小家伙看着我，"你是干这个工作的吗？"

我摇头："我不是。不过，我访问过他们，知道许多他们的故事，这都是些顶呱呱、了不起的人。"

这一来可惹出麻烦了，小家伙抓住我的膀子欢叫着："叔叔，给我讲讲他们的故事。"

我后悔自己不该多嘴，这下可好，谈什么？于是，这几个月来那些我熟悉崇敬的英雄人物形象在我眼前活动起来……

谈谁呢？此时前方出现一个新的峡谷，宽阔的江面突然狭窄起来。两岸山峰对峙，形似门户，滔滔江水竟争而入，涛声澎湃，势不可挡。

"黄牛谷！"于是，一个小伙子的面庞突然浮现出来。我对身边小伙伴说："好，我就先说说发生在这儿的一段故事吧。你看这地方险不险？"

"险。"小家伙点着头，"你瞧这江水多急呀。"

我说："现在好多了，半年前，你打这儿过，那情景才叫险哩。这地方名叫黄牛谷，是个出名的险地方。从前在这门口立着一块大礁石，露出水面有二三层楼高，不偏不倚，正拦在当中。"

"那来往的船咋过呢？"旁边一个新来的小伙子问。

我说："是啊，这样一来，船打这儿过就很危险了。船员们大都捏着一把汗，从两旁小心翼翼地擦过去，航道窄，加上水又急，一不小心碰上去,船和人都粉身碎骨。从古到今,每年不晓得要撞沉多少船,淹死多少人。撑船的人迷信,说这江里有冤鬼,所以从前船到了这儿,船老大都要亲自在船头磕头烧香,然后把酒、饭、菜倒进江里,祈求冤鬼保佑平安通过。可这还不行,一不留神,照样要翻船。撑船人就给这块石头起了个名字,叫"神仙愁"。意思是神仙见了它,也要犯愁。解放后,航道工程队员们想了很多办法,在两岸搞了一些引导船只航行的标志,危险少了,可没根本解决问题。为确保安全,航运部门决定来个斩草除根,炸掉它!在爆炸之前先得测量。"

"叔叔,怎么测量?"小家伙打断我的话。他圆睁两眼,听得津津有味。

此时,船已进入黄牛谷中段。犹如走入一个狭窄的小弄堂,江面更狭窄了。仰望头顶,青天如线,俯视脚下,波涛滚滚。

我说:"刚才我说了,那块大石头有二三层楼房那么高,光溜溜的,四面都是深不见底的江水,既不能搭梯子,又没有扶手,连猴子都难上去。人们都摇头。难道就不炸了?这时有一个名叫黄兴隆的小伙子提出将这任务交给他。说起这个黄兴隆,可是个了不起的人,今年才二十五岁,从小就是在船上长大的,身材小,外号叫'赛猴王'。就是说,他比猴王还有本事,连猴王上不去的悬崖峭壁,他也有办法攀登。领导上批准了他的要求。那天早晨,工程队员们驾着两只小木船出发,我也参加了。我们来到'神仙愁'礁石底下,只见四周哗哗地响,水像开了锅一样。我们绕石头兜了一圈,最后选了相对比较好爬的一面,将船拴好。黄兴隆为了爬起来方便,他脱去棉袄鞋袜，只穿一件单裤，光脚丫，腰间拴了一根带铁钩的保险带。临上去时，他又将袋里的东西摸出来，交给我们。里头有一串钥匙，一把小刀，还有两块几毛钱。他对一个陈的队员说：'小陈，这钱放在你那儿，万出了什么事，你把它交给党支部，作为我最后一次党费。'说着他抓住草根，踩住岩石的裂缝，身体像壁虎一样贴在岩石上。每上升一步，将腰间保险带的铁钩勾住岩石缝，然后再往上爬。就这样他往上爬呀，爬呀……我和工程队员们一个个都仰着头，张大嘴巴，眼睛眨也不眨。大约有一个钟头，他爬了不到一半，突然，哗啦一声响，他脚下一块石头风化碎裂，骨碌碌滚下来……"

"啊，黄兴隆叔叔他——"小家伙紧张地叫出来。

我们的船已驶出黄牛谷，江面又宽阔。

我四周不知何时围了一堆人，都饶有兴味地听着。

戴眼镜的老先生说："在三峡航行，听三峡的故事，好！后来怎么样？"

小家伙更迫不及待："叔叔，那黄兴隆叔叔究竟怎么样了，没摔下来？"

我说："还好，因为有保险带，再加上他双手抓得紧，所以救了他的命。后来他终于攀了上去，胜利完成了测量任务。他下来后，我们一看，他十个手指和十个脚趾的指甲，都裂开了，身上处处都是伤痕，血淋淋的，他还咧开嘴笑呢。"

"后来呢？"小家伙追问。

我说："后来那块该死的石头就炸掉啦。"

大伙都笑了起来。

小家伙还不满足,一定要我再说一个。

老先生也说:"同志,别客气。如果知道的话,那就再说一个吧。听了对大家都有教育意义。"

在小家伙热情的催促和老先生赞许下,我又讲了另一个难忘的人物。

那是在西陵峡中。有一块礁石,尖尖的礁顶,像一把匕首插在江中。航行船舶非常危险,古往今年不知有多少船在这儿撞沉。人们给它起了个吓人的名字——阎王棒。工程队决定铲除它。岩石非常坚硬,几次裸露爆破,只不过伤了几层"油皮"。工程队员们决定用水下洞室爆破,从岩石上往下打洞,将大量的炸药填进去,然后爆炸。这是一个有效的办法,经过一番劳动,洞打成了。由于洞穴太深,大量渗水,为了保证炸药和雷管放进去不会受潮失效,必需加以密封。有人建议,将炸药和雷管装在白铁皮箱子里,再封焊。但这却来了问题:谁都知道,炸药和雷管最易爆炸,在焊接过程中,万一引起爆炸,那还得了吗? 这时,队里有一个名叫王彩的老船工,自告奋勇地站了出来。

他对烧焊工说:"你们都走开,让我来。"

这王彩老头,已经五十五岁,下巴上一撮白胡子,只有一只眼睛。说起他那失去的一只眼,还有一段悲惨的故事呢。据工程队的负责同志告诉我,这王老头就是这"阎王棒"附近岸上双龙村的人,祖祖辈辈在江上撑船。他祖父、父亲的船,都撞沉在"阎王棒"的礁石上,连尸骨都没捞到。他九岁就上船,浪里水里,风里雨里,学成了一身本事,不到二十岁,他就成为这一带著名的水手,一些船只通过"阎王棒"常请他引领。

1926年的9月5日,英帝国主义的军舰炮轰万县,杀害我国无数同胞,这是历史上有名的万县"九五"惨案。那年,他正二十二岁,帝国主义的罪行,引起他深深的仇恨。后来有一队英国的兵舰和商船要经过"阎王棒"不敢前进,来找他引领。他拒绝了。英国人恼羞成怒,打瞎他的一只眼睛。

眼瞎以后,不能干领航的工作,他便干白铁匠,锅碗、白铁家什,啥都会焊。焊白铁皮箱当然不成问题。

工程队长被他这种自我牺牲精神感动,再次地对他说:"老王,这可是件危险事儿呀。"

他说:"嗨,吃饭还会噎着呢。为了把三峡航道整治好,我这把骨头就是报销了,也是值得的。"

在他的坚决要求下,工程队的领导同意了他单独烧焊的请求。

讲到这里,我再也不能克制自己的激动。

我说:"那是个我永远不会忘记的日子。在一块很大的空场上,搭了一个大草棚,王彩老头就独自在里面焊接。工程队的领导和队员们,以及远近村里的居民,男人、女人、老人、孩子,足足有上千人都闻讯赶来,围在四周的安全地带。上千张嘴巴,没有一个说话的;上千双眼睛都眨也不眨地瞅着他。听不到一点声音,静极了,只有峡谷中澎湃的浪涛声,哗哗地响,听来一声比一声更高昂,一声比一声更响亮。他每焊好一只炸药箱,就发一个信号,助手将藏在山洞里的炸药箱再搬去给他焊。经过整整六小时的紧张劳动,五十多只炸药箱(三千多斤炸药和雷管),终于全部密封好。人们一声欢呼,向王彩老头拥去,为首的一群人将他抬了起来……

第二天举行大爆炸。这是一个万里无云的大晴天,填好炸药,人们都躲进掩蔽洞。只听得轰!轰!……一阵惊天动地的爆炸声,炸碎的石子,一直飞上百多米高的山顶。就在这爆炸声中,"阎王棒"被炸得无影无踪。解放了的江水,浩浩荡荡,一泻千里。

我的故事讲完了,听众有的陷入沉思,有的静静地凝视着两岸的群山,一只苍鹰在头顶盘旋,谁也不说话。

(原载 1964 年 2 期《萌芽》杂志出版)

神 灯

在遥远的海洋上,有盏永不熄灭的"神灯',点亮它的
是一颗老人的心。

——摘自手记

在海边长大。小时候,总爱坐在海边的岩石上,双手托着下巴,痴痴地凝视着黑暗的大海,凝视着远处那盏奇妙的"忽闪忽闪"的灯光。"奶奶,那是什么呀?"得不到解答时,便问懂得很多的祖母。

"神灯!"奶奶庄严地回答,并且给我讲述了一个古老的故事:很早很早以前,有一个善良的小伙子,他的爸爸和妈妈为了给渔霸缴租,冒险到娘娘礁海面去打鱼。那儿鱼很多,但是礁石密布,不知有多少船在那儿触礁沉没。渔民们一直想在那儿安一盏灯,可是未能实现。他爸爸妈妈的船也触礁沉没了,只剩下他孤苦伶仃一个人,

靠驾着小舢板打鱼为生。有一天，海上起了大风，他的舢板被刮到娘娘礁海面，撞在礁上，碰得粉碎。他掉进海里，碰到一条大鲨鱼追赶他！他逃呀逃呀，来到一座富丽堂皇的宫殿前面，原来这是海龙王的龙宫。龙兵将鲨鱼赶走了，把他带到龙王面前。

龙王听了他的身世，同情他，决定送他一件礼物，问他要什么。他说什么也不要，只要在娘娘礁上点一盏灯。龙王就拿出一颗有拳头大小的珍珠，光彩夺目，熠熠闪耀。龙王告诉他，这叫夜明珠，黑夜里托在手上，不管多远都能看得见。小伙子十分高兴，告别龙王。从此每天夜晚，他就手捧夜明珠站在娘娘礁上，只见光芒四射，满海通明，再也没有渔船撞在娘娘礁上。

多少年来，这个故事一直印在我的脑海里。

长大了，知识告诉我，这不是夜明珠，也不是什么神灯，而是灯塔。但是我总怀着一种天真崇敬的心情把它看作"神灯"。

每当我远航归来，总是久久地伫立在甲板上，向它深情地凝望。心里想：这是些什么样的人？他们是如何点亮这盏灯？

不久前，我终于有机会拜访了一座灯塔。那是一个初春的早晨，我随一艘补给船到遥远的"红浪岛"灯塔去访问。黎明，刚苏醒大海被覆盖着一层缥缈的薄纱，温柔、平静，秀美、迷人。

"呶！那儿，灯山。"当我拿着望远镜四周搜索时，船长指着远处浅蓝色天幕上一个淡淡的岛影。渐渐地，岛影越来越大，变成了一座巍峨的堡垒，清晰地呈现在眼前：陡峭的崖壁，犹如刀斧切过。岛顶耸立着一座洁白的灯塔。快靠岸了，船小心翼翼地行驶着。有经验的船长很快地找到了那唯一的登陆点,大船便抛锚海中。

"看,升旗了。"船长对我说。果然一面鲜艳的五星红旗,迎着朝霞,映着蓝天,在灯塔旁的旗杆上徐徐上升。据船长说,这是一个古老的习俗,灯山上的看守者,每当补给船到达的候,总是用这隆重的礼节来迎接。升旗不仅是欢迎和致敬,而且表示:亲人,我们一切平安。

船长举起手,拉响汽笛,表示答谢。一阵昂扬的笛声响彻海面。然后放下载着油、粮、书刊、信件和各种生活日用品的小汽艇,向灯山驶去。小艇破浪前进,越近山脚,浪越大。只见在一块比八仙桌大不了多少的石码头上,站着一个中年人和一个须发花白的老头。

"啊——啊!"老人双手圈在嘴边,粗犷地喊着。

船员们告诉我,这是灯守老郝,中年人叫妙山。

浪大,小艇没法靠岸,看看距离差不多少,水手们将捆扎好、能摔的物品一一抛上岸去,然后我像同来的船员一样,运足气,做好准备,在浪头把艇身推向岸边、靠得最近的那一刹那,我鼓足勇气,奋力一跃。岩石非常滑腻,如果不是那中年人妙山一双强有力的手拉住,我早已滚下海了。

同来的大副打趣地说:"怎么样,这见面礼可不好受吧?"

"险。"我老实地承认。

"哈,这算什么,"老郝爽朗地笑着,"你同志可能头一遭,今儿三级风,这日子打灯笼也难找啊,"说着掉头转向一个正在弯腰拾掇米袋的青年水手:"喂,阿洪,今年七月间那一回,你给他讲讲。"

阿洪的嗔怪地说:"得了,你别给我吹了。"

后来才知道,今年七月间,灯山遭到一次十二级以上台风的袭击,浪花漫过山尖,小树连根拔起,有电线杆粗的旗杆也被折断了,屋顶的瓦片就像鸡毛一样在天上飞。最严重的是灯山的淡水池也给破坏了,并且断了粮。风稍停,补给船立即赶来,可说什么也靠不了岸,当时就是他——陈阿洪,带着一袋米、两罐密封的淡水,横越三百多米的怒涛,游到了岛上。

当然,这种泅渡登陆极少,不过此处风大浪险,登陆困难,却是事实。

我们上了灯塔。这是一个滚圆的钢管子,底层深埋地下,顶层镶嵌着大块无缝玻璃。进得铁门,我们攀着螺旋铁梯上到塔顶,通过一扇小门,走到一块小巧的露天晒台上,放眼望去,海是那样辽阔,在阳光下,犹如有谁在看不见的远方抖动着一幅蓝色的软缎。

老郝指着远方说:"这后面就是大陆,轮船夜晚看见我们的灯光,就知道到家了。"

灯塔内,明净得一尘不染,中央架子上是台接上电源后会自动旋转闪光的透镜灯头,搁板上放着时钟、望远镜和一本巨大的"灯塔日志"。

整个岛面积很小,用老郝的打趣话说:"红浪岛,荒又小,打个喷嚏绕两绕。"然而就在这岛上,凡是有土的地方,都因地制宜地种上一畦畦蔬菜,有的干脆种在石缝里,一棵棵长得茁壮碧绿,煞是可爱。

妙山告诉我:"这个岛盘古以来,就没有人种过庄稼。岛上缺水少肥,菜秧子种下去,日头一晒,枯死了;菜籽下去,菜毛也没有看见过。一次、二次、三次,都失败了。

"怎么办?"我问。

"没有肥,我们烧草灰捞海草;缺水,我们省下食用的淡水,"他转向老郝,"有一回为了救两棵快干枯的菜秧子,他老人家把一天的漱口洗脸水都庐上去了。去年一年,我们就没有向国家伸手要过一棵菜。"

大副说:"再这样下去,我们的补给船可失业了。"

补给船离去了。我继续留在岛上。

海岛的夜晚似乎比大陆来得早。落日收尽最后一道余辉,暮霭四合,夜,便宣告着它的到来。老郝打开电闪仪,透镜有节奏地闪耀着。相当5000支光的强烈的光柱,像一柄利剑,划破黑暗的夜空,射向远方。那灿烂的光芒似乎对远航归来的游子呼唤:"欢迎归来,我在这儿。"

我们围坐在小石屋里。老郝打开收音机严肃地说:"时间到了,北京要讲话了。"

在一阵庄严而雄壮的国歌声之后,接着响起一个动人的女高音:"中央人民广播电台,现在开始广播……"。

平常听广播不觉得,但此时此刻,在这个远离祖国大陆的孤岛上,感觉全然不同。

通过十多天的相处,我了解了两个灯守的身世。妙山家在桃花岛上,有老婆和两个孩子。他两个月回去一次,休假。老郝守了30年灯塔,已到退休年龄,上个月刚办了退休手续,可他老伴去年病逝,家里没人,他无牵挂,加上看灯山这一行太孤独,年轻人不肯来,上面决定继续聘用他。

"我是庙门前的旗杆,光杆一个,"老郝笑着,"竖在这儿最好。我对头头说,你们放心,我在一天,这灯就亮一天。"

正当我要离开时,遇到了一次空前大风暴。

狂风暴雨向小小的岛身猛袭着,大海似乎要翻身了。碗口粗的树干被吹断了,鸡蛋大的小石块满地乱滚。整整一天,我们被困在山顶的小屋中。黑了,开灯时间到了,从小屋到灯塔,当中相隔有十多米,在平常只要一抬腿就到了,但现在却似成了一段不可逾越的难关。老郝和秒山抢着要去。

我说:"这风雨太大。"

老郝说:"别说风雨,下刀子也得去,规定开灯时间绝不能延误一分一秒。"说罢,躬着腰,像炮弹一样窜了出去,但没跑两步,一个踉跄摔倒了,站起来,没跑两步,又摔倒了,像战场上匍匐前进的战士,他手脚并用,一寸一寸地向灯塔爬去……

暴风雨还在肆虐呼啸。灯,却亮了。那强烈的光芒与暴风雨搏斗着,划破黑暗,照亮前方。呵,此时此刻,有多少与狂风恶浪搏斗,身处险境的水手正依据这灯光定下船位,找到航向!

我久久地凝视着那闪耀的光芒,沉浸在一种说不出的、庄严、神圣的感情里。再看看老郝,只见他全身湿透,他抹干脸上雨水,用颤

抖的手提起钢笔,打开那本巨大的灯塔日记簿,工整地填写着:

"1960 年 8 月 6 日,天气:暴雨,风力:11 级,18 时开灯,一切正常。"

这是一盏平常的灯,也是一盏神奇的灯,点亮它的是一颗老人的心。

(原载 1961 年 5 月 14 日《解放日报》朝花副刊)

划 子

黄浦江,船儿的家乡。在那宽阔浩荡的江面上有着多少船呵!巍峨高大的万吨巨轮,小巧玲珑的拖轮和汽艇,能行驶八面风的行风船,还有那些只有一支橹的小划子……

这些船中最雄威、最吸引人的自然是那些五颜六色的远洋巨轮了,但对那些毫不起眼的小划子,我却另有一番感情。这些划子与那些万吨巨轮在一起,确实小得不能比。但不管距离多么远,也不管旅途的急流汹险,它们满载物资,不畏缩,也不气馁,但凭那一支橹,凭着水手的信心和毅力,摇啊摇,摇啊摇,奔向自己的目的地。

不久前,我访问了一个水上船舶服务队。这个服务队有十余条小划子。他们的任务说来实在平常,专门为黄浦江上的海轮服务,清运船上的垃圾(为了保证黄浦江航道的深度和江水的清洁,黄浦江中是不允许倾倒垃圾的),就像陆地上的清洁工一样。他们从早到晚,摇着小划子,在江面巡回,从这条船摇到那条船,将船上的垃圾倒下来,送往垃圾处理站。

老队长对我说:"谈到船,人们免不了就想起大海轮。对于我们这小划子,有些人确是瞧不起的。想想吧,摇的是划子,装的是垃圾,多没出息。可只要有了全心全意为人民服务的思想,就能大有作为。就拿103号船上的张划子来说吧,这姑娘今年二十岁,去年中学毕业,分配到我们队来。一年来,她在党团组织和老师傅的帮助教育下,树立了立足划子、胸怀革命的雄心壮志,不但学会摇橹驾船,而且利用空余时间,从垃圾中拣出大量有用物资。仅最近六个月,她拣出的废铜烂铁各种金属,就有上万斤,旧布二百多斤,能喂猪的泔脚饲料一万多斤,还其他各种杂七杂八的东西。"

"哦,真不简单。"我赞叹。

"是啊,这姑娘前几个月加入了共青团,最近,又被选为公司团委委员。"

我决定去访问这位张划子和她的103号船。

一个初夏的清晨,天空映着玫瑰红。江面上飘忽着一团团轻纱似的白雾,空气润湿、清新。我来到南市小码头,这里的木船多极了。我找到103号,这是条载重五六吨的方头小划子,后艄有一个小凉篷。船头上坐着一位身体健壮的大姑娘,赤着脚,裤脚卷到膝盖下面,两根乌黑油亮的大辫子用一条花手帕随便地扎在一起,垂在胸前,显得精干而又利索。她正低着头,认真地清理一堆从垃圾中捡出来的旧布头。这就是张划子。

听了我的自我介绍,她爽朗地笑着说:

"嗳,听老队长说了。可我有啥好说呢?"

我说:"听说你这一年来进步很快,干得不错。"

她笑笑:"这有啥,与组织的要求差得远呢。如果你一定要谈,你可以找我的师傅纪划子。"

"纪划子?"我好奇地问。心想:天下哪有这般的巧事儿,师傅徒弟一个名儿,都叫划子。

"对,纪划子,"她认真地说,"她是我的师傅,103号船老大,又是船队党支部委员,也是我妈。"

"哦,"我睁大眼睛,"她人呢?"

"上街买菜去了,一会儿就来。"

我在码头边一根木桩上坐了下来。心想:真是个坦率爽朗的划子姑娘,可这位划子大嫂又是怎样的一个人呢?

不多会儿,来了一个身材高大、粗眉大眼的中年妇女,她裤脚也卷得高高的,手里提一只菜篮子,这正是那位划子大嫂。她放下菜篮,拿起一只小凳,使手抹了抹,热情地说:"同志,船小,地方窄,你随便坐吧。"说罢,拿起一根拖把,在江里浸湿,拧干,然后大刀斧地干了起来。不多会儿,舱板都已拖干净,洗净拖把,晾在后艄顶篷上。这时,江上雾气都已消散,初升的太阳将黄浦江水照得金光闪闪。

划子大嫂将右手遮额,眯着眼,向停泊在江心浮筒边的一溜排万吨巨轮眺望着,半晌,亮着嗓门喊道:

"划子,解缆,开船,到'战斗号'去装垃圾。"

我奇怪:就这么看一眼,她怎晓得那条系在浮筒上的战斗号上有垃圾呢?

她指着那条船说:"你看,那旗杆上刚升起两面信号旗,上面一个是红色菱形方块,下面是蓝色方块,这是港章上规定的信号CFS,表示要垃圾船。"

划子姑娘解开缆绳,103号向战斗号驶去,划子大嫂一边摇橹,一边对我说:

"同志,先干活要紧,待会儿有空我们再聊。"

我说:"那当然。"

到了战斗号旁边,船员们热情地在上面打招呼。

有的喊:"喂,103号,你们好。"

有的说:"划子大嫂,划子姑娘,你们辛苦啦!"

划子大嫂和划子姑娘也热情回答,看来他们是十分熟悉的了。

倒完垃圾,划子大嫂擦擦手,从包里拿出一双后跟打了补钉的袜子,对上面一个青年说:

"喂,小汤,这是你上次扔掉的那双破袜子,我替你补了补,还能将就穿,拿去吧。"

"哎,划子大嫂,这……"小伙子红着脸,嘴里喃喃。

旁边一个老水手说:"瞧,人家划子大嫂,没说的。"

她撇撇嘴说:"老陆师傅,这芝麻大点事儿,看你说的。"又转向那青年,说:"小汤,往后有啥破袜子、旧衣服什么的,留着大嫂替你补。"

小汤笑道:"划子大嫂,你瞧,"他举起一个线包,"我接受你和师傅的意见,勤俭节约,艰苦朴素。从现在起我学着自己做针线活啦。"

"好哟,小伙子!"划子大嫂爽朗地笑着,笑声在江面上回荡。这笑声使我心一热,我开始觉得,这是个不平常的妇女。

103号离开战斗号,又向前面另一艘悬挂CFS信号旗的海轮驶去。就这样一连靠了四条船,舱里都装满了垃圾。划子姑娘摇橹,划子大嫂就拿了一把长铁钩,在垃圾堆里翻拣,将里面的碎布、旧瓶、断绳头等等凡是有用的东西,一点一滴都捡了出来。她生怕我不理解,一面捡,一面对我说:

"我们要勤俭建国,这些东西送到垃圾站处理了也就完了,可捡出来,废物利用,对国家有好处。对四个现代化建设,也是一点小小的贡献。"

我钦佩地点点头。

她又说:"同志,你要叫我谈啥呢?"

我说:"随便谈。譬如你怎么教育你女儿,再有你们的工作和生活,呵,还有为啥你俩都叫划子?"

她笑道:"都是从小生在划子上的呗。"她捡起一段旧绳子,放进箩筐里。然后说,"讲起解放前我们撑船人的生活,那是倒不尽的苦水呵,有句老话:人生有三苦,撑船、打铁、磨豆腐。你听说过吗?"

我点点头:"听说过。"

"我们撑船人是最苦的了,"她说,"我娘直到临产还在摇橹,我就生在舱板上。我娘想给我起个名字,我爹叹着气说:'唉,起啥名字呀，反正生在划子上，长在划子上，死在划子上，就叫划子吧。'断了奶，我腰里就拴上根麻绳，稍微大一点就捏橹柄。那年头，我们受尽了反动派和恶霸把头的欺压剥削。那个苦哇……"说到这儿，她眼圈红了。这时头顶上响过一阵雷，江面上风浪也渐渐大起来。

她激动地说："别的不说，我长到十八岁，没穿过一双像样的鞋子。"

"那么划子姑娘也是生在舱板上的了？"我问。

"这死丫头福气好，"她摇头，"解放后党和政府就帮我们船民在岸上安家落户。她从小上学读书，就没光脚踩过舱板。可我喜欢'划子'这名字，就给她叫上了。"

我点点头。

她瞟了女儿一眼："可这鬼丫头，多喝了几瓶墨水，就忘了过去的苦水。开始领导上派她到这划子上来捏橹柄，思想上还觉着有点委屈呢。"

划子姑娘羞怯地笑了笑。

这时江上风浪更大了，船身激烈地动荡，船向一边歪去。

"妈！"划子姑娘惊恐地喊了一声。

我一看，由于风浪太大，她已驾驭不住，橹离开橹槽，怎么也安不上去。远处正好一条大轮船驶来，情况挺紧张。划子大嫂一步蹿过去，接过女儿的橹，一下就安在橹槽上，麻利地连摇两下，就将船头扳了过去。然后疼爱地骂道："死丫头，看你这慌劲儿，这点风浪就把你吓成这样子，再大的风浪咋办呢？记住，树大不怕风狂，舵稳不怕浪掀，只要捏牢橹柄就啥也不怕了。来，帮橹。"

划子姑娘调皮地向我伸伸舌头，乖巧地走去，站在她妈后面，扶着橹身，两人合力摇起来，一下又一下，船速大大加快，驶过急流，穿过浪峰。

我凝神望着划子大嫂那粗犷、黑里透红的面庞，那么庄严，那样坚定……

渐渐地风息了，云散了，一道强烈的阳光透过云层。奔腾的江水，波光闪闪。划子大嫂和划子姑娘将小船摇进一条名叫潘家浜的小港，船舱里的垃圾就卸在这儿岸上的垃圾滩上。

这是一个狭窄的小港，时间又正是落潮，出港的小船十分多，有的装着粮食，有的装着蔬菜。

划子大嫂摇着橹，划子姑娘手持竹篙，立在船头。这时，正好一条小拖轮拖了两条蔬菜船出来，按理应该机动船让非机动船，但划子大嫂看拖轮后面还拖着两条船，连忙一个扳艄，把自己的小船划向岸边，让他们过去了。但是由于靠岸太近，船底搁在水下一根暗桩上。划子大嫂用篙子抵着岸边，使劲撑了撑，船两边晃了晃动弹不得。她一面卷裤脚，一面说："真该死！"说罢麻利地跳进齐腰深的水里，用背脊抵着船头，咬着牙，"吭哧，吭哧"地顶起来。边顶，她喊道："划子，死丫头，用力撑。对，再使点劲儿。"

划子姑娘将竹篙顶在胸口，身体倾斜，用力撑着。我也拿起一根竹篙帮忙，顶的顶，撑的撑。那些公社农船上的农民很过意不去，要来帮忙。划子大嫂摆摆手，说：

"你们快顺着潮水去吧,我们反正到了。嗨,划子,死丫头,再使点劲。"说罢她大喊一声,"一、二,用力,咳!——嗨!"

小船终于从暗桩上下来了。

我和划子姑娘都喘了一口气。

我说:"走吧!"

谁知,划子大嫂却说:"别忙走。"她钻到舱底下,换掉湿衣服,对划子说:"你在这儿等着,招呼进出港的船。我上岸去去就来。"

我奇怪:"你妈还要干啥?"

划子说:"她上岸,到肥料站去找人来帮忙拔暗桩。"

"哦,这要拔到啥时候?"我不解地问,心想:这位大嫂驾的船小,管的事儿可真宽啊。

划子姑娘似乎看出我的心思,笑着说:

"我妈就是这么个热心人,爱管闲事黄浦江上有名的。不过,这根暗桩不拔掉,放在这儿也确是祸害。"

我不由点头:"你妈真不简单。"

"是啊,你跟她在一起时间长了,会更加了解她,"划子姑娘一面整理碎布,一面说,"说实话,一年前,当我刚分配来摇这小划子垃圾船,我真觉得干这行没出息。心想:自己这一辈子算完了。我妈发现我这思想后,气得脸都发青,就坐在这板上,连着同我谈了好几个晚上。她流着泪,给我讲述了旧社会我们船工的苦难生活。老实说,过去我也听说过这些,可时间一长也就渐渐淡薄了。听妈讲后我伤心地哭了。我承认自己轻视摇小划子,看不起倒垃圾,这种思想不对,辜负了党的培养;可我一时之间还不明白我妈说的,摇小划子倒垃圾也是干革命这个道理。"

这当儿,有一条装有农药和化肥的水泥船从边上摇了过来,划子姑娘连忙站起来,挥着手,大声说道:

"喂,老大,这儿水下有暗桩,板艄,靠外档。"

水泥船老大挥挥手,表示感谢。

划子姑娘坐下继续说道:

"这一年来在我妈——不,应该说在这位严厉的师傅——103号船老大实际行动的教育下,我逐步懂得了这个道理。她说得一点不错:'大轮船有大轮船的作用,小划子有小划子的贡献。'"

"呵,大轮船有大轮船的作用,小划子有小划子的贡献。"我沉吟着。

"我妈还说:'工作脏点不紧,可思想不能脏,划子小不要紧,可革命的志气不能小。'"

看着船头上那些从垃圾里拣出来的金属、废纸等杂物我不由感叹:"是哟,这真是平凡而又不平凡。"

划子姑娘双眼闪亮,神情庄严地说:

"但是我真正明白这种平凡而又不平凡的意义还通过后来的一件事。"

"什么事?"

"那是今年春天的一个傍晚,我们在一条名叫海德拉斯的外轮上装完垃圾,将船摇到垃圾滩去。我们照例一路摇,一路拣,在快要到垃圾滩时,忽然,在一堆污七八糟的垃圾中,发现一块亮晶晶的东西。我拿起一看,是一块欧米加的金表,它还在嘀嗒嘀嗒走哩。我妈说:'一完是船上的哪位国际海员不小心掉的。'当时我擦去上面的泥灰,说:'回去交给领导上,明天转给他们吧。'她却摇着头说:'不行,刚才听说海德拉斯今晚要开船。再说,如果那位国际海员发现手表遗失了,一定要着急的。''那你说怎么办?''立即回头,将表送回去。''再送回去?'我不禁仰头看天,天已经黑了,头顶上乌云飞驰,看来要下雨。我们俩肚子还都空空的。再说离海德拉斯靠泊的码头还有好几里路哩,又顶水,单凭一支橹不摇煞人吗?她说:'哪怕天大的困难,这只表今晚也得送回去!'她二话不说,一咬牙,掉转船头,直向海德拉斯靠的码头摇去。我妈就是这么一号人,她决定的事儿,你休想改变。当时,天渐渐黑了,江面上风也越来越大,又是顶水,小船每前进一米都是困难哟!我摇着橹,摇啊,摇啊,只觉得双臂酸痛,眼冒金星,肚里咕咕叫,嘴里不敢说,可心里不禁埋怨起我妈:这真是自找麻烦,回去交给领导不是一样的吗?也省得吃这份苦头了。我转头看看我妈,她满头满脸的汗水,但擦也不擦。只见她昂着头,紧咬着嘴唇,两眼火辣辣的。盯着前方,双手紧握橹把,双腿叉开,一下,一下,又一下,使劲地摇着——每当她发了狠劲的时候,就是这副模样儿。

"直到晚上七点钟,我们才摇到海德拉斯靠泊的码头,当时海德拉斯已经拉了启航的汽笛,我妈把那块金表交给港口驻船工作组的一位翻译。那同志拿着表,出乎意外地说:'啊呀,划子大嫂,你这真是雪中送炭,你来得太及时啦,太好啦,你等等。'接着他去找来失主——一个大胡子的外国水手,听到消息的船长、大副都来了。那个水手听了翻译的介绍,又点头又舞手。船长和大副也连连点头。

"过去我们拾到外轮上的东西送还原主,这是平常的事,今天为什么这样兴师动众,而且连我们的翻译同志也是这样激动呢?我觉得这其中一定有一件不平常的事。"

"到底是怎么回事?"我忍不住问。

"是这样的,"划子姑娘笑着说,"那位翻译同志告诉我们,这条海德拉斯号和船上的海员都是第一次来中国,第一次来上海港。有些船员在来我国之前,曾听到一些传说和谣言,说我们这里小偷很多。进港后连门窗都不敢开。我们的工作人员告诉他们,传言不可信,我们这儿很安全。他们不相信,我们也没办法,让事实来证明吧。装卸期间,一切正常,船上连废纸也没少一张。可说来也巧,就是这个大胡子水手巴格鲁的这只欧米茄手表,上午还放在房间的桌上,下午他打扫了房间后就不见了。我们的工作同志知道后帮他找,可找了半天也没找到。船上有个别人就乘机说:'一定是被下午装货的码头工人偷了。'我们的同志听了很气愤,但又不知道表到底哪儿去了。当天就要开船了,我们的同志答应他,如果这只表确实落在中华人民共和国境内,一定替他找到,物归原主。同时希望他自己也认真回忆一下,再仔细地找一找。就在这节骨眼儿上,我们赶到了。"

"哦,这样!"我大声叫。

划子

　　划子姑娘说："那个水手巴格鲁和船长、大副,惊奇地看看我妈,又惊奇地看看我们装满垃圾的小划子,再看看那只欧米茄金表,说:'你——一个运垃圾的? ……'我妈点点头说:'对,一个运垃圾的。'船长和船员们好像懂了,也好像没有懂。半晌,巴格鲁真诚地说:'我很遗憾,由于我的粗心大意,而我却去怀疑这样一个像宝石一般透明纯净的国家和人民。'说到这儿,跷起大拇指,表示真诚的感谢,而且还要给我妈报酬,我妈当然一分钱也不会收。临走,我们的翻译忍不住握着妈的手说:'划子大嫂,你知道,你这一行动,胜过我们多少语言呀。'"

　　这时,岸上响起一阵喧闹声,划子大嫂带着起桩的人来了。他们抬着卷扬机,拿着钢丝绳,有说有笑,走到船边,划子大嫂抱歉地对我说:

　　"同志,真对不起,耽误了你的时间,都为了这根该死的暗桩。"

　　我连忙说:"哪里,哪里。"我心里有千言万语,可不知从何说起。

　　"那好,"划子大嫂爽朗地笑着,招呼身后一个长着络腮胡子的老工人,"来,王胡子,干吧。"说罢,带头跳下水。

　　不一会,那根一丈多长的暗桩终于被拔起来了。那个大胡子老工人打趣地说:"我说划子大嫂,你又管了一件闲事,该怎么给你请功呢?"

　　她白了大胡子一眼,笑着说:"你这个王胡子还是老师傅呢,说这话也不怕寒牙。"大伙都哈哈笑了起来。

　　在爽朗的笑声中,划子大嫂对站在船头的女儿喊道:"划子,解缆开船。"

这时落日西沉,江面上闪耀着道道霞光。

103 号又向前驶去,划子姑娘手持竹篙立在船头,划子大嫂手握橹柄,双腿叉开,昂首挺胸,目光前视,一下,一下,又一下,用力摇着,那么有力,那么豪迈,那么坚定。

（原载 1963 年 5 月《解放日报》朝花副刊）

担 子

❖❖❖❖❖❖❖❖❖❖❖

挑担子是我们生活中常见的劳动。对那些身负重担、健步如飞的劳动者，我常常怀有一种钦佩之情。回想起来，这种感情早在少年时代就产生了。

那是一九四八年，我十五岁，小学刚毕业。那年的夏天，一个偶然的机缘，在黄浦江畔的金开泰码头上，我结识了一个码头工人。

记得那天天很热。我只穿一条短裤，一件汗衫，还热得汗流浃背。柏油马路被烤得像梨膏糖一样，一踩一个脚印。黄浦江水蒸发着阵阵熏人的热气，令人头昏脑胀。摆渡口旁边就是金开泰码头，码头上泊着一艘美国船，码头工人正在烈日下，喊着沉重的号子，从船上卸下一只只沉甸甸的大箱子。这其中一个大汉吸引了我。

他那高大的身材，就像神话中的巨人一样，除了一条黑裤衩外，他全身都赤裸着。身上的肌肉，疙疙瘩瘩，被汗水浸润油黑闪亮。

那些沉重的大箱子，每只有二百多斤重，别人都是两人合抬一箱,他却一人一根杠棒挑两箱,一面走,一面大声地喊着号子:"吭唷嗨——吭唷嗨……"那粗犷洪亮的声音和那惊人的力量,深深地震动了我的心房。

一种好奇心驱使我走到码头上,在江边一只带缆桩上坐了下来。

不一会,他提着杠棒,像尊铁塔似的一摇一晃地走了过来。只见他满身都是汗水,宽阔的胸膛剧烈地起伏着。走到我面前,他也没注意到我,将杠棒撂在地下,从带缆桩边拿起一只洋铁罐头,在黄浦江里吊上一罐水,咕噜咕噜喝起来。一条水流,沿着他的嘴角,流到汗水涔涔的脖子上,再流到冒着热气的胸脯上,一直到他喝净为止。随后他用手背一抹嘴巴,长长地喘了一口气,在我旁边坐了下来。

这时我仔细地把他打量了一下,看上去,他是那样粗壮、高大,右边肩胛上隆起一块厚厚的"肉馒头",挺吓人的,但面孔却很和善。

他也打量我一眼,和蔼地问道:

"小阿弟,你是哪儿来的? "

我努了努嘴,说:"从摆渡口那儿来的。"

他点点头。

我羡慕地说:"你力气真大哟。"

他苦笑一下,算是回答。

我又说:"人家都两人抬一箱,你干吗要一人挑两箱呢?"

他苦笑笑，说："嘿，你以为我是憨大，有劲儿没处使吗？嗨，没法子哟。"说着用手指指脚旁的杠棒，"五张嘴都在这上头挑着呢，担子沉呵。"说罢，又苦笑了一下，那意思似乎是说："讲得再多你也不懂。"

这时，又有一个老工人走来，用洋铁罐从黄江中吊水喝，我忍不住说道："你瞧这江水有多脏。这大热天，扛这么重东西，连点开水都不给喝吗？"

他冷笑一声："哼，开水，不给你鞭子吃算好的了。"

正在这时，对面走来一个头戴巴拿马草帽，眼架墨镜，身穿黑香云纱褂子的矮胖子，手执皮鞭，摇摇晃晃地走了过来，老远就吆喝：

"嘿，你老小子活儿干得不多，水倒喝蛮勤。"

吓得那老工人丢下洋铁罐就跑。

那大汉可不买账了，跳起来，愤怒地说：

"喂，我说二把头，这大热天，我们扛千斤压万斤，喝几口黄浦江水也不犯法，你总不能将人逼死啊。"

"他妈的，'铁肩膀'，你小子想找死呀？"那家伙举起鞭子，瞪圆眼睛。

"你试试，"大汉毫不畏怯，挺前一步，紧握双拳，浑身的肌肉都绷紧了。

那家伙色厉内荏，显然不是对手，僵持一会，悻悻地喊声："干活去！"转身走了。

大汉转身对我说："小阿弟，我干活去了。我叫张大虎，外号'铁肩膀'，就住在浦东烂泥渡，有空欢迎你来。到那儿，你只要问一声'铁肩膀'，大家都晓得。"

后来，我果真去看望了他一次，那儿是码头苦力聚居的地方，滚地龙茅棚。他家里有妻子和两个孩子，再加上一个老母亲和他自己——正像他说的，五张嘴都挑在一根杠棒上，生活的担子真沉啊。他怀着愤怒的感情，给我讲述了封建把头压榨剥削他们的情况，可惜当时我年纪轻，不太懂。我对他那惊人的力气和那肩上的"肉馒头"最为羡慕。

他说："挑担子全靠这副肩膀，不过要练出这'肉馒头'很不容易哩。"他告诉我：他从十三岁开始做童工，至今已经十三年了。

想想吧，十三年，一年三百六十五天，每天要挑三四百担，七八万斤的分量压在这上头。这"肉馒头"该压过多少分量？

我感叹："这肩膀真是压出来的。"

他说："是啊，开始时细皮嫩肉，三天杠棒一压，肩膀头就发青发紫，而且还皮开肉绽冒脓出血。"

我说："那受得了吗？"

他苦笑："有啥办法？受不了也得受，不扛就没得饭吃；再说，在那节骨眼儿上如果怕疼不干，这肩膀一辈子就压不出来。唯有咬紧牙关，扛！每天早晨上码头前把豆腐皮蘸上老酒贴在肩上，杠棒一压，脓血直冒，可是甭管它，时间一久，细皮嫩肉的肩膀头也就这么压出来了。"

他讲得那么生动，我觉得这真是一个大山也压不垮的人。

解放后不久，我中学毕业参加工作，一度离开上海，从此就再没看见他。

一九六五年初夏，我因为搞水陆联运的工作，到永华码头去了解情况。原来这就是早年的金开泰码头。一进码头大门，我不禁想起几年前的那位老工人，说来也巧，当我走进办公室，一见那位坐在桌边写字的老主任时，我几乎怔住了：那身材、眼神……呵，是他！是他！岁月这把刻刀在他身上留下了多么明显的痕迹呀，两鬓变白了，脸上皱纹一道又一道，不过透过那单布衫，仍然可以看到肩胛上隆起的"肉馒头"，那双眼睛仍然是那么亲切和善。

他还没有认出是我——这不能怪他，哦，也许他早把我忘了，也许我面貌变得根本认不出来了——十七年了哟！

我试探地说："张大虎，你还记得吗？十七年前的夏天，也是在这个码头上，一个十五岁的……"他的眼睛慢慢睁大，睁大，最后猛地向我伸出双手……

不用说，这种见面是多么快乐。晚上我又应邀到他家去作客，这自然不是十七年前那间茅棚了，而是一幢新型的工房，屋里的布置都挺不错。我们谈生活，谈工作，谈自己的经历，谈码头的巨大变化，谈久别的朋友见面后所能谈的一切。

他告诉我，上海一解放，他就积极参加了码头上的民主改革运动，1956 年入了党，后来组织上提拔他当了装卸队长，不久前，担任了装卸区的主任。

在码头的几天里，我接触了许多工人，人们一致赞扬这位工人出身的主任。他的文化水平不高，而码头上的业务又非常繁忙，可以想象他面临的困难。张大虎常常白天黑夜都泡在码头上，困了，就头枕柳条帽，在办公室里躺一下；醒了，戴上帽子，又上码头去了。他两只口袋总是鼓鼓囊囊的，一边是笔记簿，一边是馒头。他是很少有时间安安逸逸吃顿饭的。

临走时，我怀着深深的敬意，说："老张，你这干劲儿真足呵。"

张大虎摇摇头："不行啊！如今肩上这副担子比过去更沉了。"

"担子？"我疑惑地看着他，"如今肩膀上再不压杠棒了，还有啥担子？"

他笑笑："过去一根杠棒挑五张嘴，那只是个人生活的担子。可现在组织上要我领导这两千来人的装卸工作，过去的杠棒担子再沉，怎好同这比？"

我的心一动：是呀，过去的担子再沉，没法同现在肩上的担子比呀！

不久，"文化大革命"开始了。一次我遇到一个熟识的码头工人，向他打听张大虎的情况，对方回答："进'牛棚'，靠边审查。"

"啊！"我一愣，"为什么？"

"走资派。"

我说："张大虎从小夯大包，抬杠棒，当了个主任后也辛辛苦苦。"

对方苦笑一下："这就叫辛辛苦苦的走资派呀。"

有啥说的呢？我只能瞠目结舌。

粉碎"四人帮"后，张大虎被"解放"，重新担任了装卸区主任。

那天,我又去永华码头看望他,他尽管已白发苍苍,但仍然生气勃勃,精神焕发,真像一头下山虎一样。那天晚上,我们俩聊了大半夜,我迷迷糊糊地睡去。第二天,天刚亮,我就被一阵说话声惊醒了。只听得窗外传来一阵浑厚的声音:

"Welcome you to China, friends!①

这么早是谁在读英文呢?起身一看,原来是张大虎,他站在面向黄浦江边的水泥平台上,手捧英语书,正在大声朗读哩。

我走到他身边,不由得笑着打趣:"我当是哪个用功的小伙子,原来是你呀。哈,人家说八十岁学吹打,你这是六十岁学洋文。我不懂,你怎么会心血来潮想起学这玩艺儿?"

他朝我笑笑,严肃地说:"这可不是心血来潮。"指着近处码头边上的外轮:"你看,那些船,这两年进出上海港的外轮和我们自己的远洋货轮,比以前增加了一倍多。我们的工作,天天同老外打交道,作为一个领导,不懂一点外文行吗?"

我点点头:"是呀。不过你不比别人,年纪这么大,学这东西……"

他笑笑:"是哟,六十岁学吹打,前学后忘,不过想到肩上这副担子……"

"担子?"我沉吟。

他说:"十年动乱把国家搞成这个样子,耽误了那么多宝贵的时间。现在我们肩上的担子沉得很呀。不过,你还记得以前我给你说

---

① 朋友,欢迎来到中国。

过的贴豆腐皮,炼肩膀,压担子的事?'肉馒头'是杠棒担子压出来的,现在这肩上的担子也同样如此。就得咬着牙,愈重愈有劲,愈重愈能磨练人。"

我默默地看着他,心想:是呀,十年动乱,我们失去的太多了。如今我们每个人肩上不是都压着一副这样的担子吗?想到这儿,我感到肩上沉甸甸的。

(原载 1979 年 5 月《解放日报》朝花副刊)

担子

杨 树 林 ——寄自大庆的信之一

阿巧:

列车隆隆地向前奔驰着,过长江,跨黄河,穿峡谷,越平原,向北、向北……一直向北,经过两天两夜的旅程,当我看到展现在眼前的那一望无际的草原,看到那高高的钻塔,嗅着那原油和着泥土的气息,我不禁忘记疲乏和劳累,兴奋地叫起来: 大庆!

踏上大庆的土地已经十多天了,从大庆领导机关所在地的萨尔图,到最边远的新钻区喇嘛甸,从红旗村到创业庄,在这一千多平方公里的油海上,我奔走着,探索着。

我热血沸腾,心情激荡。记得离开上海时你曾说过:别忘了,到了大庆多来信,让我们也分享石油工人的胜利和喜悦。的确,我是这样答应,也是这样想的。可是一坐下来,摊开纸和笔,无数激动人心的和事就一齐涌在笔下。是写那高耸的钻塔,还是写他们响应党的号召,在新长征的道路上作出的新贡献……真的,值得抒写的太多了，我想，还是先写杨树林吧。

杨树林，这是 1960 年会战初期，铁人王进喜率领的 1205 钻井队打的第一口油井所在地。在大庆几乎无人不知，没人不晓。到大庆来的人，也都要去参观一下。其实，同其他油井没啥两样。一间小巧玲珑的采油房，上面耸立着高高的"采油树"，所不同的是多了一块牌子："第一口油井"。此外，在附近有一个马棚，据说这就是当年铁人打井时的值班房。还有一个簸箕形的土坑——当年的土卸车台，一个二十多平方米的土池子——泥浆池；一个水泡子——铁人和战友们用面盆铅桶破冰取水地方。再有那草原上茫茫的蒿草和野花，这一切就是人们传颂的杨树林。

作为一个远方来的人，如果你是怀着猎奇心情来的，多少会有点失望，的确，这一切太平常了。然而我真正认识杨树林，理解杨树林，却是以后的事情。

那是离开杨树林的第二天，我到钻井指挥部所属一个青年钻井队去访问。钻井工人，是油田上的主力军，就是他们用上千米长的钻杆，打穿地球，让石油带着巨大压力，从沉睡的地层深处喷涌出来。

为了给祖国的"四化"建设提供更多的原油，青年钻井队一马当先，在大庆外围一个名叫野狼坡的地方摆开了战场。这是个天然气比较集中的地方，很容易发生井喷，被称为"老虎嘴'。但是工人们毫不畏惧，他们以冲天的干劲，使钻井进尺达到日上千（米），月上万（米）的优秀指标。

　　我是傍晚到达的,在夕阳映照下,只见那无边的荒原上钻塔高耸,柴油机轰鸣。在马达的带动下,钻机发出隆隆的轰声,钻杆向地层深处飞快钻动,脚下的大地都不禁微微颤抖着。小伙子们头戴铝盔,身穿溅满泥浆和汗水的工作服。他们扶刹把,抢大钳,抬卡瓦,一个个真如同下山的猛虎一样。那情景不由得使我想起在电影《大庆赞歌》里见过的铁人王进喜的英雄形象……我正看得入神,猛然,轰的一声巨响,只见一股天然气和着油、水,夹着泥沙和石块,从井口喷射出来。正疑惑不知怎么回事,只听一声惊呼:"井喷!"

　　呀,我这才明白是怎么事。

　　阿巧,过去我只是在书本上看到过井喷这个名词,据说那是十分可怕的,可那毕竟是书本,如今我才真正领略到这"可怕"二字的含义。只见那气和水越喷越高,而且夹杂着拳头大的石块。这一切在几十个大气压力的催逼下,汇成一股灰黑色的气柱,带着恐怖的狂啸声,射向几十米高的空中,那情景真是地动山摇,惊心动魄。如不赶快压住,那四十米高的井架和周围的一切,倾刻间就会被一起吞没。

　　整个工地上人声喧腾,警报齐鸣。消防车,泥浆车,嘶叫着风驰电掣地从四面八方赶来。工人们在队长的指挥下,英勇地冲了上去。可是有的被气浪打昏了,有的被碎石打伤了,第二批又冲上去,受伤了,第三批又冲上去……就在这时候,由于大量喷水、喷气,井架下陷,倾斜达十五度。万一倒下就要引起大火,那后果不堪设想。

　　必须将井架稳住!

就在这时，一个二十来岁、名叫倪阿根的上海青年沿着扶梯，向高高的架顶攀登。气浪在他面前喷射，泥块和着碎石像子弹一样在他周围飞溅，倾斜的井架在他身下摇晃着……

一切真好似在炮火纷飞的战场上。小倪的生命受到严重的威胁，随时都有死亡的危险。但是小倪不顾这一切，他仰着头，躬着腰，爬呀、爬呀，终于登上二十多米高的二层平台，系好钢丝绳，下面用几台拖拉机紧紧曳住……

就这样，工人们终于战胜井喷，保住井架，创造了一个奇迹。

事后，我问小倪："你不怕吗？"

小倪腼腆地摇摇头。

我又问他："当时你是怎么想的呢？"

"没想啥。"他顿了顿，朴实地说，"我就想要保住井架。井架倒了，损失就大了。"

小伙子被评为铁人式先进工作者，荣立一等功。他坦率告诉我："去年开始来当钻井工时我不是这样的。"

"那时你怎么样呢？"我骁有兴趣地问。

"那时我既怕苦，又怕累甚至想换工种，"他瞅瞅我，"说实话，油田上的钻井工确实是比较辛苦的。"他指着身上溅满泥水的衣服，"瞧，真是冬天一身冰，夏天一身泥。"

"我理解，"我点头，"后来又怎么改变的呢？"

"队里和铁人一起战斗过的一位老'会战'，知道我的想法后，把我领到杨树林，含着泪讲述了铁人和工人们为了早日摘掉我国的贫油帽子,头顶蓝天,脚踏荒原,大干苦干,宁愿少活二十年,也要拿下大油田的情景。听着听着我也忍不住哭了。我想,人活着总得有理想,今天我们的生产和工作条件比起会战时期不知好多少倍。年纪轻轻的,活儿还没干多少,就嫌苦怕累,这对得起铁人老队长吗?对得起杨树林吗?"

确实,从杨树林那儿得到力量的,不止小倪。

离开钻井队不久,我又到油建指挥部所属的施工一队去访问。所谓油建,就是油田的基本建设。钻井工人每打好一口新油井,就交给他们。他们安装井口采油设备,建造转油泵站,铺设输油管道,成天同管子打交道。人们称他们为油田的野战军和无名英雄。当时,这个队正在远离指挥部一百多千米外的仙女庙施工。

这里也是一片无边的荒原。据说在很早很早以前这儿狐狸很多,有的还成了精(这当然是神话),于是人们就在那儿造了一个小庙,名曰仙女庙,如今连庙的影子也看不见了。举目眺望,除了草原还是草原。无数蚱蜢在草丛里跳跃着,不时有一只什么东西哧溜一下从车前穿过——不是黄鼠狼就是野兔,间或在那绿草中可以看到一团团雪白的羊群。

我们的越野吉普就在这一片荒原上颠簸行驶。由于道路艰难,一百多千米路走了四个多小时。到达他们的施工点时已经是夕阳接地,暮色苍茫了。

本来我以为会看到几幢干打垒或是其他什么建筑物,但是下车一看,除了几顶旧帐篷,什么房子也没有。其实想想也不奇怪,作为

"野战军"，在一个施工点，最多呆二三个月，一年四季经常搬家，还有什么比帆布帐篷拆卸起来更方便的呢？

"难道你们冬天也住帐篷？"我问队长老肖。

"你没听说过两句打油诗吗？'油建队真光荣，一年四季住帐篷。'"老肖笑着回答我。

仅从这一点，便可看出油建工人的艰苦。

这个队有二百多人，除了队长老肖等五六个老工人是六〇年前后从克拉玛依来的"老会战"，绝大部分都是在六十年代中，特别是七〇年以后加入石油大军行列的年轻人。这一点，也反映了我国石油工业前进的脚步和发展的迅速。

在这里呱呱叫的姑娘和小伙子很多。我想着重谈谈一个名叫林会战的年轻人。

队长老肖对我说："你别看咱小林年纪轻，他可是个老会战，了。"我一听就奇了，所谓"老会战"，在大庆可以说是个光荣称号，通常是指那些参加过六〇年石油会战的人，而面前这个小伙子最多二十岁。

老肖似乎看出我的疑问，说："六〇年三月，会战最艰苦的时候，小林爹妈随铁人从克拉玛依来到这儿，那一年他妈正怀着他。不久他就生在井架附近一间土窝窝里，他爹就给他起名林会战——因此在某种意义上，咱们的小林也可以说是'老会战'。"

原来这样！我不禁对这个"老会战"肃然起敬了。

听老肖和工人们介绍，小林确实继承了会战传统，是个出色的石油战士。比如,今年春天在一处工地架设管线,正好遇上个大水泡子,小林二话没说,带头跳进齐腰深的冰水里。虽说早已解冻了,但那水还是冰凉透骨。小林咬着牙,在水中一连工作了六七个小时,直到这一段管道安设好为止。这些都是别人介绍的,耳闻不如目见,现在我谈谈一件我亲眼目睹,身临其境的事。

那是到这儿的第二天,忽然下起雨来了。下雨,对我们南方人来说,是件很平常的事,我这一生中也不知看过多少雨景了。但这大草原上的雨景,却是惊心动魄,蔚为壮观。在一阵雷鸣电闪以后,那瓢泼似的大雨,从天空倾泻下来,只听哗哗哗!哗哗哗!说真的,在那一瞬间,我真疑是天漏了。放眼看去,分不清哪是天、哪是地,整个草原水雾弥漫,如同漂浮在海洋里一样。我们都待在帐篷里。但是雨水从门缝和各个破洞里钻了进来,从地下漫出来,不一会帐篷里面就和外面一样水淹脚脖。一只只塑料拖鞋,像小舢板似漂在水面上。

由于雨太大,草原上特大的花斑蚊子和一些昆虫都钻进帐篷。在昏暗的帐篷里嗡嗡乱飞。青蛙们则分外高兴。它们扯着嗓子,在帐篷四周哇哇喊叫。

老肖对我说:"瞧,这就是我们草原上的夏天。这叫稀泥塘,水上漂,青蛙叫,蚊虫咬。"

原来在我的想象里草原的冬天是严峻的,想不到夏天竟又是一种考验。

就这样,这场雨一直从中午下到傍黑,整个草原顿时成了一片水乡泽国。小林和工人们就在泥水中冒雨施工。据说这一工班他们还完成了 4 千米输油管道的铺设任务，比平常少不了多少。

只见他们一个个成了水人儿和泥猴儿。晚饭后，小林洗了把脸，换了件干衣服，我以为他要休息。谁知他拿上工具又出发了。

我问他："哪儿去？"

他说："去将铺好的管道试压。"

我看看外面斜斜的雨丝说："天黑了，又在下雨……"

他腼腆地笑笑："时间很紧，明天一早指挥部就要来验收投产。"他的伙伴小梁说："验收可不能出差错，咱们得更上一层楼。"

我忍不住说："我跟你们去看看。"

小林为难地说："这……路很难走。"

我说："你们能走，我也能走。"于是我披上雨衣，套上胶靴跟着他们出发了。

其实，我想象得太简单，路难走极了。雨水浸泡后的草原，真像稀泥塘一样。一脚一个坑，得用很大劲，才能将脚拔出来，我空着手没走上一刻钟，就汗流浃背，气喘吁吁了。而他们还背着工具呢。

小林和小杜打开风压机，向铺设好的管道里进行注压，然后沿着管道一个一个焊口，涂上肥皂沫，进行检查看看是否漏气。本来路就难走，加之新开挖管道两边都是浮土，小林和小梁不止一次地摔倒在地上，浑身像泥人儿，但是他们仍然一步一步地前进着。天黑尽了，他们就借手电的光亮，一个焊口一个焊口地进行检查，就这样坚持到深夜十二点，将 4 千米的管道焊口全部检查完毕。4 千米，这本是个平常的数字,但这又是什么样的 4 千米呵,这是一步一个脚印的 4 千米,这是泥和水的 4 千米。这是一种多么崇高而又多么不平凡的工作责任心。我看着小林那瘦瘦的身材和稚嫩的脸孔,不禁心想:什么力量在鼓舞和指挥他呢?

有一天我和他谈起这个问题,他朴实地对我说:"杨树林。"

"杨树林?"

"真的,"他说,"我虽然是在杨树林旁边出生,闻油香长大的,可是我并不真正理解杨树林。"说到这儿,他天真的圆脸上泛起一种真诚懊丧的表情。

我不由惊诧地看着他。

他继续说:"学校毕业后,我原想当钻井工,就像歌里唱的:头戴铝盔走天下……可想不到组织上把我派到油建施工队,成天同烂泥和管道打交道。我心冷了半截,心想:这真叫大门走对了,二门迈错了。干活提不起精神,思想一放松,工作就走样。有一次,一条管道上有个小砂眼我没查出来,幸好队长发现得早,要不埋进土里,投产后发生喷油事故,那后果不堪设想。我又悔又怕,领导上没有批评我,将我领到杨树林,谈起铁人老队长和当年会战的情况。说实话,这地方不知来过多少次,这些话,我不知听过多少遍,不知为啥,这回越听越新鲜,越听脸越红。铁人老队长和老会战们想的是为国家多出石油,出好石油,是对油田负责一辈子。我呢,嘴里也说要为国家的石油工业作出贡献,可想的却个人的得失。一句话:我虽然生在杨树林,却对不起杨树林……"

呵,阿巧,这就是大庆的杨树林。"想起杨树林"或"对不起杨树林"。这几乎成为大庆青年的一句口头语。

杨树林,这是大庆石油工人的光荣和骄傲,是他们汲取力量的地方。怀着这种新的感情和认识,昨天我又一次来到杨树林。看着那平凡得不能再平凡的土卸车台和泥浆池,以及破马棚。

"开钻了!"铁人那宏亮的声音和严峻的面庞又一次齐浮现在我的面前。

呵,杨树林呀,杨树林,这儿没有巍峨的建筑,也没有什么高大的丰碑,只有几株挺拔的杨树和普通的一口小油井,但是我觉得,它能和任何最辉煌的建筑相比美。它将用金色的大字,永远记载在我们石油工业的历史和铭刻在人们的心坎里。

(1981 年 2 月收入少儿出版社散文集《神灯》)

马兰花 ——寄自大庆的信之二

阿巧:

拆开信,看到这朵淡紫色的小花,你一定奇怪:这是什么花?告诉你,这是马兰花。

这六月的大庆草原,花可多啦。红的杜鹃,黄的金针,白的柴胡,金的野菊,还有这紫的马兰花……它们争奇斗艳,把无边的草原,装扮得五彩缤纷,远远看去,就像铺了一层华丽地毯。

在这些花中,我最喜欢的是马兰花。

马兰花是草原上最普通的一种花。修长而又碧绿的叶片,紫色的花朵,真有着水仙的风姿,兰花的俊美。

但是,她不像水仙和兰花那样只能生长在温室和暖房里。她是大地的女儿,草原上的英雄。牧羊人告诉我,马兰花最经得起风霜雨雪。每年四月冰化雪融,总是她首先将那淡紫的花朵探出地面。每当霜降,百花凋零,马兰总是傲然挺立。有时北风呼啸,冰雪盖地,你偶尔也会见到她那紫色的身影。

我爱马兰花,我更要给你讲个马兰花的故事。

三天前,我到一个女子采油队去访问。这个队有三十二个人,都是二十岁左右的姑娘。其中年龄最大的二十六岁,最小的只有十八岁。她们负责管理二十口采油井,十二口注水井,像工厂一样,一天二十四小时分三班轮换作业。

为了工作方便,她们住在井场附近的活动列车式板房里。这种房子远远看去,同火车车厢一式一样。俗话说:三个姑娘一面锣。而一二十个姑娘聚在一起,又说又笑,你可以想象到那是一种什么样的场面。真比舞台上的闹天宫还热闹哩。这些姑娘中有来自北京和天津的,有来自上海和浙江的,还有来自大兴安岭和呼伦贝尔草原的。为了一个共同的目的:实现祖国四个现代化,建设新大庆,她们汇集在一起。

因为我奔波了一天,她们给我安排好住以后劝我早点休息。可是由于时间紧迫,加之好奇心,我坚持一定要跟她们到井上去看看。队长小朱对一个名叫华珍的姑娘说:

"你陪他去吧。"

华珍爽朗地说:"走吧。"

我听她那口音很熟悉,便问她:"你是哪儿人?"

"杭州。"她说。

"呵,喝西湖水长大的。"我笑着,看看她那秀嫩的面孔。

夜晚的草原非常宁静,繁星在天空闪烁,四周悄无声息,只有草丛中的"纺织娘"在奏着自己的乐曲,使大草原显得更加神秘和寂静。我们沿着一条草丛中的小路缓缓而行,周围一个人没有。我忽然想起什么,问华珍:

"这儿有没有狼?"

"听说过去很多,现在很少看到了。"

"不管怎么说,这黑更半夜,你一个人不怕吗?"

"怕?"她看着我,"怕什么?"

"这……"我一下也说不清楚。

她似乎理解我的意思,笑说:"早先一个人这样走路,确实怕过,现在习惯了,也不怕了。"

我点点头。

华珍要负责三口油井,我们走到一号井。她告诉我,这些油井全部是自喷的——地下的石油在强大的大气压力的催赶下,从地层深处顺着井口管道自动地喷出来,经过弯弯曲曲的管道流进输油管,送到泵站再输送到全国各地。所以除了管道和阀门,那墨绿色的石油,你是一滴也看不见的。

华珍打开值班房的木门,扭亮电灯,只见白色的墙壁上,挂着一张"高产优质红旗井"的奖状,旁边悬挂着"大庆采油工岗位责任制"的镜框和各种值班记录簿。整整齐齐,一尘不染。

桌上小瓶里还插着一朵马兰花。

华珍熟练地测量了原油的产量和天然气压力,又摇动绞车,放下钢丝进行清蜡工作(因为原油含有大量的蜡质,容易凝固,堵塞井口,必须即时清除)。正在这时,旁边不远处场地上,突然传来一阵闹哄哄的人声和音乐声。我很奇怪,一看,原来是在放露天电影。从那随风传来的音乐声,可以听出放映的是越剧《红楼梦》。

我问华珍:"那是什么单位?"

她似乎没听到我的话,专心致志地看着钢丝绳上的深度计数表,半晌才说:"油建二大队。"

这时音乐越来越清晰,我忍不住看看远处模糊的银幕,又看看专心的华珍,心想:"在这样的荒原上,放的又是《红楼梦》这样的影片,她竟能目不斜视,无动于衷,真不容易。过了十来分钟,她清好蜡,直起腰,舒了一口气。我忍不住问:

"你不喜欢看越剧《红楼梦》?"

"不,"她笑着瞥了一眼远处的银幕,"我从小就是个越剧迷。"

"那你……"

她用手点点镜框里的采油工岗位职责第一条:"当班时间,思想集中,坚守岗位。"

我说:"一个人当班,真的走一会儿,谁也不晓得。"

她说:"这就看每个人责任心了。制度不光挂在墙上,得刻在心坎上。"

我不由得点了点头。一刹时,我觉得这平常的姑娘变得丰满高大了。

半晌,她忽然说:"说老实话,如果两年前碰上这种情况我一定会偷偷跑去看的。"

"呵，"我看着她——那神情严肃认真，丝毫没有开玩笑的样子。

我问："为什么呢？"

她拿起插在瓶里的那朵马兰花，送到鼻子上闻闻，深情地说："这要归功于马兰花。"

"马兰花？"我不由凝望着窗外原野上那星星点点的马兰花。

她说："两年前的秋天，我离开家乡西湖，来到这里，当上采油工，开始我确实蛮高兴的。心想：大庆是全国闻名的单位，能在这儿当上个采油工，那是挺光荣的。可是因为我没从思想上真正认识到采油工作的重要性，这种热情很快就冷了下去。一天到晚，就是量油测气，清蜡扫地，这能搞出啥名堂来哟？我还写了两句打油诗：'望草原茫茫无边，当采油工有啥出息。'当时我们的班长马兰看出我思想不对劲，就耐心地帮助我，同我讲采油工作的重大意义，可是我总听不进去。时间飞快过去，冬天很快来到了。那一年的冬天特别冷，气温经常在摄氏零下三十多度，草原上的水泡子冻得硬梆梆的，地上雪有二三尺厚。放眼去，整个草原，冰封雪盖，茫茫一片。尽管我们戴着狗皮帽子，裹着老羊皮袄，还是直哆嗦。对我们这些生长在西湖边上的人来说，这样的严寒只有在故事里面才听说过。"

说到这儿，她吁了口气，继续说："我记得那天晚上，我也值午夜零点班，说老实话，我真不情愿从被窝里爬出来，真舍不得离开那温暖的列车房子。可又有啥办法呢。我缩着脖子，将狗皮帽帽沿拉下来,再紧紧裹着老羊皮袄,然后一步步向井场走去。当时,雪已经停了,整个原野如同水晶世界。四周不但没一个人,连任何声响也没有。那情景真好似到了北极一样。我原来还有点迷迷糊糊的睡意,被那寒冷的空气一下冻醒了。我沿着上一班人踩出来的脚印踩着那深深积雪,咯吱咯吱朝前走着。这一段路刚才你也走过,用不了十分钟,可是那天也不知为啥,走呀,走呀,老是走不到。忽然我看见右前方草地上伏着一只黑黝黝的东西,不由叫一声:'狼!'……"

"真的是狼?"我睁大眼睛。

她苦笑一下,说,"当时我真是吓得浑身酥软了,一下就跌在雪地上,不由想起过去听人说过:冬天雪地上寻食的饿狼那是最最凶狠的了。心想,这下完了,这家伙一定会扑上来。"

"狼扑上来了吗?"我焦急地问。

她说:"我想找样东西——一根树枝或是一块石头也好,可是一切都被大雪盖住了,只扒到一块冻得梆硬的土疙瘩。可是那只狼一动也不动,心想,这是怎么回事呢?我也忘记零下三十多度的严寒,蹲在雪地上睁大眼睛仔细瞅着,又是几分钟过去了,狼还是一动也不动。我心想,这条狼就怪了。我就大胆的将土疙瘩扔过去,只听'咚'的一声。"

"怎么样?"我也听得紧张。

"狼仍然一动也不动。这就奇了,我走过去一看……"

"什么?"

"一只破柳条筐。"

　　我忍不住笑起来。

　　"是哟,"她说,"当时,我也觉得好笑,扭头看看左右,一片冰雪,什么人也没有。天哪,幸好没人,要不,多出洋相啊。我看看表,已经被耽误了半个钟头,我不由踢了一脚那该死的筐子,赶紧奔到1号井房。量油测气,再清蜡扫地,这些事儿干完已经是午夜二点多钟了。还有四个多钟头,得往返跑4千米去看那另外两口油井。时间是非常宝贵的。但看看那冰天雪地的荒原和呼啸的寒风,我怎么也挪不动腿。我裹着老羊皮袄,就蜷缩在这张椅子上。看着窗外那冰雕玉琢的世界。我不由想起温暖的南方,想起家乡西湖,后悔不该跑到这儿来……"

　　她停住,稍顷,继续说:

　　"就这样我缩在这儿,越坐越冷,越想越难过。时间一分一秒地过去,我一看表,唷,四点钟了,不出去,就要耽误大事儿了。没法子,我只得拉开门。这时外面又下雪了。这儿的雪同南方的雪不一样。南方的雪像鹅毛似的,一片片,轻盈温柔。这儿的雪,就像春天的风沙一样,一粒粒打在脸上生疼生疼,老乡们称为烟泡雪。当时我顶着风雪,一步步艰难地向前走着。那凶狠的暴风雪打得我抬不起头,睁不开眼,我只能转身一步步倒退着走。而且也还得走三步停一停。稍不小心,扑通一下就摔在雪窝里。就这样,我走走停停,也不知摔了多少跤,一千多米的距离我走了半个多小时,好不容易才到2号井房附近。我喘了一口气,刚要伸手掏钥匙开门,忽然看见管道干线加热炉旁边站着一个人。"

"站着一个人？"我问。

"对，"华珍点头，说，"我忙问：'谁？'对方不答话。这次我接受刚才那只破筐的教训，稍为大胆一些了。迎着雪的反光，我定睛一看，原来不知谁将一顶狗皮帽子罩在分气包的压力表上——这是谁？我正疑惑，忽听雪地上'哧'的一声，亮起一星光亮，但很快被风雪扑灭。我再一看，原来那儿蹲着一个人，光着脑袋，只穿一件薄薄的紧身棉袄。她不是别人，是我们的班长马兰。'马兰！'我叫了一声。那几天因为天气不好，好几个同志感冒，马兰已经顶了两个班。这时候……只见她跪在干线加热炉炉膛旁边。炉子已经熄灭了，她身边雪地上散落着一些火柴梗，只见她面孔青紫，双手哆嗦着，手里捏着一盒火柴。'兰姐！'我喊叫着扑上去——这里我要说明一下，因为大庆是高寒地区，为了防止原油在管道冻结堵塞，必须给管道加温。2号井的干线加热炉要负责附近十几口井的原油加温。平常这炉子是利用油田的天然气，昼夜不停地烧着的。如果熄灭，温度下降就要使附近几千米的输油管线'灌香肠'，从而造成关井停产的重大事故。"

说到这儿，她激动地喘气。

我安慰她："慢慢说。"

她平服一下，继续说："如今炉子竟然熄灭了，这当然都是我的责任和过错。'兰姐！'由于害怕、不安和激动……我抱住颤抖的马兰。马兰抬起润湿的眼睛，温柔地看了我一眼。呵，那是什么样的眼神呵，似乎说：'小华，别忘了，我们是大庆石油工人，党和人民期待着我们。'又似乎说:'不怪你,我是班长,我有责任。'生活中往往有这样的情况:一个人犯了错误,你骂他、训他、斥责他都无所谓。反道是这种火热的眼神和无声的语言。'兰姐!'我又喊了一声,泪水顺着眼窝滚下来。'快!'马兰颤抖着将火柴盒塞到我手里。我擦了一根,仍然'哧'的一下就熄灭了。很明显,要在这样的大风雪里点着火柴,几乎是不可能的。怎么办? 时间多么宝贵呀,我正焦急,马兰爬到附近一个被雪封盖的油池旁边,用手抠着挖着,不一会,挖了一个洞,露出黑沉沉的原油。我还没明白是怎么回事,马兰解下脖子上的羊毛围巾,塞到油池里……

"火,终于点着,那熊熊的炉火温暖了冻僵的油管,沉寂的油管又发出潺潺的响声。那熊熊的炉火也温暖了我的心。懊悔和痛苦的眼泪,在我脸上汹涌奔流。我紧紧抱住马兰。我以为她要好好教育开导我一番,谁知她轻声说:'来,我送给你一朵花。'说着,弯腰从管道旁边的隙缝里掐了一朵小小的马兰花。呵,这就是遍布草原,天天看到的马兰花。可是在这冰封雪盖的大地上,想不到也能找到她。马兰说:'每个人的生活道路,都不是一帆风顺的,五年前我刚从山东微山湖畔来到这儿,比你流的眼泪还多呢。记得也像这样的夜晚,也是在熄了火的干线炉旁,我们的班长马兰……''她也叫马兰?'我问。'对,也叫马兰。她给我采了这朵小花。对我说,你别看不起她,在草原上她最耐雨雪、经风霜,哪儿都能开放,哪儿都能生长,咱们要学学她……"

华珍讲完,月亮升起了。那洁白如水的光华照得草原银闪闪,白花花。我凝视着那一朵朵盛开的马兰花,不由摘了一朵,装进信封,呵,阿巧,你一定会喜爱和珍惜她。

（1981 年 2 月少儿出版社收入散文集《神灯》）

盐场书简

银色的世界

朋友，当我给你写信时，我正置身在一片银色的世界中。这是一幅多么美妙的图画：晴空万里，在一片白茫茫的海滩上，罗列着堆堆盐山，在阳光下，光闪闪、亮晶晶，有如银塑，有如雪堆，有如珍珠，有如海石花……在它背后，是那广袤无边、怒涛澎湃的蔚蓝色大海。天上，一对对沙鸥飞舞，远处点点白帆。不久前我来到这儿，这是位于黄海之滨的江苏连云港盐场。

连云港盐场是从前的淮北盐场的一部分，出产闻名的淮盐。在东起圩子河畔的徐圩，西至大浦的长达 120 千米的海滩上，数万名盐工冒寒霜，迎烈日，同天时作斗争，与日月争时间，拦进那滔滔的黄海波涛，晒制成雪白的盐，满足人民的食用和工农业生产的需要。现在，他们每年生产的原盐，将近一百四五十万吨。在生产旺季——

农历小满前后十八天,太阳晴好,空气干燥,南风一吹,五天生产的盐就够全上海人民吃上一年。想想吧,这该是一个多么丰富的盐仓啊。

我怀着孩子般好奇而喜悦的心情,在埝子(这是盐池与盐池之间的小路)上奔走着。那一格格盐池,横看一直线,竖看一条边。如若不是那一堆堆银白色的盐山,我真疑心置身于江南水乡哩。盐池的卤水很浅,橙黄的水面上漂浮着一片片薄薄的盐花,有如雪花,又似云母片。池底是一团团莹白的结晶体,小的如豆粒,大者像核桃。盐工们脚穿长统胶靴,手执长柄刮板,轻轻地刨着。头上包着白毛巾的姑娘们,推着盐车,往盐廪上运。她们边跑边唱:车一辆来山一座哟,车轮滚动地哆嗦,一车银盐一车笑,一车银盐一车歌。

歌声伴着车轮的滚动声和刮盐的沙沙声,谱成一首撩人心弦的乐曲,而推车姑娘矫健轻盈的身影,简直就像是一只只飞舞的海燕。呵,朋友,我真不知该怎样向你述说自己的感觉。这里的一切,是诗,是画,更是一曲劳动的赞歌。

一场小小的战斗

我的双手沾满卤汁,浑身淋着雨水,我的心却是无比甜蜜……我想告诉你,盐是怎样生产出来的。哦,也许你会觉得好笑,不假索地回答说:盐不是海水的结晶体吗? 你说的对,但是并不完全。盐,在人们生活中的地位太平常了。世界上也很少有像晒盐这样生产成本低、生产方法简单的东西。海水取之不尽,用之不竭,日光和空气也不花一文钱,而且速度和产量高得惊人,这里,一池海水通常只需六七天时间便可以收到五六百担盐。然而,正像流传在盐工们中间一句古老格言说的:"晒盐没得鬼,全靠流汗水。"你知道,就在这短短的几天中,该花多少劳动啊。夏天,太阳晒,咸风吹,卤水泡,每个盐工一年都要脱几层皮;冬天,寒风吹,凉水浸,手脚裂得像娃娃嘴。然而对千锤百炼的盐工来说,这却是十分平常的。真正严峻的斗争还在于与大自然的搏斗。用盐工们的话说,是"天不怕,地不怕,就怕老天哭啦啦"。那该是多么紧张、激烈而又感人的场景哟。我就曾经亲身经历了这样一场小小的战斗。

那是初春的一个晚上,盐工们接到了气象台发出的六级大风雨的紧急警报。老实说当时我并没有意识到六级风雨是一件多么大的事。谁知人们却如临大敌,所有的职工和场长、党委书记、炊事员都出动了,而且连工人家中的老人、小孩子也不例外。人们推着车子,担着筐子,有的拿着畚箕和脸盆,不约而同地奔向盐滩,抢扒着池底已经结晶的盐,朝着盖有芦席的盐廪上运,同时将池里的卤水转运进深塘里,总之千方百计地减少损失。滂沱大雨将他们淋得浑身湿透。但当他们看到一池池的盐花和卤水运藏妥当,脸上涌现的那种欣慰呀,却不是我这支笔所能形容的。

我曾问一个干部:"这么多人,连家属都来了,有谁动员?"

他看着我,不无好奇地说:"这还要动员吗?咱盐场的人,一听到刮风下雨,就会一起出动,不用动员。"

呵,朋友,我想你是懂得盐是怎样结晶成的;但你可曾想到,在盐的成分里,还包含着盐工们多少汗水?

"活命草"和玫瑰花

人在激动的时候,总想将自己想得最多、感受最深的事告诉别人;可往往找不到确切的语言。朋友,现在我正是这样。

两小时前,我到圩子——盐工们的住宅区去。这些屋子都是解放后才建造的,一排排、一行行,粉墙红瓦,映着银白的盐滩,显得分外耀眼。盐工们正下班,他们哼着当地的小调儿,沾着一身的卤渍,由四面八方回来。妇女和孩子们有的担着水桶,有的提着水罐,到圩子的储水池去提取淡水。你知道,淡水在盐场是多么珍贵,解放前,得跑四五十里到场外的村上去买。现在国家在圩子里修了储水池,用车将淡水运了来。淡水,在盐工们的生活中再不成问题了。

在人群中,我碰到了昨天才结识的一位叫云贞的姑娘。她肩上挑着的不是水桶,而是一筐黑油油的烂泥。她满头大汗,看样子至少赶了三四十里路。

"这是甜土,刚从东边公社的大田里挑来的。"她快活地对我说。

我奇怪地问:"这烂泥有什么用?"

她调皮而又神秘地说:"你跟我来,看了就知道。"

到她家里,早有好些女伴在等着了,地上放着许多空花盆和一堆玫瑰花株。

她撂下担子，说："你听说过我们盐滩上祖辈流传的一首歌谣吗？"

"啥歌谣？"

"一去二三里，盐工四五家，楼台无一座，四季不见花。"

"四季不见花？"看着筐里的土和地上的玫瑰花株，我明白了。人都爱美，尤其是女孩子。盐滩上连草都不长，更别说花了。

"种上这些花，好！"我说。

云贞和女伴忙碌起来，有装盘，有填泥。这时，我却又发现了一件使我无法理解的事：云贞用一只最漂亮的花盆，装上盐滩上黄褐色的咸土，种了一株野草，它既没有艳丽的花朵，也无嫩绿的枝叶，更没有诱人的芬香。细黄的杆，狭长的叶子，上面满结着几粒白色的籽。

"种这野草干吗？"我不禁好奇地问。

没料到，我这一问，正在欢笑忙碌的姑娘们顿时静了下来。

"这不是野草。"云贞说。

"不是野草是什么？"我奇怪。

云贞对身旁一位全身皮肤黑得发亮的老盐工说："爹，你说说。"

老人迟疑了一下，说："它是野草，可不是普通野草。"

"为啥？"我更不明白了。

老盐工说："它名叫盐蒿草，专在咱们盐滩上生长。它不怕盐碱，不怕旱，不怕冻，它的籽能吃，解放前闹饥荒和前些年自然灾害，没吃的，盐工们都吃过。有人叫它'活命草'。"

"原来如此。"我沉吟。

我想说什么，但又不知道该怎么说。姑娘们是爱美爱花的，可云贞和她的伙伴们仅仅是爱美爱花吗？朋友，告诉我：你又是怎么想的呢？

（原载 1962 年 6 月 17 日《解放日报》朝花副刊）

小数点儿的心思

1977 年春天我到东海建港工地访问。其时粉碎"四人邦"不久，百废待兴，其中三号码头急待重建。负责该项工程的修建队支部书记李林义告诉我，今天就要进行水下爆破，将原本只能停靠万吨级货轮的码头，改建成 6 万吨的泊位。这工程十分麻烦。它左面的二号码头是输油管，相距只有六十米，右面的四号码头是外轮区，最近点只有四十多米。炮眼里炸药放太少，不管事；放多了易出事故。在国外，通常都要安设水下空气屏幕，阻挡和减弱爆炸的冲击波。我们没有这项设备和技术，只能精确计算填放炸药数量，做到既安全又有效。今天的会就是最后落实施工爆破方案。

会场不大，人们以一张乒乓球桌为中心，围成一圈，迎面墙头上贴着一巨大的宣传画，上面画着一个人骑在火箭上，奔向 1990 年，旁边贴着一些诸如"苦干加巧干，攻克水下爆破关"和"一心为四化"之类的口号和标语。李林义引我在桌子顶头空位坐下，对身旁一个戴眼镜的青年说:"小龙,开始吧。"

小龙说:"小数点儿跑开了。"

我问李林义:"小数点儿是谁?"

他告诉我是负责这项水下爆破的工程师,名叫肖素。

作为爆破工程师,这位小数点儿显然是这次爆破工程和今天会议的主角。必须等他.。

"你去找找他。"李林义吩咐小龙。

"为啥叫小数点儿呢?"小龙走了,我问李林义。

李林义说:"这位肖工对数字特别敏感也记得特别牢。六三年他写过一本名叫《港口水下工程》的书。'文化大革命'中作为反动学术权威他进了牛棚。造反派让他检查交待,他说我有错,我有罪。问他罪在哪儿?错在何处?他说:'书中第七十二页,水深二十米,硬度七级的辉绿岩,每平方米安放炸药应该是六点八公斤,书上写的六点二公斤,这是个严重错误。''混蛋!'造反派更恼火了,'谁让你检查个?你这是存心…'"

这时,小龙走进来,后面跟着位老人。李林义热情地指着身旁一张空位:"肖工,这儿!"

肖素坐下,我一看,这是个将近六十的老头。一头灰白的头发剪得短短的,穿一件旧工作服,脸瘦削黝黑,如果不是事先知道,谁也看不出这是位高级工程师。

李林义用他那动人的男中音和宣传鼓动家的口才,从建设"四化",周总理"三年改变港口面貌"指示,谈到这次水下爆破的意义。

最后激昂地说:"同志们,咱们这次任务,像俗语说的,窗户眼里吹喇叭,名声在外。从市到局,上上下下全都知道了,而且非常关心。我们一定要胜利安全完成这次爆破任务。我们计划下午一时放第一炮。具体事项请肖工程师谈一下。"

众人目光都转到"小数点儿"身上。他拘束地翻开一本卷角的笔记本,咳一声:"同志们……"又咳一声:"同志们——"

有人偷偷笑了。

"嗯咳,"他又咳了一声,然后结结巴巴地说:"刚才我想了又想,今天不能爆破。"

"什么?"李林义像挨了一闷棍,圆睁了眼。

人们纷纷议论。

小龙说:"小数点儿,你可别开玩笑。"

"谁开玩笑。"肖工嘟哝,那模样似乎他做了什么错事。

"那为什么呢?李林义尽量让声音变得和缓。"今天放炮是计划好了的。"

肖素指指面前的笔记本,苦恼地说:"咱们没有测震仪,也没水下空气屏幕。我算来算去,每个炮眼里究竟该装 5.5 公斤胶质甘油炸药呢,还是 5 公斤?"

小龙说:"只不过为了 0.5 公斤炸药。"

"嗳,"肖工瞪了小龙一眼,说:"你可别小看这 05 公斤炸药。我们一排有五个炮眼,一个炮眼 0.5 公斤,五个就是 2.5 公斤。"

"2.5 公斤又怎么样?"小龙不服帖。

"瞧你说的！"肖工急了，"你知道吗？一公斤炸药只需要 0.00003 秒的时间就能完成化学反应——爆炸。1 公斤炸药的爆炸，可以产生 900 升气体，10 个大气压力。眼下我们爆炸的地方不是汪洋大海，而是狭小的港池。"

人们笑着。我心里想：真是个名不虚传的小数点儿，瞧他，这些数字背得多么熟呀。

一个衔着烟斗的老工人说："肖工程师说得对，左面是输油管，右面是外轮码头，这好比在瓷器店里捉老鼠，要逮住老鼠又不能碰坏瓶瓶罐罐，还是把细点好。"

"这我知道，注意安全是应该的。"李林义说，"可这日程和施工计划，支部是根据你的意见研究确定的。而且已经报到局里、市里。"

"这，"老工程师抱歉地说："实在对不起。我还得再做一次震力试验。"

尽管是支部书记，但在技术上必须听取爆破的工程师的意见。很明显——今天不能按计划进行了。

人们都看着支部书，李林义使劲攥着手里的钢笔，看得出，他在克制自己，半晌说："好吧，散会。"

"哼，这老家伙存心出我的洋相。"回到支部办公室，李林义忍不住将工作手册往桌上一摔。

我说："这——不至于吧。"

"嗨，你不知道。"他灰着脸："开始我们就有 5 公斤和 5.5 公斤两个方案。从效果说当然是 5.5 公斤好，可不知安全怎么样。他计算来计算去，并实地试验，认为可以，可今儿又突然来这一手，你看看……"

我说："他可能还是从安全着想。"

"未必。"李林义摇头，"现在知识分子同过去不同了，总想把尾巴翘起来。就拿肖老头来谈吧，如果在过去，他就不敢……"

我不赞同支书的观点，但我觉得口头争论没意思。我要求去看看肖工程师的震力试验。

肖工试验是在离港区三公里外一处偏僻的海边上进行的。为了抓紧时间，他们连夜进行。四周黑乎乎的，海水在黑暗中微微闪烁着光亮。自己改装的一条小钻船，离岸不远，正在水下打炮眼。岸上每隔三米放一块尖尖的小石头，上面放一块大石头，那形状就像一只只石蘑菇，一直放到五六十米的距离。

"这干吗？"我问白天在会上发言的那个叼着烟斗的老工人。

"这是肖工想出来的土测震仪。"对方回答。"只要一震，上面的大石头就会倒下来，从中可以看出距离和震力的大小。"

我看肖工，他正安详地坐在远处一块大石头上。尽管春分已过，但三月的夜晚仍然寒气逼人。幸好李林义想得周到，给我借了一件棉大衣。我翻起大衣领子，走到老工程师的旁边，他礼貌地将身子挪了挪，仍像刚才一样盯着海面。

四周十分安静，海浪轻轻地拍打着岸边的岩石，那单调、隆隆的钻机声伴着远处港池里隐约的汽笛声，使这荒凉的海边更加静谧。肖工紧盯着面前波光闪烁的海水，不时喷一口烟，那火苗忽闪忽闪。

"肖工,你多大年纪?"我搭讪着问。

"58。"他连头也没回。

虽然我们紧挨着,但我感到我们之间的距离。蓦然一阵凉风吹来,他瘦弱的身子瑟缩了一下,我脱下身上的大衣,披在他上。

他一惊,忙说:"呵,不要,不要。"

我说:"我比你年轻,抗冻。"边说边将大衣按在他肩上。

老工程师回过头,我也正看着他,双方的目光交织在一起。"来,两人披。"他说撩起大衣的一角披在我身上。

"好,"我欣然应允。

奇怪,就是这自然、不经易的动作,拉近我们的距离。

他又递给我一支烟,于是我们交谈起来。我发现他并不似我想象得那样孤傲、冷僻,而是很容易亲近的。

他说:"同炸药打交道,来不半点含糊和马虎。1954 年,有一次在川江航道搞裸法水下爆破,由于粗心大意,爆炸时间相差 1.5 秒,一条工作船连同上面的人,就一齐被送上天空。再比如去年在青岛施工,由于无政府主义思潮的影响,工作马虎,一个青工测定钻船位置时,误差 1.8 米,与上一排已放好炸药伪钻孔重合,幸好我及时检查发现,要不……真险哪。"

我说:"听说今天爆破的 5.5 千克方案是你定的?"

他说:"是的。"

"是不是计算而且经过实地试验?"

他说:"是的。"

"那为啥今天又突然临时改变计划呢？"

他说："不瞒你说，真要水下爆破，我多少还是有些担心。为此昨儿一晚我没睡好。"

"呵。"

望着远处的港区，他坦诚地说："我们这些人是从旧社会过来的，出身不好，历史复杂。当然，现在不同于'四人帮'横行的时候了，可是'以阶级斗争为纲'，我们这种人……"说到这儿，他瞥了我一眼，苦笑一下："千万不能出差错，左思右想，我决定改变计划，再试验一次。"

"呵。"我终于明白小数点儿的心思。夜色中我看着那张苍老饱经风霜的干树皮似的脸，想起自己的遭遇，何尝不是如此。正想说什么，只见一条舢板船靠了岸，走上一个工人，向他报告："炮眼打好了。"

肖工抓起地上两面小旗，高喊："开始！"

经过三天的反复试验，再次证明每个炮眼装填 5.5 公斤炸药是可以的。

"嘿，"李林义摇头。"你看那个小数点儿，硬是白白耽误了三天时间。"

我说："你知道他为啥坚持再次作一次实地试验吗？"

"这有啥，"李林义不屑，还不是摆摆工程师的架子，拿捏拿捏咱们这些外行人。"

"不，你这就错了。"我把老工程师的"活思想"告诉了他。

"这样？"李林义似信非信。

我坦诚地说："有肖工这样思想的人在知识分子中不是个别的，我也有。"

"是吗？"

"这么多年的阶级斗争和以阶级斗争为纲真把大家给搞怕了，特别肖工程师这种从旧社会来的知识分子，可以说人人自危，他们不得不慎之又慎，处处小心呵。"

李林义沉思。

我恳切地说："你问我今后支部工作该怎么搞，说实话，我也说不好。但通过这件事我有点小小体会：同老肖这样的人交知心朋友。听听他们的心里话，知道他们在想些啥。"

李林义沉思着没说一句话。

（原载 1980 年 8 月 18 日《工人日报》百花副刊）

心中的春天

惊蛰已过,春分将临。按节令说,春天早就来到了,可是大自然似乎忘却了时间,且不说棠棣和蔷薇,连那报春的使者——嫩黄的迎春也只绽开了寥寥的几个花骨朵儿。每天,睁开眼,看到的就是北风细雨,阴云翻卷,冻得人缩手缩脚,冰凉彻骨。

这是一九七六年的春天。我来这东海建港工地两个多月了,几乎难得有好天气。

清晨,我怀着一种说不出的怅惘心情,站在指挥部的窗前,透过那水淋淋的玻璃,遥望着那无边的大海。大海,似乎也不满这迟到的春天,灰色的海面,水雾缭绕。大概由于寒冷,加上下雨的关系,远处的码头工地显得分外冷落,开山放炮的人看不到了,只有岸边一艘炸礁的钻探打洞船还在坚持作业,偶而传来一阵隆隆马达声。

"呵,这那里像春天啊!"我不由地叹了口气。

"是呀,冷得出奇。"戴眼镜的爆破工程师肖全德一面翻资料,一面哈着冻僵的手。

"这就叫春寒料峭。"

我们议论着，从北极浮冰的迁移，太阳射角的不同，谈到自然气候的变化，真可说是海阔天空，热烈异常。可是，不管我们谈得多响亮，多热闹，蹲在一边的指挥长大老魏总是闷着头，一声不吭。

大老魏今年五十七岁，是我的老上级，这次我就是专门来访问他的。他小时候是放牛娃，一九三八年放下赶牛鞭子，参加八路军。转战南北，历尽战火，左手两个手指被炸掉了，身上还留下多处伤疤。1952 年他离开部队，来到上海，在交通部门任领导职务。他勤勤恳恳地工作，一心想做出成绩来。"文化大革命"一声炮响，他成了"走资派"。被打倒在地，下放到码头上劳动，拉板车夯大包。就这样折腾了好几年，也没查出啥问题。他心里憋得慌。直到去年——一九七五年春天，获得"解放"，被分配到这个规模宏大的，海港工地来担任指挥长。这座港口是根据周总理"三年改变港口面貌"的指示，勘察选定的。要在一片荒凉的海边搬山填海，建造十个万吨泊位，其中四个可泊五万吨级的。第一期工程要在一九七七年完成并投产。

就像在过去战斗的岁月里，听到枪声，闻到硝烟，从战壕中跃起一样，他二话不说，卷起铺盖离开繁华的上海，来到这荒凉的海滩上，住到漏雨的工棚里。临行前，同事们为他送别，那是一次难忘的聚会。我记得也是一个初春的夜晚，室内非常安静。说是送别，大家心里都有些压抑。我们谁也不说话，听着春雨淅淅沥沥地洒落在窗外嫩绿的枝叶上。也许是因为喝了一点酒，也许是因为亢奋，大老魏那皱纹纵横的脸上闪耀着一层动人的光彩。他深沉地说："总算盼上这一天了。整整八年，除了写检查，就是拉板车……唉，人生能有几个八年呀。"

迎着灯光，我发现他那皱纹密布的眼角挂着两滴亮晶晶的泪花。

交往多年，我第一次见到他这样动感情。从这晶莹的泪珠，我看到一个英勇正直老战士的纯洁透明的心。同时我更知道，他下面想说而没有说出来的话：余下的生命不多啦，往后你们看我豁上命干吧！

他是这样想也是这样做的。尽管年近花甲，满身伤疤，但是听工地上的同志说，他像当年在战场上一样，头顶柳条帽，身披棉大衣，在那几十里长的建港工地上，到处可看见他那粗大的脚印，到处可听到他那热情宏亮的声音。真是工人们身上有多少油泥，他有多少油泥，工人们身上有多少汗水，他有多少汗水。哪儿艰苦危险，他就出现在那里！他心里只一个念头，早日建成新港湾，为实观四个现代化作出自己应有的贡献。

可是，生活是多么复杂呵。如此大的工程，有水下，有陆上，有后勤，有前方，数万人马，真好比大兵团作战。不是这儿缺人力，就是那里要机械，不是这儿燃料不足，就是那儿申请配件。一会这里吵架，一会那里骂街。各种各样的矛盾，都一起聚集到他这个"指挥长"的头上。苦、累，他不怕；怕的是有股强大逆流阻挡着他。有人煽动资产阶级派性和无政府主义；有人公开提出："不为错误路线生产"的口号，更有人贴出大字报，说他是死灰复燃；大搞唯生产力论，以生产压革命，是"正在走的走资派"，要批斗他，把他拉下马。如果仅仅是下面一些人倒也好罢了，问题是这股逆流有后台，有背景，来头大得很。

昨天政治部在工地上召开一个批判唯生产力论的大会。他实在忍不住了，面对那汹涌的大海，作为指挥长，他愤怒地说："我不懂啥唯生产力论。只知道老百姓要吃饭、穿衣，要过好日子，眼下咱们就是要根据周总理的指示，将这儿港口建设好，没别的。"

工人们赞同和拥护他；但也有人反对，说他就是唯生产力论的代表，是反对"文化大革命"。

他告诉我他已做好思想准备，他将指挥长的乌纱帽捏在手里，啥时候要啥时候拿去。

"是呀，春寒是可怕，"他打破沉默加入了我们的谈话，缓慢地说，"可我相信春天终究是要来的呀。记得一位大诗人说过这样一句话：既然冬天来了，难春天还会远吗？"

"你说得对。春天终究会来的。"我明白他的寓意。

"老魏，糟啦！"炸礁队队长小徐突然急匆匆地进来，打断我们的谈话。

大老魏没开口，只用那严厉的眼神盯了小徐一眼，似乎说："慌啥。"

小徐定了定神，说："我们的硝化甘油耐冻炸药已用完，材料供应处说防冻的没了,只有不防冻的。咱们只得停工。"

"那怎么行! "肖工程师首先叫起来。

"肖工,这种不防冻的炸药最低能耐多少温度? "大老魏问。

"摄氏 10 度。"老肖回答。

我看看墙上的寒暑表,气温只有摄氏 5 度,心想,这鬼天气何时才能升到 10 度呀?

老肖说:"这种不防冻炸药如果气温低于摄氏 10 度就要结冻。冻后的炸药非常敏感,严禁碰撞和搬运,特别是铁器,那怕轻微碰擦也会引起可怕的爆炸,所以是严格禁止使用的。"

"可我们非得像切年糕似的要用刀把炸药切成小块,然后装进炸药桶,才好使用,"小徐望着墙上的寒暑表,忧虑地说,"这样下去我们只得停工了。"

炸礁是关键性的先期工程,不把水下礁石清除炸平,就不能放水泥方块,码头也就无法施工。

"这是怎么搞的嘛? "肖工忍不住叫起来,"申请防冻炸药的报告,半年前我就亲手送上去了。"

"我说了,"小徐激动地说,"他们说,炸药厂在'抓革命',革命搞好了,生产自然会上去的。"

"放屁! "大老魏猛吼一声," 说的好听,喊一千一万声革命,礁石会自动搬家? 码头能自动建成? "

"哼,"肖工程师忍不住说道,"今天卡设备,明天扣机械,如今炸药也不给,这不是存心让咱们下马,这港口怎么建呀? "

大老魏点上一支烟,三个手指头捏着,双眉紧锁,凝望着外面愤怒的大海,从那凝重沉思的脸色,可以看出,他内心正酝酿着一项重大的决定。

"肖工,"他忽然转过脸,"刚才你说不能用铁器摩擦,如果咱们用其他东西,譬如竹刀或者木刀来切割。"

"这……"老肖沉吟,"这倒没试过,不过天太冷了,气温上不去,不到摄氏 10 度,搬运接触这种炸药总是危险。"

"危险?"他仍掉烟头,站起来,"咱们这些人生来就同危险打交道的。"

我们明白了。

"老魏,你是总指挥。"肖工激动地说。

"这年头总指挥就得这么干,"他横下一条心,"要不咋指挥。"

我握住他的手,说:"老魏,危险。"

"放心吧,死不了,"他笑笑,"我还要等着那美丽的春天呢,我坚信她很快会到来的。"

……

岁月流逝,一年过去了,这是中国历史上不平凡的一年。春天的脚步比大老魏料想的快得多,曾几何时,口喊"革命",横行霸道的"四人帮"终于垮台,喜讯传到建港工地,不用说人们如何欣喜若狂呵。大老魏一把撕碎了强迫他写的"检查",从心底欢乎:春天真的来啦!

运盐河上

傍晚,我跟盐工老贵叔到运盐河上去。

"小满前后十八天,五月一刻值千金。"五月,这是海盐生产的黄金季节;五月,这是运盐河上最喧腾,最美丽的日子。

运盐河是人工挖掘的,宽不过二十米,深只齐胸口,纵横交叉,像血管似的把每一块盐滩和坨地连结在一起。盐工们日夜不停地用小船将四面八方的盐通过运盐河送到坨地上去,然后再装上轮船或火车运往祖国各地。那小巧的盐划子,长而狭,就像古代人使用的独木舟一样,不过略为宽一些。船的中部装满水晶似的银粒,船头船尾只能乘两人。

小船在摇晃。

"你害怕吗?"老贵叔笑着向我。我摇摇头。说实话,我乘过万吨巨轮和各式各样的船,但从未乘过这样的船。因此,另有一番风味。

"你坐着千万别动。"老贵叔关照我。

"不怕,"我笑着回答,"反正淹不死人,大不了洗个海水澡。"

"那倒是,不过这船盐可泡汤了。"

我这才明白老贵叔的意思,老老实实坐着不敢乱动了。

老贵叔将烟袋锅里的烟灰磕掉,拴在腰上,小心地登上船,坐好,用桨轻轻一点,小船如同一片树叶,轻盈地向前滑动起来。

类似的小划子,这儿多极了,放眼看,满河皆是,尽管多,但并不乱。它们就像马路的自行车一样,大家都靠右边走,你来我往,穿梭往返,秩序井然。那情景,俨然是一条水上街市。

老贵叔身子微抖,划着桨。每划一下就停两分钟,然后又是一桨,那样均匀,那样悠然,那样巧妙。船头拨开水花潺潺作响,那轻柔悦耳的响声,真是美妙极了。转了几个弯,也不知什么时候,夜色悄悄地来临了。老贵叔和其他船上的驳手们就点亮那船尾的小风灯,千百盏灯火,蒙着初夏的夜雾闪闪烁烁,漂忽游荡,犹如一只只飞来飞去的萤火虫。这时整个盐滩肃穆庄严,一座座雪白的山,浴着月光,犹如银塑玉雕,闪闪发亮,似乎在向你述说无尽的秘密。

不知为了抒发内心的喜悦,还是因为这夜色的魅力,老贵叔轻轻哼起有着浓厚乡土气息的淮北小调儿,唱那过去"盐工"的苦难,唱今年丰收的年景。似乎受到感染,远远近近的驳手们都一齐哼唱起来。一人哼,众人和。那浑厚,粗犷的声音,时高时低,时远时近,唱得星星颤动,河水共鸣,就别提有多美啦。

然而,五月的夜晚,运盐河上并不总是这样美妙,这样安宁。有一天,风暴来了。那情景深震撼了我的心房。空旷的盐滩上,狂风呼号盐粒飞旋,吹得人喘不过气,睁不开眼。幽静的运盐河也变成了波浪的世界,小小的盐划子被浪打得简直无法前进。浪花泼进舱里,打在盐上。每一粒盐都是汗水的结晶,必需安全及时地送到坨地去。老贵叔和盐工们脱掉衣服放下木桨,跳进齐胸口深的水里,推着划子前进。往日那优美深情的淮北小调儿,换成了高昂的劳动号子。只听狂风呼号,河水轰鸣,号子震天。这时,整个运盐河变成了一条愤怒的河,战斗的河。

(1981年少儿出版社收入散文集《神灯》)

惊涛骇浪逐鱼群 ——寄自大海的信

1

夜似乎很深了，"乒澎，乒澎"，海浪有节奏拍击着我们的船身，单调、凝重、而又那么深沉。刚出水的带鱼，在甲板上蹦跳着，光闪闪，亮灿灿。听着海的奏鸣，嗅着鱼的香味，虽然船身动荡，灯光摇曳……然而又怎能阻止我给你写信，向你描绘这海洋上的丰收景象。

三天前一个寒冷的早晨，我们的船队离了平静的港湾，故乡的土地，驶向汹涌澎湃的海洋。这次航行计划两个月。我心头充满了喜悦。呵，我竟有机会同勇敢的渔人一起奔向海洋，抛撒渔网，捞取宝藏和希望。

我们的船队是由两条渔轮——青年一号和二号组成。我在"头船"（指挥船）一号上。"青年"号，不用说，船上一定都是些青年。

然而接待我的却是一位须发斑白、满面红光的老人。他穿着那种为渔人特制的长统水靴,叉开两腿在甲板上站着。敦实的身材,宽阔的双肩,突出的眉棱下深藏着一对智慧、机警而略带严峻的眼睛。

"这就是我们的老船长阿洪师傅,嗬,甭看这把白胡子,海龙王都怕他呢。"同来的老孙给我介绍。

老人仰头纵情地大笑。不知为什么,听到这笑声,我骤然想起人们常说的"海的性格"。果真,不待我开口,一双粗糙有力,沾满鱼腥的大手就把我紧紧捉住了。他告诉我,他十三岁就上宁波钓船,今年已五十八岁了,同大海打了四十五年交道。用他自己的话说:"我骨头都是咸的。"

他温存时像父亲,严格时就像战士,而在嬉戏时,简直就是一个淘气的孩子。我可以告诉你一件亲身经历的事。开航后,我打开背包,发现里面有一包烂泥。我奇怪,谁的恶作剧?调皮的小伙子们窃笑着,视线都集中在老船长身上,最后忍不住哈哈大笑起来。天知道,竟是他干的。

"拿着吧,"他说,"这是家乡港黄浦江的土啊,带着它航行千里,保佑平安。水土不伏,呕吐晕船,用它烧碗汤,喝下去就不会呕吐了。"

"真的?那么有人给你送过吗?"

"自然有罗,"他说,"四十五年前我离家那一天,什么都打整好了,临走前,阿娘拿了把菜刀到墙角挖了一块又黑又硬的屋基土包好塞到我包里。阿娘边塞边抹眼泪:'儿子,拿着吧,望见它就如见着娘,它保你顺风顺水,平平安安。'"

年轻的水手们都将这当成一件趣事说笑着。水手阿五拿起那块烂泥准备朝海中丢。

"慢!"我喊住他,接过泥巴,将它装在一只信封里。

2

现在是五点四十分,黎明前的海朦胧,混沌,寒风刺骨,海水冰凉。我的朋友,此时也许你还在甜蜜的梦境里吧? 然而"寅、卯①东北风,带鱼顶骨痛,太阳一竿高,带鱼招手笑",这是渔人的黄金时刻呵。辽阔的海面上,千帆竞走,机声隆隆。我们抛下大网,对准正北②加足马力。一群洁白的海鸥紧随在后,翻飞翱翔,"嘎,嘎……"喊叫着捡拾被浪花卷起的鱼。

天空明亮起来了,大海浴着一片玫瑰色霞光。太阳升起,暗绿的大海顿时金涛滚滚。就在这时,我们收起了一天的第一网。起网机轰隆轰隆地响着,人们忘记了夜的寒冷和与劳累。一个个伸长头颈,睁大眼睛,微张嘴巴。眼里挂着红丝,心里却是期待和喜悦。拖网的绳索渐渐地缩短,终于,那深黑色的网袋出现了。平静的水面像开了锅,一条条肥大的带鱼像一柄柄银色的长剑,翻腾着,厮咬着,还想逃往那自由的水乡……

"三十箱!"③"三十五箱!……"水手们报数。"呵,不,四十箱,

---

① 寅、卯是早晨四到七点钟,此时气温最低、霜最浓,东北风一刮,可以捉到大批带鱼。
② 带鱼的游动总是自北向南,所以网口方向应朝北。
③ 一箱约四十公斤。

惊涛骇浪逐鱼群

足足有四十箱！"

人们呼叫，争吵，欢笑。哦，朋友，想想吧，此时此刻还有什么比这更高兴的。

渔人是永远不会满足的。无线电的鱼情报告传来新的情报：浪岗山外海洋面上，发现更大的鱼群。这消息诱得人们心痒痒的，但也让有些人犹豫。在渔民中流传着这样几句传统歌谣："浪岗山，浪涛翻，家有两顿薄粥饭，宁死不到浪岗山。"虽然时代变了，但浪岗山对某些年轻渔人来说，仍然是威胁呵。

"我们不能光打太平鱼，"老船长一抹白胡须，"走，追上去。"

我们的船，迎风顶浪，向天边驶去……

这果然是一片丰收的海洋。黄昏悄悄地来临了，风平浪静，天边的云彩被夕阳镶上艳丽的金边。鱼多极了，逗得人们心神不定。趁船在拖网航行的空隙中，水手们拿出尼龙丝的钓钩，将事先吹干、鱼鳞保存完好的带鱼切成一段段菱形，作鱼饵抛在海中。一个老渔工握着钓丝，身子懒洋洋地斜侧着，合着眼，哼着一支古老的渔歌："东风出，西风进，千里大海走浪尖……"其余的人有的哼着小调，有的打瞌睡……不知隔了多久，人们从睡梦中醒来，精神抖擞，收绞钓线，于是一个有趣的场面呈现眼前：一条带鱼咬着另一条带鱼的尾巴，接连不断地上来了。这些贪吃的家伙咬得这样紧，拉上甲板，还死死不放，以致对方的尾巴都被咬破。

我从未见过鲜活带鱼，更没见过带鱼咬尾巴。这种场景只有捕鱼船上方能见到。

这迷人的时光却被一群"海中霸王"打破。几条乌黑的鲨鱼出现在我们的船尾,一时之间满海都是它们的世界。说不清有多少条奔腾追逐,争抢水手们钓起的带鱼。那场景真是触目惊心。

"有风暴!"老船长浓眉紧锁,大吼一声。

我奇怪:"这么好的天,哪来风暴?"

"鲨鱼晒肚皮,不风就是雨,"老船长自信,"不会过明天早晨,可能还不小呢,大家做抗风准备。"

我凝望着温柔的大海和水天相连的远方:这迷人的大海正孕育着杀机?

3

这是我们远离大陆,追逐鱼群的第十个昼夜了。昨天,大海给了我们最严峻的考验。海水向我们的船身猛扑,波涛高上去,高上去,疯狂地高上去,形成一条又黑又深的峡谷。倾刻间山峰碎裂,我们的船从波峰被摔到谷底。浪花飞过船头,掠过驾驶台,苦咸的海水在甲板上哗哗奔流。温度下降到摄氏零下六度。

人们一个个全身湿透,眉毛上沾着白花花的盐霜。刺鼻的咸腥,难忍的恶心,使我剧烈地呕吐起来。一吐再吐,胃里的食物吐光,最后吐出黄水。就在这时,老船长阿洪出现在我面前,他一手拿面包,一手端着一碗热气腾腾的鲨鱼汤,让我吃。我直摇手。他笑着说:"吃吧,大海最怕能吃的人,两碗一吃,准保你行。"他又拿起话筒,鼓励

惊涛骇浪逐鱼群

大家："同志们，咬咬牙，坚持住。心慌船就慌，心定船也定。海上风暴一过，带鱼群就来了。城乡人民在等着我们送带鱼哩。"

我咬了两口面包，吐了，接着再吃、再吐、再吃…奇怪，最后终于不吐了。

风浪愈来愈大，突然，桅杆上的无线电线断了。失去无线电我们就失去嘴巴和耳朵，在风浪中这是很可怕的。

接天线必须爬到桅杆上去。这么大风浪，船摇晃得这么厉害，谁去？按理，这是电报员的事，但电报员小李面色苍白，而且吐得厉害，明显不行。

谁上去？人们都在考虑这个问题，但谁也没吭声。静默中老船长阿洪拿着一根新的备用天线，不声不响地向桅杆走去……

人们很快清醒过来，有人叫着："船长，不行，不行，这不行……"

"为啥不行？"他大声，"不是我老头吹牛皮，甬说这点高的桅杆，还有边梯。宁波船的大桅比这高两倍，直上直下，也不作兴喘口气哩。"说着脱掉靴子，摔掉棉衣，将天线衔在嘴里，双手抓着梯子，手脚并用，噔噔噔地爬了上去。

天线终于接好，船又有了嘴巴和耳朵……呵，朋友，我还该向你说什么呢！这就我所看到的大海，这就是我所看到的渔工。我不但知道了鱼是怎样捕来的，更知道它们的珍贵。

（1981年2月收入少儿出版社散文集《神灯》）

渔港夜市

夜像一张黑色的大网,由天边铺漫开来,拂去了嵊山尖上最后一片蔷薇色的晚霞。笼罩了沉寂一天的泗州塘。

一个喧腾迷人的渔港夜市到来了。

雪白的风帆,就像无数只张翅的大鸟,带着一天的丰收和辛劳,由四面八方飞回来了。数不清的桅杆、渔灯,像神话一样,一座煊赫的古代水寨,耀眼辉煌的新城市,刹那间在你面前成了。你似乎来到了一个船舶博览会里,这里汇聚着各种类型的船:长着两只大眼睛的宁波钓,绮丽的福建花船,宽大的辽宁驳子,苏北吕泗的沙飞船,矫健轻快的舟山"红眉毛"……

骤然,什么惊动了夜市的短暂的宁静,掀起涟漪,搅碎灯影?原来水产公司的流动收购船来到了,一艘又一艘……

"过鲜罗……"一个粗犷、嘹亮的声音越过船帮,掠过浪尖,引起一阵铿锵的回响,"过鲜罗……"舱板掀开了,一箩箩、一筐筐"白银条"，浸着光月色，银闪闪，白花花，散发着鲜鱼特有的气味。

多羡人的鱼啊！

"两万……两万三……"欢笑声，报账声，伴和着船边的潺潺水声。

"上岸啦，听戏罗！"出完鱼，结好账，人们心痒痒的。一条条小划子，有如一只只织梭，离开阿娘船。橹点密，船似飞，歌声飘飘向岸边。拢岸了，拢岸了，缆未带好，一双双被海水泡得粗硬结实的脚，早已飞快地跳上那磨青石板路。人碰人，肩并肩，望不尽的人流，听不尽的笑语，这古老的渔街，涨大了，年轻了！百货公司，南北杂货，精美的商品，还有诱人的热酒店，挑选吧，拣心爱的。京剧，电影，宁波滩簧，还有苏州评弹，挑选吧，随你的心。不过最引人的，还是渔民大礼堂里传来的锣鼓声，那是市里派来的慰问团。

夜深了，灯熄了，星稀了，海睡了。就在这时，伴着温馨的热气，由这个或那个舱底探出一个佝偻的身影，铜烟袋的火花，映照着一副多皱的古铜色的脸。他检查锚绳，察看前后艄，粗糙的手放到顶板上，像给船身测量体温。呵，降霜了，是那刺毛绒霜呵。"霜雪降，带鱼旺"。他再昂起头，岸边暴风站的信号杆上，挂着的是一盏莹白的天灯。

明天，该又是一个美好而又丰收的明天！

（1981 年 2 月少儿出版社收入散文集《神灯》）

上海港祖国的明珠

海轮越过长江口的大戢灯山,驶过"神滩",呼啸动荡的海洋,骤然平静下来。海水像神话中施了仙法一样,截然分成两半,这边浅蓝那边橘黄,互不混淆,互不干扰。

此时,如果你是一个旅人,定会忘记那可怕的谅涛骇浪;如果是一个海员,定会贪婪地吮吸着那微风吹来的祖国芳香的泥土气息。

人们心中不由会发出共同问候:你好,上海港!

上海港港区是由吴淞口到闵行长六十公里的黄浦江和苏州河组成的。是一个近海深水的河口港。正像世界上许多著名大港一样,大自然给与上海港得天独厚的地理条件。她处于我国南北海岸线的中心,奔腾浩翰的长江,流贯千里,在儿结束了全部旅程。滔滔东海,用素洁的泡沫,在她脚边编织美丽的花边。

富饶的长江三角洲,宽广腹地,江、海、河、陆,繁密如织的交通网,使上海港成我国交通运输的枢纽和对外贸易的门户。一个外国旅行家曾这样描远过："如果将那绵长曲折的海岸线比作一条环带，那上海港就是这环带中的一块瑰宝。"

上海港，任何时候都是美丽的。早晨当太阳由浦东升起的时候，灿烂的江水跳跃奔腾，黄浦江像一条金龙；夜晚，岸畔江心，万灯辉映，黄浦江是夜上海的一条宝石的镶带。

上海港任何时候都是繁忙的。在全国五大港口（上海、大连、天津、青岛、广州）的总吞吐量中，上海港占一半。不论白天还是黑夜，有上千艘船在这儿运行。有从大连、秦皇岛驶来的海轮；有从长江顺流而下的江轮驳子；也有内河小港穿出来的本帆船。他们给上海工厂和上海人民送来了东北的煤、鞍山的钢铁、伊春的木柴，还有福建橘子、烟台苹果和外地的各种水产蔬菜；给全国人民带去了上海工厂生产制造的仪器、机械、花布和各种日用品。在这儿，有来自列宁格勒和格坦斯克的海员兄弟；有来自非洲蒙罗维亚和寒冷的冰岛的海员；还有古老的伦敦和英雄的哈瓦那的水手……据统计，解放以来，到目前为止，已有二十八个国家和九十个地区的船只来过上海港。他们带着友谊，和中国人民社会主义建设中所需要的物资。他们各有自己的喜好，自己的特色；相同的是：在每一条船最高的主桅上，都飘着一面五星红旗……

上海港，和平的港，友谊的港。

然而，解放前的多少岁月她却饱含着屈辱和眼泪。

黄浦江，是一面历史的镜子。数百年前，今日繁荣的上海港，不过是个捕鱼、煮盐的小渔村。由于交通便利，商业渐盛，成为棉纺织业的中心。帝国主义分子看中了它。一八三二年，一个被英国东印度公司密派来的林赛潜来上海，侦察后,他在向主子的密报中,得出了这样的结论:"上海是一个大有发展前途的商港。"过不多久,鸦片战争的炮火,轰开了满清腐朽、闭关自守的大门。在丧权辱国的南京条约中,上海港被划为五口通商商埠之一。

帝国主义者通过海关,掌握了港口的行政管理、引水、航道标志、水文测量等一切主权。从江海关的总税务司到巡查港湾的警长,全都是洋人。浦江两岸,好的地形码头仓库,百分之七十以上被掌握在帝国主义者手中。码头上曾流传这样一首歌谣:"浦东到浦西,英美法兰西,鬼子不落伍,抢占一溜杨树浦。"在这儿有英国"太古"、"怡和"轮船公司,美国"旗昌"轮船公司,日本的"大坂"和"大东"汽船株式会社。

在这儿停泊过"八·一三"时屠杀我国无数同胞的日寇"出云"舰;停泊过为蒋介石输送炮火,进攻解放区的"洛机山"和"挪许维尔"舰。

上海港成为帝国主义侵略中国的基地和跳板。

每一个帝国主义国家也都从这儿得到他们所需要的东西。他们用鸦片、口红、奶粉、香水甚至卫生草纸,换取了矿产、原料和廉价的劳动力。上海港成为全国最大的入超港。大量的黄金白银,随着黄浦江水滚滚流出。据"江海关"统计,仅一九三六年流出的银元就有二亿五千万元,而一九四六年更达国币一万零二百五十六亿元。上海港成为帝国主义者的一座吸血站。

上海港祖国的明珠

　　一九四九年的五月,历史终于被扭转,汹涌的黄浦江水,冲刷洗净残渣污秽。

　　每一个看到过旧上海港的海员和旅人,脑海里不会磨灭这样的印记:破烂的码头,坎坷的道路,成千上万蓬首垢面的码头工人,在把头打手皮鞭的监督下,没日没夜、"吭唷吭唷"地为一块大饼挣扎着。一艘三五千吨的船,要装卸二十天到一个月。当时的上海港,被称为二十世纪初的地狱。今天,你看到的不再是杠棒和绳子,代替它的是各种起重机、吊车和牵引车;你也听不到"吭唷吭唷"的沉重的号子,代替它的是马达的轰鸣。上海港,以崭新的面貌站立在人们面前。

　　作为一个商港,上海港的装卸速度和质量,获得了世界各地许多海员的称赞。许多船的装卸时间在这儿刷新了纪录。意大利的"马波林挪"号在上海港计划的装卸时间是七天,但六十八小时就完成了。而它们本来最优秀的记录是在美国的萨那港,时间是二天。希腊的"波拉丽丘福",来港装袋粮,工人们在二十三小时就装完了。船长起先不相信,但后来看到事实,他不得不竖起大拇指。

　　"变了,变了。"许多久别重逢,重返上海港的老海员,都用这句既简单又复杂的话来表达他们心里的感情。是的,一切都在飞跃地变化着,变化最大的还是那些被称为"苦力""臭小工"的码头工人。

　　在码头上曾发生过这样一件事。有一次来了几位外国记者。他们不远千里而来的目的就是要"亲眼看看"上海港的码头工人是怎样生活的。他们参观了工人们全部操作过程,似乎仍不满足。有一位耳朵特别灵的记者,在一片隆隆的马达声中偶然听到一阵歌声和琴声。原来在一间工人休息室里,有的工人在唱歌,有一个工人在拉手风琴。

"你好。"记者走到拉手琴的人身边,通过陪同的翻译问:"你是这码头上的工人?"

"是的。"手风琴手奇怪。

"你在码头上干了多少年?"

"我十六岁上码头,抬了十年杠棒。"

"呵,"记者点点头,"那你什么时候学会拉手风琴?"

"去年,"手风琴手说,"我们工会组织了文艺爱好者业余学习班,有唱歌,有拉琴,有舞蹈。"

"很好,你能再演奏一个吗?"记者取出照相机。

小伙子用两只粗壮的手拉开风箱,身边的伙伴们随声唱着:"时代驾着火箭,生活在快马加鞭……我们伟大的祖国呵……飞跃前进……"

歌声昂扬,奔放。歌声飞出房间,同黄浦江的波涛融合在一起。

（原载 1961 年 8 月 20 日《解放日报》朝花副刊）

上海港祖国的明珠

到五指山去 ——五指山勘测散记

"吱——呀,吱——呀……"两条大水牛牵引着海南岛特有的双轮牛车,发出悠远单调、催人入眠的响声,引领着我们向五指山前进。

车上装有测量用的经纬仪,三角架,行军帐篷和各种生活用品。我们步行尾随在后,用孩子似的新鲜、好奇的眼光,观赏着眼前的景色。太阳金色的光华,斜穿过婆娑的椰子树梢洒在一片绚烂的花朵上。红的山茶,黄的野菊,诱人的三色堇……还有那些你压根儿叫不出名字来的杂色小花,织成一条五彩的地毯。

晶莹的露珠,在绿叶上闪耀颤动。空气中弥漫着香茅草馥郁的香味,香得叫人心跳,香得叫人沉醉。除了我们,四周看不见一辆大车,一个人影。唯有木棉树上两只五色鹦鹉,在用嘴巴梳理着它们美丽的羽毛,静静的,看来似乎它们也不愿打破这热带早晨迷人的宁静哩。

"吱——呀,吱——呀……"老牛微闭着眼,按照它前面同伴留下的脚印,迈着稳重端庄的步子,一步一步向前迈进。车轮沿着原有的车辙,不偏不倚地滚动,碰不着道旁一株野花。

赶车人是海南黎族苗族自治州政府特地为我们选派的向导——一个能歌善舞,热情爽朗,说得上一口流利的普通话的黎族老人什努大爷。他横坐在车杠上,放下鞭子,深深地吸了口竹筒烟,将背后的椰壳琴抱到怀中。于是,在寂静的原野里,响起了丁冬的琴声和浓重的鼻音:

"哦,太阳快出山罗,可爱的红嘴鸟,你快放声唱吧,你整天绕着我们的五指山转,你可看到它大变样啦,过去你看惯黎人的眼泪,现在你可看到他们的笑脸……"

我凝望着远方那像巨人手掌般伸向天际的五指山峰。它背倚蓝天,巍然耸立。伴着这撩人心弦的歌声,我想起我们这次的工作,心情不无激动。

五指山是海南岛的最高峰,被原始森林覆盖,人迹罕至。为了国防和建设的需要,我们组接受了上级交给的大地三角测量任务,要在五指山的主峰,测定一个三角点,为今后的各种测量,提供基础。

半月前,我们离开秋意浓郁的首都,跨越碧绿的琼州海峡,来到这儿。提起五指山,人们就会想到它那丰富的宝藏,秀丽的景色,迷人的传说和神话。在那遮天蔽日、从未开发的热带原始森林里,蕴藏着许多丰富的矿物资源,有着无数的珍禽异兽。总之,是个神秘的世界。

傍晚，我们来到山脚一个名叫红敖、只有三十多户人家的黎族村庄。这将是我们登山前最后住宿的一个村庄。绿树丛中，隐现着几排整齐的草房。一群赤膊顽皮的黎族孩子坐在沙地上，双手捧着比他们脑袋还大的椰子，仰头吮吸着。椰汁像小溪一样沿着嘴角和胸口流下来。几个黎族姑娘，在小凳上，脚蹬着织筒裙的"经线箭"，手拿着梭子，一梭一梭地织着，动作纯熟而优美。

北京测量队员到来的消息，很快像风一般吹遍全村。人们从茅屋，从田野，从四面八方来看望我们。男人都打赤膊，精瘦、皮肤油黑闪亮，手里捧杆竹筒烟。妇女也同样黑瘦，穿黑色筒裙，几个中老年妇女脸上还有蓝色菱形纹面。

人们都新奇地望着我们。难怪他们好奇，什努大爷告诉我们，极少有山外人来这儿，而且来自遥远的北京。

看到我们满脸汗水，几个男孩像猴儿一样矫捷地爬上又高又直的椰子树，劈劈啪啪扔下几颗椰子，接着又有人送来菠萝和芒果。我们付钱，村民不肯收。什努大爷说他们是诚心诚意待客。再说这些都是他们自家产的，不值钱。我们只能收下。

我们正汗流浃背，喝着那清凉的椰汁，吃着蜜似的芒果，别说多么舒坦。

夜晚，主人给我们端出了令人惊异的饭菜：鹿膏饼、野鸽蛋、黄麂肉、木瓜酒；还要为我表演歌舞，我们真不知如何是好。

什努大爷说："你们不曾听说过吗？黎歌苗舞，我们黎人少了歌舞是不能过日子的,何况是来了你们这样的贵客。"

我们还能说什么呢?

在村前空地上,燃起一堆熊熊的篝火,人们敲起皮鼓,吹响口弦、鼻箫,弹着月琴。

远处,山坡上游动着一丛丛火把——据说那是附近村子的人们闻讯特地赶来看望我们的。

什努大爷以主人的身份兴奋地说:"乡亲们,看看吧,这就是从北京来的测量队,好不容易见到的稀客呵。他们要去测量五指山哩,以后我们这儿会大发展哩。"

什努大爷的话音刚落,人们便用热烈的掌声表示欢迎。虽然语言不通,我们却理解他们的心意。一个多么淳朴、善良和好客的民族呵!

什努大爷把椰壳琴一拨,歌舞开始了。一个有着民族特色,带着某些宗教意味的乐曲,在篝火的氤氲中,演奏得愈来愈热情,愈来愈强烈。六个穿蓝底绣花筒裙,身材健美的姑娘,模仿她们平常舂米的动作,赤着脚,在沙地上跳起来。苗条的身段,婀娜的舞姿,随着身体急速扭动的粗大的项圈,耳环、手镯相互碰击着,发出铿锵声响。这时,一轮皎洁的明月悄悄爬上椰子树梢,洒下一片清辉。山峰,林木,房舍都蒙上一层薄绡轻纱。我仿佛置身于一个古老的神话中,不禁问自己: 这是人间还是仙境?

第二天一早,热情的知更鸟把我们唤醒。我们检查了仪器,装备,武器弹药,将暂且不用的生活用品进行精简。因为从现在开始要登山，连牛车也用不上。为了防止山蚂蟥的侵袭，我们按照黎族同胞的介绍，穿上厚布长袖衬衫和长裤，并且将袖口和裤脚都用绳子扎好。这还不算，什努还把肥皂切碎，用热水溶拌成糊糊，叫我们涂在身上。大热的天，穿了那么厚的衣服，再涂这玩意儿，那滋味就不必说了。然而为了保护自己，我们只能咬牙忍受

一切就绪，我们像鱼一样游进树海，进入原始森林神秘的世界。最初，我们还能找到猎人踏出的小道，但很快消失。这是一片什么样的原始森林呵。树连树，藤攀藤，使人难以插足容身。那树，有的俊秀挺拔，有的弯曲多姿，有的粗壮得三四个人也合抱不拢，有的则纤弱细嫩，刚绽新芽。其中有能用来制造海轮、车辆、桥桩等坚硬名贵的木材：青梅、胭脂、母生树和海南沉香等等。脚下积叶软绵绵的，一踩一个窝。阳光透过茂密的叶隙，射下条条金线。空气中充满潮湿霉烂的气味。

什努大爷拿着砍刀走在前面，为我们开路。在寂静中时常听到"嘶啦"一声，起先我们还开玩笑："小心，'狗咬'了。"可是慢慢便听不到了。因为大伙的衣服，裤子，都被撕成一条条的。伤口凝结了，新的血又流出来，汗水一浸，疼到心里。但是人人精神抖擞，有说有笑。因为我们想到：我们的大地三角测量是基础。日后，地形测量队的队员们，将根据我们测定的三角控制点，拍摄出精确的航测照片；地质队员们将根据我们的地图，在这里开采矿藏；伐木工人将把这些珍贵的木料送往祖国各地。一切的一切，都是从我们现在开始的啊。这点困难又算得了什么呢？

由于我们的到来,惊动了这儿的主人。一些小动物慌张地逃窜,松鼠在枝丫上快速跳跃。远处,草丛倒伏,窸窣作响,想必是那热带大蟒吧?最讨厌的还是猴子,这是海南岛,特别是五指山闻名的产物。它们一个个圆睁双目,愣眼瞧着我们,似乎在问:"喂,你们是从哪儿来的?"由于什努大爷的嘱咐,我们不去招惹它们,自管自走路,只当没看见。可是它们竟成群结队,恋恋不舍地跟在后面。一只红脸黄毛的猴子,更大胆地跳到女记录员裴秀身上,抓住她的小辫子,晃起秋千来,吓得她拼命大叫。我转过身,举起手枪吓唬它。双方对峙好久这群调皮的家伙才悻悻地退走。

这时,测工陈东忽然发现衬衫被血柒红一大片,脱下一看,乖乖,背后叮着四只大蚂蟥,它们吸饱了血,原来只有米粒大小的身体,如今条条胀得有手指头粗。我们都纷纷检查自己,不看不打紧,一看顿时掀起一片啊声——每人身上少则一二条,多的四五条。幸好涂了肥皂溶液,否则要被山蚂蟥爬满。

清除掉身上的蚂蟥,再涂上肥皂溶液和有浓烈气味的驱蚊油,再继续前进。

翻过一道道山坡,跨过一道道山梁,也不知走了多少路,傍晚时分我们来到一条山涧边。碧清的泉水,叮叮咚咚从山谷流下来,诱人极了。我们早已热得透不过气了,顾不得脱衣服,就"扑通,扑通"地跳进水里,喝了个饱,也洗了个痛快。

正当我们准备动身时,裴秀突然指着前面不远处,对我说:"咦,你看,怪不怪,地下那截树干怎么在动呢?"

我顺她的手指看去,那截树杆果然缓缓蠕动。奇怪呀,蓦地想起什么,忍不住大叫一声:"大蟒!"

吓得裴秀和队员们魂飞魄散。

"别怕!"什努大爷低喝一声。

照什努大爷的吩咐,我们都避到一块大石头后面。探头看着那条酷似树杆、慢慢蠕动的巨蟒。

从未见过这么大的蟒蛇,而且听过传说,修五指山公路时,曾有修路的工人被巨蟒吞噬,我们心里不免恐惧。

"不碍事,现在它不会攻击我们。"什努十分沉稳。

"为什么?"我问。

"你们看,这家伙肚子鼓鼓的,肚里不是装了一只黄麂,就是装了两只兔子。吃饱的蟒蛇是不会伤人的。"

"呵,"我明白了。

"那它现在干吗呢?"斐秀问。

"它吃饱了想喝水呢,"什努指着蠕动的蟒身,"瞧,它向水边游哩。"

"现在我们怎么办?"我确信老人的分析。

"别急,"什努指着巨蟒的尾巴,"看,它快过去了。等它过完我们再走。"

过了几分钟,巨蟒终于消失。

"走!"什努手一挥。他举着砍刀,我们尾随他,快速通过。虽然巨蟒消失,但我们仍然慌慌的。

斐秀说："不能想象，刚才如果不是发现得早，将巨蟒当成树干，踩上去，后果会如何？"

陈东说："那就给它当点心了。"

"不会，"我说，"什努不是说过，蟒吃饱了，不会伤人。"

"情况也有例外，"陈东一本正经，"蟒蛇同人一样，虽然吃饱，可碰到香甜可口的东西还是会嘴馋。小斐的肉这样鲜美。"

"去你的。"斐秀啐他一口。

大家哈哈大笑，笑声解除疲劳，不过走路更加小心了。特别是平时连黄鳝都害怕的小裴，低着头，一步一步看着走，我们就将她夹在队伍当中。

"见了这么多野兽，为什么就没有老虎呢？"我问什努。

什努说："五指山老林里，什么野兽都有，就是没有那山大王。"

"为什么呢？"我奇怪。

"讲起来这又是个神话，"什努说，"传说从前海南岛和现在大陆上雷州半岛是连在一起的，那时五指山和别的山林一样，老虎和各种其他野兽都有。有一天，老虎接到一张请柬，带着它的全家到另一个老虎窝去赴宴。老虎走后不久，山塌地陷，裂开了一条三十多里宽的琼州海峡，把海南岛和大陆分了开来。山大王来不及回来，从此海南岛五指山上就再也没有老虎了。"

"怪不得五指山的猴子这么凶，真是山上没老虎，猴子称大王了。"小裴甩甩辫子笑说。

我们都忍不住哈哈大笑起来。

当夜,我们在海拔一千二百米的山头上露营。第二天,天不亮,踏着湿漉漉的露珠,打开手电筒我们又上路了。越近山顶,树木越来越少,坡度也愈来愈陡,有时我们两手着地,手脚并用上陡坡。太阳升起,那炙热的光芒,烧烤着,几乎让人喘不过气来,一个个气喘吁吁,大汗淋漓。

"前进!兄弟们。"

"胜利在望,山顶不远啦。"我们大声吆喝、相互鼓励,一步一步向山巅攀登。

中午时分,正当大家精疲力竭的时候,我们登上了海南岛的屋脊,人迹罕至的海拔一千八百七十八米的五指山山尖。

我们置身在一片云海上。云块像海涛,在脚下汹涌翻滚。周围群山连绵,若隐若现,好似海中散布的岛屿。我们互相凝视着,虽然人人都衣衫破烂,伤痕累累,又有什么语言能形容我们心中的欢乐呢。顾不上休息,抹去额上的汗水,我们开始建造测量觇标。设置测量标志,进行测绘。

什努坐在树下轻轻哼唱着:"哦,太阳快出山罗,我心爱的红嘴鸟,你快放声唱吧,唱我们的五指山,唱我们黎人的欢笑和泪水……"

（原载 1963 年 1 月号《上海文学》）

苏州河的歌

我游历过雄伟的长江三峡,横渡过黄河天险,更领略过大海迷人的魅力。现在我却要去苏州河作一次旅行。

苏州河,她像一条血管,东通奔腾的黄浦江,西接浩淼的太湖水网,将上海市区和市郊及江苏、浙江广大的农村连结在一起。每天,近万艘船舶在这蜿蜒曲折、长达一百二十五公里的河道上往返奔忙。它们送来了上海工厂需要的工业原料,送来了上海人民需要的蔬菜和各种生活必需品,带走了机器,农药,肥料,布匹和日用百货。

我沿着鹅卵石堤岸漫步,我伫立在高耸的白渡桥端,听涛声絮语,看万船云集。

苏州河,正名应是"吴淞江",古时称作"松江",又名"笠泽江"。它发源于太湖(古名震泽),流经吴江、昆山、青浦、嘉定、上海而入东海。它与娄江、东江同为太湖三条主要支流,所以大禹有"三江既入,震泽底定"的说法。因其上游大部流经吴江县,而且当时多水灾,所以"松"旁加水变成"吴淞江",后来上海人因其自苏州流来,就称作苏州河了。

根据历史记载,原来的苏州河,并不像现在样狭窄浑浊,而是一条宽阔浩渺、碧波千顷的大河。在上海县志上有这样的记载:"唐时阔二十里,宋时阔九里,后减至五里,三里,一里。"到明初也还有一百五十丈宽。正如宋朝著名水利学家郏亶所说:"松江故道深广,可敌千浦。"如今,在上游六十公里处还可看得出它历来的面貌哩。

又是什么原因促使这条澎湃大河如此迅速地变狭窄变浑浊,变黑变臭的呢?固然河道本身弯曲,水流迟缓,泥沙淤积是一个原因,但更重要的是:近百年中,外商在两岸霸占土地建立工厂、码头,而且罔顾环境,将大量的工业废水和生活污水排到河里,日积月累,纯洁的苏州河又怎能不污秽变质呢?

我和一些上海人一样,既爱她,又嫌她。我徘徊思索,我以为自己很了解她,殊不知有人比我更爱她也更了解她。

一天中午,我乘上一条装运化肥的尖头圆底的苏州船,自外白渡桥边的"三夹水"启碇,上溯北新泾。船上除我另有三人:中年的船老大夫妇和他们年轻的女儿玲玲。

正值涨潮,黑色的河水,被倒灌的黄浦江水冲淡,浴着阳光变成一种奇妙的金绿色。老大和妻子在船梢摇着一支油黑的大橹。玲玲拿一支竹篙坐在船头,以防和别的船碰撞。她长得很俊俏,左眼眉梢上有一条柳条似的伤疤,使她在俊俏中带着一分粗犷。只见她专注地注视前方，随着船身摇晃，口中悠悠地哼唱着："有一个美丽的地方，我们在那儿生长……"

我被她的神态和歌声吸引住了，不禁问道："玲玲，你是在什么美丽的地方长大的？"

她转过脸，惊奇地瞅着我："什么地方，就是在这苏州河上，从小帮爸爸妈妈'拉浜'①长大的。"

"在这儿长大？"我说，"这么说，你喜欢苏州河？"

"喜欢，当然喜欢。"她不无自豪，手一挥，"这是我们的家。你看，这条河多闹猛，你在哪儿见过这么多的船，这么多的货？"

这倒是事实。随着她的手，我放眼看去，真的，我有生以来，从未见过一条狭窄的河上有这许多的船。这么密集，这么闹猛。在这里有容量百吨的苏锡"西装"船；有小小的红头舢板；有尖头圆底、小巧玲珑的苏州船；也有别具风格的绍兴脚划船；更有那被人们为"水上列车'的拖轮船队。每只船都装得满满的，不是粮食蔬菜，就是工业原料，农药，化肥和排灌机械。马达声，桨声，笑声和两岸无数只喇叭里发出的乐曲声，糅和在一起，在河面上跳荡。

这时，船过西藏路桥了，玲玲指着河北的一座灰色大楼问我："你知道吗，那是什么地方？"

我摇摇头。

她骄傲地说："四行仓库。"

"呵，这就是四行仓库。"我忍不住轻轻叫了一声。谁不知道

---

① 拉浜：小孩拉住系橹的绳，帮大人摇橹称拉浜。

"八·一三"抗日战争爆发,八百壮士死守四行仓库的光辉事迹呢。接着,玲玲嘘了一口气,说:"苏州河上故事多着呢。"她指着岸边:"以前河两岸边码头都是黑社会帮会。"

我想起解放前在苏州河两岸码头工人中流传的"苏州河,烂泥滩,十八湾,压破肩头累死汉"的歌谣,和沿河船民穷困的生活——几代人住在又小又脏的船棚里,吃河里的脏水……而现在,呈现在我眼前的却是光洁平整的垒石河岸,整齐的房屋和干净自来水给水站,还有那码头上的空中行车……

突然,玲玲手提竹篙,"呼"地一下站起来。

"怎么啦?"我不知发生什么。

"要过老虎口了。"玲玲告诉我。

原来,我们已经驶过长寿路桥。由这里到曹家渡桥是苏州河最狭、最曲折的一段。真是湾连湾,湾接湾,过了一湾又一湾,船只航行困难。为了抢道,这儿经常发生抢档打斗。

玲玲横提竹篙,嘴里喊着:"扳梢……推梢……推梢……"指挥后面摇橹的父母。同时与对方来船联系。

行驶到潭子湾的拐角头上,对面来了一艘装满蔬菜的绍兴船,两边又有粪船。双方越驶越近,只能单船通过。按规定,对方的顶水船需让我们的顺水船。对方正准备避让,但玲玲却出乎意外地回头叫道:"爸爸,是公社的菜船,我们让一让吧。"老大赞许地应了一声,让对方的船先过去。

过了老虎口,玲玲嘘了一口气说:"你知道吗?我脸上的这条伤疤就是十五年前在这儿'打档'①打的。那时我才二岁，妈妈把我背在背上摇橹，对方一伙流氓，为抢档，一篙子打过来，妈妈头一偏，正好打着我。"

"可不是。"在后面摇橹的阿玲娘第一次开口，"早先这苏州河上可乱了。如今经过整治，特别是清除一些地痞流氓，好多了。"

船到北新泾，已是灯火满江的夜晚了。船老大忙着招呼卸货，玲玲和她母亲却收拾着上岸了。

"上哪去?"我问。

"现在回家吃饭，歇一会上船民夜校念书去。"阿玲背着漂亮的花布书包，接着，她又轻轻地哼起那只歌："有一个丽的地方，我们在那儿生长……

（原载 1962 年 3 月 4 日《解放日报》朝花副刊）

---

① 以前苏州河上船多，为抢航道有凶狠之人手持竹篙站立船头强行通过，谓之打档。

路

鲁迅先生有句名言：地上本没有路，走的人多了，便成了路。

生活中有着多少不平常的道路呀：拓荒者在阒无人迹的荒原上、披荆斩棘开出来的新路；登山者在崇山峻岭、悬崖绝壁上开凿出来的崎岖小路……但是，我要讴歌的却是另一条路，是上海的寻路人。

上海有着无数条大小马路。它纵横交错，四通八达。一个外乡人，初来乍到，要想一下子找到自己要找的路是很不容易的——特别是如果你将路名地址搞错了。但是你别急，在上海的大门——北站，有人会千方百计地帮你找到你要找的路。

这就是北站三轮车服务站的三轮车工人俞茂昌。他是这个服务站无数热心人中的一个。不久前我访问了老俞，这是个五十挨边的人，中等身材，瘦瘦的个子。因为眼睛有毛病，所以还戴了一副深度近视眼镜。如果不是那一张紫黑色脸膛和那身有着白花花盐霜的黑衣服，你几乎不相信这是个三轮车工人。

"说啥呢。"老俞憨厚地笑着。

"随便谈谈。"我说，"听说，你帮不少外地旅客解决困难，找到了亲人。"

老俞随随便便地对我说了不久前一天中他碰到的两件事。

北站，人们称之为上海的咽喉，一天二十四小时，人群像潮水似的川流不息。据估计，每天从此处过往的人次达十五万以上。这儿的三轮车工人不消说是多么忙了。

这天，老俞和其他三轮车工人正在站上候客，走来一位风尘仆仆的中年农民，他伸出一只手，说："同志，我要到这个地方。"

大伙一看都愣住了：天哪，这是什么样的地址啊！只见巴掌心里用毛笔写着："00 路，大树下 16 号"。

由于长途旅行，汗水浸蚀，手上的字迹已经模糊了。老俞一了解，这人是从南昌乡下来的，在家里只听说这条路名，因为不识字，生怕忘了，离家时请人写的。他一路攥着手来到上海。

几个三轮车工人都摇头："上海没这条路，也没有大树下这样的门牌号码。"

中年农民一听没有这条路，急坏了："咋办？那咋办？"

老俞想想也是，一个人初到上海，举目无亲，字也不识，找不到亲戚，怎么办？这事够棘手的，看到对方焦急的样子，他安慰对方："老乡，别急，我替你想办法。"

就这样老俞将担子接了下来。问题是到哪去找这条"00"路？

三轮车工友帮他想办法,猜测议论。"00"路肯定是没有的,有人猜是圆明圆路,可当中多了一个"明"字。

这时一个工友突然兴奋地说:"会不会是零陵路?"

这是条不为人注意、较偏僻的路,位于徐家汇附近。

"对,对,"几个人同声,"乡下人写不来零陵就画了00。"

老俞也觉得零陵路的可能性很大。至于大树下16号那就到了那儿再问了。

"老乡,上车,咱们走。"

老俞的三轮穿过一条又一条马路,来到了零陵路。可是从东到西,再从西到东,整条零陵路走了两个来回,也没有找到大树,更没啥大树下16号。

这时,对面走来一个中年人。

俞茂昌拦住他,那人看了看农民手上的地址,埋怨他:"啊呀,同志,你太冒失了,这种地址到哪儿去找,这不是自找麻烦吗?"

俞茂昌笑道:"正由于麻烦我才接下来,要不这位同志孤身一人怎么办呢?"

中年人被他感动了,想了想说:"你到前面去看看,那里好像有棵树。"

"谢谢!"俞茂昌踩着三轮,踏到前面一看,树是有,但不是大树,而是两棵小树。看来,零陵路上是找不到这棵大树了。

此情此景,老乡急得不知怎么好,而且心里过意不去。

老俞再次安慰他,并向他保证,说什么也要代他找到。可是,怎样才能找到呢？他拧眉沉思。琢磨"大树下"。心想：这位同志的记忆不会没根据，而且看来这棵树一定比较大，总会有人知道。于是逢人便打听。当他问到第四个人——一个上年纪的老人终于告诉一个可喜的消息：附近是有一棵大树，不过不是在零陵路而是在附近的东庙桥路顾家宅，且在大树附近确有16号门牌。老俞听了高兴得不得了，那位农民自然也十分兴奋。

老俞干劲倍增。他把车飞快地朝热心路人指点的方向踏去。果然，老远就看到了一棵苍老的大树。就在这大树附近，找到了16号。

江西老乡对老俞的感激可以想见，他想多给老俞一点钱，但俞茂昌坚持只收下按规定价格应付的车钱。

老俞回到北站，已到交班时间。他看见人们围着一位外地姑娘，一了解，原来又是一个"地址不详"，而且比"00"路还棘手。江西人还有一个象征性的"大树下"和门牌号码。这姑娘却任何路名和门牌号码都报不出，只知道要找"闸北恒丰厂的王兰亭和王振祥。"

俞茂昌知道，闸北根本就没有恒丰厂。他和蔼地问道："姑娘，你再仔细想想，这个王兰亭的家，住在什么路，什么号码？"

姑娘摇摇头。

老俞又问："你来过上海吗？"

姑娘又摇摇头。

老俞耐心地："那王兰亭和王振祥是你什么人呢？"

姑娘说："王兰亭是我父亲，王振祥是我哥哥。"

"这样，"老俞继续了解，"那你怎么会不知道他们的地址呢？这恒丰厂又是谁告诉你的呢？"

姑娘迟疑地看了看老俞，眼里涌起一泡泪水。想说，又不想说。

俞茂昌见姑娘欲言又止，更加和蔼了："不碍事，你说吧，不管怎样，我们一定帮你想办法，找到他们。"

姑娘扭转头，望着进进出出过往的旅客，突然，低下头，哇地一声哭了起来。

老俞和工友们都愣住，不知该怎么办。俞茂昌劝慰说："姑娘，你有话尽管讲，现在的上海不是过去的上海了，如今是新社会。"

姑娘点了点头，断断续续地说起来……

姑娘姓郑名秀英，是从四川来的。老家在浙江余姚，三岁时因家里太穷，被送给姓郑的人家作养女。抗日战争时，在兵荒马乱中，她和家人被冲散，后来流落到了四川。由于对家人的思念，她哭瞎了一只眼睛。多少年来，好容易积蓄了一笔路费，她便凭着儿时的记忆到余姚乡下去寻找亲人。在余姚乡下，她没有找到亲人。人家告诉她，早在她走失后不久，全家搬到上海，至于居住在什么地方，干什么工作谁也不知道。后来，又有一个邻居告诉她说，几年前曾模糊地听说她的父亲和哥哥在闸北恒丰厂。她听了犹如在黑暗中看到一点光亮，满怀希望，不顾一切，来到上海。

听完这段悲惨的遭遇和含泪的叙述，老俞和工友们都非常同情。老俞擦擦头上的汗，不声不响地提起姑娘的旅行包，放到车上，说："来，上车吧。"

工友们都诧异:"偌大上海,东南西北,连个方向也没有,到哪儿去找啊?"

姑娘也有些犹豫。

"放心,我一定替你找到。"

其实俞茂昌不是茫目——他想到找民警。他把车子踏到附近闸北天目路派出所,请求民警帮助。派出所同志翻阅档案,没找到。这时,天快黑了,民警见他疲劳的样子,建议他:"你叫她付了车钱,你先走,让她待在这儿,我们再慢慢想办法代她寻人。"

俞茂昌非常感激:"我累点没关系,这位姑娘的事比我更重要,我一定要尽快帮她找到亲人。"

出了派出所,面对着又一条十字路口,老俞捏着三轮车车把的双手,真不知该朝哪个方向转了。夕阳的余辉射在他通红的脸上,一串汗珠顺着额角流了下来。

姑娘担心地问:"同志,能……能找到吗?

俞茂昌肯定地说:"能,能,姑娘,你放心,我一定要想办法替你找到。"

俞茂昌又踏着车,向前赶去。不久,天渐渐黑了,街上已是万家灯火,姑娘心急如焚,不知如何是好。俞茂昌理解姑娘的心情,安慰她:"你放心,我一定帮你找到。今天找不到,明天找,明天找不到还有后天。"

"这……"姑娘说不出的感激,想起什么,"等会儿天再晚了……"

老俞说:"再晚了我就替你找旅馆住下,明儿再找。"

姑娘感动,这是一个多好的人啊。但是过一会,一团疑问和一种不可言说的恐惧袭上她的心头:平白无故,素不相识,他为啥待我这么好呢?想起在乡下听说的对上海种种可怕的传说,她想,虽然解放了,可是坏人仍然会有啊。想到这里,她浑身颤抖,急促地喊着:"同志……停停,停停……"

俞茂昌连忙刹住车,转过头来,不知是怎么回事。

"同志,我……我不要去找了,你……你把我送回派出所吧。"

"这……为什么?"老俞十分奇怪。

姑娘低下头,忽然哭起来。俞茂昌安慰她,同时猜想、揣摩:自己哪一点做得不对呢?忽然,从姑娘那眼神里,他明白了,忍不住激动地说:"姑娘,我不认识你,你也不认识我,我也不晓得该咋说,不过,有一点,我可以告诉你,我是北站三轮车服务站的,我姓俞,是个共产党员。"

"你是党员?"姑娘凝视着俞茂昌的脸,过了一会,说:"走吧,随你到哪儿我没意见。"

车子又前进了,穿过一条路又一条路,到哪儿去呢?俞茂昌想到市公安局的户籍科,他想请他们帮助一定可以查到。可是,当把车踏到福州路市公安局时,有关的同志下班了。值班人员一听老俞讲的情况,也被感动,他倒来两杯开水,热情地说:"没关系,你们休息一下,我上楼去替你们查。"

姑娘感动得不知怎么好,连声说:"想不到上海的同志都这样好。"

上去查的民警还没下来,老俞脑子里紧张地思考着:万一查不到,或者查到的不是她的亲人怎么办呢?

稍顷,值班的同志下来了,告诉他们说有一个王兰亭,七十多岁,住在永安路永安坊十号,很可能是她父亲。两人一听喜出望外。

老俞跳上三轮车,踏了就跑,他觉得踏了十多年三轮车,从来没有踏这么快过。

来到永安坊十号一打听,果然里面住着个姓王的老人,不过已瘫痪床上好多年了。老俞一听,心几乎要跳出来,他让姑娘等在门口,自己快步推门进去。迎着灯光,果然看到一个瘦弱的老人躺在床上。

他说:"王大爷,你在四川的女儿找你来啦。"

老人睁大眼睛,奇怪地看着他,过一会,冷冷地说:"我没有女儿在四川。"

老俞问道:"你是叫王兰亭吗?"

老人点点头说:"是啊。"

老俞说:"你的女儿三岁时送给人家,抗日战争时被冲散了的,是吗?"

老人眼睛睁得更大了:"有啊。"接着叹了口气说:"你别同我开玩笑,她死了,永远也不会回来了。"

老俞说:"不,她就在你面前。"

"阿爹……"姑娘走了进来。

这一喜讯,很快在左右邻居中传开,人们纷赶来探望。分离二十多年的父女俩,终于在老俞的热心帮助下团聚了,人们热烈赞扬俞茂昌。该告别了,老人摸出两块钱给老俞作为车钱,老俞不收,老人以为他嫌少,一个邻居说:"王大爷,像这种情况,你给五块钱也不算多。

老俞说:"不,我只要四角七分。"

人们以为听错了,忙问:"你要多少?"

俞茂昌说:"按规定从北站到这里四角七分,多一分我也不要。老大爷,我送她来不是为了钱,假使为钱的话,我也不会这样做。"

姑娘看看老俞满头满脸的汗水,激动得一句话也说不出来。蓦然,她想起,为了替自己找到亲人,他已经踏了几十条马路,花了六七个钟头,饭还没吃呢。便说:"俞师傅,请你等一下,我去买点东西……"

老俞拉住她:"不要,千万不要这样……"

姑娘为难地说,"这……这是我的一点心意。"

老俞诚恳地说:"我谢谢你,你的心意我心领了。"

告别姑娘和老人,夜已很深。老俞蹬上三轮车,展现在他面前的是在街灯照耀下的一条笔直而又平坦的路,比白天更幽静更宽广。老俞脚下一使劲,车轮擦着平滑的路面,刷刷地向前疾驶……

故事——不,应该说老俞的一天,就这样结束了。老俞站起来,用脖子上的毛巾擦擦脸,憨厚地一笑,那意思是说,他又得"上路"了。我想说什么,可是什么也说不出来。我默默地看着他跳上车,消失在北站那潮水似的车辆和人流中。久久地伫立在那儿,看着那条被无数双脚踩踏的平坦的柏油路面。我想,这实在是一条普通的路、平常的路,可是又有多少不普通而又不平常的故事呵。

（原载 1963 年 3 月《解放日报》朝花副刊）

引 路 人

　　生活中,人们都会有这样的经历:无论是在茫茫的原野上或郁郁的森林里,初次来到繁华的都市大街或陌生的乡村小道上,当辨不清方向,找不着路径的当儿,如果有一个人能给你指明方向,引领你顺当到达目的地,对这个引路人,你会怀着什么样的感情呵? 有时可以说,这种感情是绵长刻骨的。

　　迄今我记得这样一件事:六岁那年的元宵节,我跟妈妈上街看灯火,不幸被人群挤散了,起先我还不怕,根据依稀可辨的方向想摸回家,谁知越摸越远,越远越不对头,竟至像头迷途的小羊,瞎碰乱撞,放声大哭起来,后来幸好碰上一位和善的阿姨,花了好多工夫,将我送回家。家人的喜悦和感激可以想见。虽然这是件生活中的小事,但它却和童年许多趣事一起储存在我记忆的长河里。

　　今天我要说的是另一种更让人难忘的引路人。那不是在荒漠的旷野,也不在陌生街巷,而是在长江口外的海洋上。他们在执行着祖国交给的神圣使命：去引领那些跨越重洋,从世界各地来到上海港的外国商船。所有外国船,到达我国港口后,进港前在外海规定的地方抛锚,由我国引水员上船代替船长指挥,将船引领进港。

那是一个深秋的夜晚,在长江口外一艘停泊在海中的领港船上,我和引水员老段静静坐在船尾甲板上。夜,无比的静谧,喧闹了一天的大海像个玩累了沉入梦乡的孩子,微波有节奏地拍击着船体,呓语絮絮。正好是阴历八月十五,蓝幽幽的海面上,一条银光铺成的甬道,一直伸到那又大又圆的月亮跟前,月亮和我们的距离一下子缩短了。

老段手托下颚,寂然不语。苍苍白发被月光浴成满头银丝,似一尊石雕像。他今年整六十岁了,有四十年生涯是在海上度过的。他无法计算在这条航道上往返过多少次。对航道上的每一处暗礁浅滩,他象对家门口一道坡坎,一级阶石那样熟悉;对那变幻无常的水文潮汐,他像熟悉自己好友的脾气那样掌握了它们的规律。但是说来人们不相信,他成为一位真正的引水员却是解放以后的事。

"你知道吗?"老段看着我,说,"港口引水不仅是把远航来到的外国船只,安全地引进引出的技术活,更是一项国家主权。解放前,我国的引水大权全都控制在帝国主义者手里。在上海港,他们成立了一个铜沙引水公会。三十多个引水员,其中有英国人,美国人,日本人,法国人,还有德国人和荷兰人,唯独没有中国人! 这些引水员平时拿着高薪,耀武扬威,战时就成为密探和帮凶。"说到这儿,他激动起来:"比如'一·二八'炮轰上海的日本'出云'舰,就是在日本引水员的引领下开进黄浦江。再譬如,著名的'紫石英'号军舰,也是在英国引水员的帮助下,驶进长江的。"

听了老段的诉说,我明白了引水工作的重大意义。

老段望着远处的海面,说:"由于广大海员的抗议,帝国主义分子不得不装装门面,让出几个名额给中国人。但他们提出,一定要具有一级船长资格的人才行。我也算是其中之一个。"

"后来呢?"

"第一天踏上一条外国船,就被船长赶了下来了。"

"为什么?"

"那是条名叫'海盗密尔根'号的美国船。那天天气阴沉,海面上刮着三至四级的东北风。气艇将我送上'海盗密尔根'号,船长照例在舷梯旁迎接。看见我,他睁大蓝眼睛:'你?'我说'船长先生,我来负责引领'。对方冷冷地说:'你是领港?'对这种轻蔑,我非常气愤。但是竭力克制住自己,拿出新发的《铜沙引水公会引水证书》,说:'请看吧。'那家伙斜了一眼,鄙夷地说:'哼,中国人。'我说:'中国人怎么样?'他说:'我认为中国人似乎与领港员这一高贵的头衔不相称。为了'海盗密尔根'的安全,我要求换一个人。'"

"换人了吗?"我问。

"换了。"他叹气,"没办法,引水公会外国人掌权。"

我也感到气愤。

远处朦胧的海面上,出现一个明亮光点,光点愈来愈大,变成一艘巍峨的巨轮。这是一艘英国船。在距离我们约一海里地方,船逐渐停下了。静静的海面上掠过三声响亮的汽笛声，接着射来一道强信号灯光——请求我们派出引水员。这时，一个肩挎望远镜、身穿中华人民共和国引水员制服的年轻人，稳重地走了过来。这是老段的徒弟小苏。几年前，他还是名普通水手，后来选拔为见习引水员，在老段的带领下，如今已成为一名正式引水员。今天，将是他第一次单独为一条外轮领航。小苏望着老段。那尊敬而又热切的目光似乎在说：师傅，还有什么关照吗？

老段点点头，轻声说："去吧。"

小苏转身走下舷梯，登上汽艇。我和老段目送着汽艇掀起浪花，驶向那艘英国船。

我和老段心里都牵挂：这第一次单独引领，小苏怎么样？

第二天早晨，当太阳升起的时候，我们见到了返回的小苏。由于一夜未睡，他眼里网着血丝，但脸色红润，神采奕奕。

"怎么样？"老段关切地问。

小苏拿出引水记录簿，只见备注栏写着 Very god 下面是船长的签字还有两个大大的"！"。

老段看着船长签字，说："史密斯，我认识这老头，道地的英国绅士，既认真又挑剔，两个！号，他肯这么赞扬你不容易。你说说看。"

小苏说："上去时，老头看我很年轻，有点不相信，因此寸步不离。我也不管这些，集中思想，认真地用英语指挥引领。口齿清晰，舵令准确。船顺利地靠好码头，比预计时间提前一小时。史密斯看看我，点点头，在引水簿上签字，而且加了个！号。随后问我：'领港先生,你真年轻,请问,哪所学毕业的?'我摇摇头,指指船甲板,他不明白,我说:'船甲板上毕业的,原来是水手。''呵……'他耸耸肩,圆睁两只蓝眼睛。然后又翻开引水记事簿,在 Very good!的后面,又加上一个大大的'!'。"

　　"真是今非昔比,"老段想起自己第一次领航的遭遇,感慨系之,"说到底,港口引水权是国家主权,引水员代表国家,国家强大了,我们引水员自然也腰板挺直,行使自己权力。是国家在为我们引航呀!"

(原载 1963 年 4 月《文汇报》笔会副刊)

号 子

你打过号子吗？你听过号子吗？那发自肺腑的呼声，那撼人心弦的旋律。

号子，是劳动的歌声。在我们祖国辽阔的海洋，宽广的土地上，在各个不同的劳动岗位上，你可以听到不同的号子：粗犷的渔民号子，整齐的打夯号子，樵夫的开山号子，至于广阔的田野上，此起彼落的田家山歌，也是一种劳动号子。

然而我更爱听黄浦江边码头工人的号子，它是那样雄壮、浑厚而又深沉。无论谁听了，都会久久难忘。

上海港码头工人号子丰富多样，种类繁杂，按工作性质，可分为搭肩号子（用肩夯）和扛棒号子两大类。搭肩中又有推肩、等肩、横肩等等。杠棒中也有单杠、拼档（几条杠棒）长途、短途等等。更有那些独具一格的煤炭号子、长江号子、跳板号子和招呼号子等等。

工人们来自四面八方，不同的语言，形成不同的腔调。据统计，不下五十余种，真是形形色色，各具风格。音乐家聂耳，就从这丰富的宝藏中，汲取提炼，创作出《码头工人歌》那辉煌的乐章。

为啥要打号子？如果你问码头工人，他们会回答你："肩头吃上劲，喉咙就发痒，不打号子心里闷得慌。原本只能扛五百，打起号子扛一千。"还有："打起号子身子轻，脚步齐，一条杠棒一条心。"

这是一种朴实的劳动语言，是劳动者的心声。有这样一个小故事：不久前，为了搜集码头工人号子，音乐家们请了许多号子能手举行一次号子演唱会。为了照顾工人，会议主持者准备用一些空木箱当道具，代替码头上那些沉重的包子、箱子。哪知"演员们"直摇脑袋，直嚷太轻了、太轻了。

一个老工人说："这不比你们演戏，用那些假道具。号子一定要压，不压出不来，出来也不真切。"

结果换来二百斤一袋的大米包子，演出才顺利进行下去。

过去码头工人被称作苦力。他们劳动强度最大也最艰苦。从几十斤重的零碎杂货，到上千斤的铁器大件，全凭两个肩头一根杠棒。上货进栈，起舱落驳，工人们不说"货物扛上去了"，而说"号子打上去了"。有经验的苦力，每天上工，人没进码头大门，只消一听号子声就知道今天做啥生活，扛什么货。肩膀上要压多少分量。

以前码头上起重工具极少，全都靠人力。我曾看到过这样一个触目惊心的景象：三十二个工人，四条大龙（长杠棒），十六根杠棒抬一块厚钢板。工人们一个个低头躬腰，杠棒头抵着脖颈根，屏声静息。前面有一个人专门吆号子，各叫"龙头"。就像合唱团的领唱一样。只听他"哎——哎——"一声吼，全体爆发出和音："哎——哎——哎！"好像一股在地底压抑了千万年而突然迸发的山洪，沉重、悠远、慑人。随着这声音，三十二个人腰板一直。开了步，上了路，一声声号子，一步步走，步子愈迈愈急，号子节奏也愈来愈紧。犹如一阵猛烈的旋风，喧嚣的雷鸣，叫人喘不过气来。呵，这时我只觉得脚下大地颤动，江水呜咽，天昏地暗，全身的血液都似乎凝结了。

据老工人说，这还是普通的活儿。最多的有过一百二十个人，六十根杠棒，抬大件。一派号子，一个声调，真是："号子像洪钟，杠棒像弯弓。"想想吧，那该是何等壮观又是怎样震人心弦呵！

在这里，号子不但宣泄情绪，还是这种沉重、庞大劳动组合的组织者和指挥者。在号子声中，一百二十个人一样的脚步，一样的快慢。遇着上坡过坎，或是拐角转弯，不用说话，"龙头'只消将尾音一转，一百二十个人不用朝他看，就全都心中有数了，平安无事，顺顺当当。局外人啥名堂也看不出来。这时对号子的节奏，要求也特别严，一板一眼，不能有一个走音的。要不，轻则打掉脚后跟皮，砸破小腿肚子，重则货损人伤，性命不保。所以过去码头工人将号子看得比什么都重要，不会打号子的外行就甭上码头，哪怕你力大无穷，打好绳结，也没人抬那一头，跟你合伙。

学号子并不像学校学生学唱歌那样轻松简单，有着艰辛的历程。

在杨树浦码头，我认识一个老工人，名叫陈秋根，但更多的人只知道他的外号"号子先生"。他今年五十八岁了，做了近四十年的码头工人。他会打十八个流派的近一百种号子,特别拿手的是家乡淮安调的长途号子。四言八句,有轻有重,八句收头,干净利落。嗓音圆滑清亮,开朗奔放,近听似晨潮澎湃,气势宏伟,远听似细流淙淙,优美动人。无论谁,无论在什么码头,一听这号子就知道是"号子先生",无论谁听了这号子,都肩着杠棒,愿意同他搭伙。

他是怎么学来的呢? 从他上码头的那天起,他就和他父亲抬一根杠棒,老子抬后肩,儿子扛前肩,一递一句地学。这还不算数,晚上睡在窝棚里,爷俩合盖一条破棉絮,老子这头唱,儿子那头跟。就这样一直学到父亲被压在包子下爬不起来,闭上眼睛。前后整整十五年。真是一字一滴泪,一句一滴血。

码头工人的许多号子都可以根据相应的旋律配词,因而经过世代相传,加工提炼,产生许多优美的歌谣,为号子注入更生动的内容。工人们常用号子来交谈。因此号子不仅是码头工人劳动的旋律,更是他们长期相处,并肩劳动,同甘共苦而凝结成的"心灵的语言"。譬如:当一个工人唱起:"老弟兄们轻轻来哟, ——嗬——哟——"不用多说,只消这一句,听的人就知道对方力气小或者今天身体不好,劲不足,就会照顾他。

有时到一个陌生的码头去做工,也用号子和对方打招呼,称为"拜山号子"。

再如湖北帮一种搭肩号子是这样唱的"一人夯,一人肩,四人搭肩站两边,叫声老哥要小心,一不留神闪了腰,息工起码七八天。"那时码头工人受了重伤等于活着等死。工人们就用这种方式,这种语言来相互体贴,相互关照。

在旧社会,码头工人生活的痛苦和悲惨,人们难以想象。工人们编成号子抒发积藏在心头的痛苦和愤怒。他们时常唱:

"倒二八,三七扣,工人饿得皮包骨;吃鱼肉,住高楼,把头肥成哈叭狗。"

差不多每一个老码头工人,更都会哼唱这样一首古老的传统歌谣:

> 肩夯大包爬上高楼,
>
> 脚步慢了鞭子抽,
>
> 一步一级一把汗,
>
> 仰望大钟^①快快走。
>
> 开锅菜皮六谷糊
>
> 妻儿老小筋骨瘦,
>
> 厕所廊檐当窝铺,
>
> 寒风雨露苦无诉。
>
> ……

听着这样的歌谣,这样的号子,每一个善良的人,对那吃人的旧社会,都会涌起痛恨愤懑的感情。

码头工人号子的内容并不限于一般的装卸操作、生产过程,还有不少独特、别致的号子。工人歌手王喜来就给我们演唱过一种号

---

① 指海关大钟。

子。他侧头垂手,没精打采地用一种无法捉摸的调子哼着:

"哎——嗨——哼唉,嗳——嗨,吃不消了喂——唉!……"声音游移不定,变幻莫测,越唱越悲伤。不夸张地说,当时所有听的人,连平常最善表演的演员,都情不自禁地瞪大两眼瞅着他,那情景真像着了魔一样。人们真担心他支持不住,倒下去。原来这叫做"叹气号子"。工人们——特别是年老的工人,干活干得实在太累了,或肚皮饿,吃不上饭,就打这种号子。只要有一个人打,所有的人都会自然而然地合上来,原本干得很紧张的工人,顿时就像走了气的皮球,毫无声气。只要一打这种号子,这一天的活就休想做完,把头就要急得跺脚。因此,背地里有人叫它"送财号子"、"倒霉号子",工人们则称作"反抗号子"。

其实,号子不单是码头工人"心灵的语言。更是他们斗争的战歌,战斗的号角。早在上海三次武装起义的时候,工人们就编了许多斗争的号子,例如:"团结一心嗨哟,消灭军阀嗨唷,要想得自由,打倒洋泾浜(帝国主义)……"

这号子教育鼓舞了广大的码头工人,也有力地打击了敌人。

在贴标语散传单时,望风联络也用号子作为暗号。许多码头宣布罢工时用的不是信号枪,也不是汽笛、哨子,而是三声响亮的号子!

抗日战争期间,号子更成为码头工人同日本侵略者斗争时最常用的武器。做工时鬼子监视得很严,但他们一离开,工人们就歇手不干,但是嘴里号子还哼个不停。鬼子来了,望风的工人老远就吆起号子来:"哎——喂,矮脚狗来了喂喂……"大家又磨洋工地干起来。有时人们就当着鬼子的面用号子唱骂,鬼子也听不懂。后来知道了,恼羞成怒,竟下了一命令:不准打号子。这一下,问题可来了:不打号子,等于叫码头工人不干活儿。工人不干活,运输就成问题,没有办法,不得不让工人打号子。

除了同日本鬼子,工人们对封建把头、国民党反动派都有过不少斗争,用他们的号子来嬉笑怒骂。每一个旧社会过来的码头工人,都可以给你讲述无数动人的故事。号子,它就是这样伴随着一代又一代的码头工人,走过那漫长黑暗的岁月。它记叙了他们沉重的劳动、悲惨的生活、火热的斗争。今天,在黄浦江两岸,你再也听不到那沉重的号子声了,它被另一种更洪亮的号子——起重机的轰鸣所代替。但我们不应忘记号子——这千斤重担压出来的、深沉、痛苦的呼号。

（原载《上海文学》1962 年 3 月号）

号子

一株老槐树

码头上屹立着一株老槐树。

这是一株既普通又奇特的老槐树,它与周围的环境是如此的不调和:四周是高大的仓房,钢铁的起重机,坚硬的水泥路面,看不到一株小草,一星绿色。

它那弯曲的躯干,累累的疤痕,向人们倾诉着它所经历的漫长岁月。

它像一个倔强的老人,佝偻着身体挺立在自己的土地上,任风摇曳,任浪冲击,巍然不动,俯视着脚下的江水……

工人们都喜爱它,称它为"我们的老槐树"。每一个"老码头"走过它身边,都喜欢伸出青筋暴突、长满老茧的大手,在它身上抚摸。

那些"新码头"——年轻的姑娘和小伙子们更是喜爱它。夏天,他们在它身下歇息乘凉,在它浓阴的庇护下躲避炎人的太阳;春天,他们迎着细柔的春雨,闻着那槐花袭人的香气。

老人们说这株槐树当初是株稚嫩的幼苗,如今长成这样。

"呵,我们的老槐树多好啊!"年轻人赞叹的同时也奇怪:当初又是谁把幼苗种在这码头上?谁也不知道。

这座码头还是四十八年前帝国主义者建造。由于建造质量不高,年长日久,码头桩脚下沉,路面裂缝,每逢大潮汐,码头就被水淹,重型机械不能使用。根据这一情况,决定翻修重建。

这株老槐树不消说,也得砍掉或是搬家另找地方。

作为码头基建科的干部,这天傍晚,我带着两名木工,拿着斧锯,向老槐树走去。

我们举斧正要往下砍时,猛听得背后一阵沉闷的大喝:"住手!"

我抬起头,只见由远处仓库拐角走来一伙人,为首的是曾经参加过上海工人三次武装起义的老工人黄三多。此人资格老,辈分高,外号老前辈。

他满头大汗,敞着衣怀,三步二脚奔到我面前,随手夺下斧子说:

"你……你疯啦?谁……谁叫砍的?"

我十分奇怪:"谁叫我砍的,这码头要大修,你知道不知道?"

"不管怎么说,不许你砍!"声音斩钉截铁。看来不仅是为了心疼这棵树,而且为了某种深沉的爱和固执。

同来的一个小伙子插嘴说;"留着多好,大热天,砍了我们去哪儿乘凉呢?"

我心里正窝着一肚子气没处发泄，不听犹可，一听火就冒起来，可是没等我开口，"老前辈"生气地对小伙子说：

"你胡说些啥哟，你以我不让砍是为着乘凉吗？"说完，又回过头向着我，不容置疑地说："不管怎么说，你不许砍。"说罢甩开膀子走了。

这究竟是为什么？

我将情况向主任回报。

主任说："树一定要挪位，不过你同黄老头谈谈，听听他的想法。"

夜晚，我怀着满腹狐疑，来到老槐树下。月光下，老远就看见树影下坐着一个人，走近一看，正是黄三多。他佝偻着腰，咬着板烟斗，默默地凝视着脚下奔腾的江水。

"呵，黄师傅你还没回去……"我搭讪。

他不作声，唑唑吸了两口烟。一会，他提起身旁一把铁锹，站起身，说：

"刚才我一时脑子发热，说了傻话，来，动手吧。"

"干吗？"我问。

他指着老槐树，说："将它搬家，修码头哇。"

"这……究竟怎么回事？"我无法控制自己的好奇和激动。

正在这时，来了一群姑娘和小伙子，看样子是黄三多约来的。

听了我的话，大家同声赞同让他说说。

黄三多吸了口烟，讲述了老槐树的故事。

说起来这已经是非常遥远的事了。那时黄浦江两岸的码头，都被大大小小、上千个不同帮派的封建把头割据着。他们依靠帝国主义、封建帮会和国民党反动派的势力,压榨码头工人。当时这码头有名的大把头名叫周七,是青帮老大。他利用豢养的"文武挡手",三十六股党的徒子徒孙,从他父亲起就骑在工人头上。一九二七年春天,码头工人参加了上海工人第三次武装起义,打倒了军阀和帝国主义,也吓跑了周七。

年轻黄三多高兴极了,和几个青年伙伴找来一株槐树的幼苗,种在这儿——他们想,从今以后这码头是自己的了。可是,就在人们欢庆胜利、兴高采烈的时侯,蒋介石发动了"四·一二"大屠杀。就在这时,吓跑的大把头周七,坐着轿子,率领着徒子徒孙,重新回到码头上。他对工人们说:"哼,怎么样,老子又回来了,你们还敢造反。"看到新栽的槐树苗,他气坏了:"好哟,你们真以为天下是你们的啦? 告诉你们,这码头永远跟老子姓周。"说罢,他伸手想去拔,但忽然又停住了,笑笑说:"也好,让它长着吧,老子正缺棵树呢。"

工人们也不知道他葫芦里卖的什么药。一年又一年,小树长大了,长高了。从前周七处罚苦力都是把人缚在电线杆上,现在就将人缚在这棵树上。

说到这儿,黄三多解开衬衣:"喏,你们看。"

迎着明亮的月色,可以看到他胸脯上,隐现着一条条暗紫的疤痕。

"这就是周七的鞭子留下的。"黄三多说。

"他为啥打你?"一个女孩问。

　　"那天我身体不太好，人没力气，可那天活儿很吃力。要夯一人高，二百斤重的洋夹子(进口桶花)，压得我挺不起腰，喘不过气，脚步稍为慢一点，一个打手上来就是一鞭子。我火了，责问他：'你为啥打人？'他说：'为啥，你磨洋工。'我说：'我今儿身体不好，没力气。''妈的，你还嘴犟。'那时把头打骂苦力是不许犟嘴的。周七那家伙早就要找我的茬儿，他叫打手把我缚在这株树上，他亲自用藤夹皮的鞭子抽打，那鞭子厉害，每一鞭子都皮开肉绽。他一边打，还一边说：'哼，这就是当年你亲手栽的树，想不到会派上这用场吧？'"

　　说到这儿，他唏嘘："日子一天天过去，后来日本人来了，也曾在这颗树上缚过人。曾经有人主张把这株树砍掉，我不同意。砍掉树有啥用呢？周七、日本人还是在，没有树他们可以换地方吊打工人。再说，我至死相信当初我们栽这株树的心愿，总有一天是我们的。盼啊，盼啊，终于盼到解放，这株老槐树仍然在这儿，不过更大更粗壮了。"

　　这时，一阵江风吹过，树叶发出悦耳的沙沙声。

　　我们沉浸在黄三多讲的故事里。

　　黄三多打破寂静，喊一声："喂，动手吧，为了修建新码头，现在我们请它搬个家。"

　　在老人的带领下，我们拿起铁锹，洋镐，小心地刨着……

　　第二天，在码头办公区的花圃中央，出现一株高大的老槐树。它是我们码头历史变迁的见证人；它像一个年老的长者，以自己的

浓阴呵护着四周的嫩芽幼苗；它像一个倔强的斗士，挺立在自己的

土地上，任恶浪冲击，任狂风摇曳。

（原载 1964 年《文汇报》笔会副刊）

上海的大门

如果将一个城市比作一幢房屋,那么客流量最大的火车站无疑是一座大门。

上海有座大门——北站。

那还是 1907 年,光绪末年英国人建造的。

80 年了,80 年来我们就在这样的门洞里行走进出。那狭窄的广场,低矮、简陋的候车室,设在露天的旅客问讯处……和许多上海人一样,每次置身其间,面对那乱哄哄、几乎是无法忍受的场面,我心里不由涌起一种强烈的欲望:

我们应该有一个宽大、像样的大门。

我们有能力建造这样的大门!

可是我们没有。

等呀,盼呀,一月又一月、一年又一年,今天,一座辉煌的大门——铁路上海新客站终于耸立在我们面前。

任何描绘都是抽象和无力的,但我仍不能不饶舌。请看:以铝合金为檐板,大幅面茶色玻璃作装饰,总面积14000平方米,设有空调的高架候车室;筑有花圃、喷水池,钟塔、灯塔等雕塑的旅客步行广场;现代化的问讯、售票、检票、行李房、小件寄存以及与之相配套的地铁车站、邮电大楼、中亚饭店,天目宾馆和长江饭店……

其规模之宏大,功能之齐全以及设计的独特新颖,不仅国内首届一指,据说国外也只有德国的汉堡、荷兰的鹿特丹等为数不多几个城市车站能与之相媲美。

有人喜欢引用外国友人的话来夸赞。我不能免俗或者说是找不到比这更好办法,只得袭用。

泰国的几位市长参观后说:"真宏大,简直像飞机场。"

一位周游世界、见多识广的日本朋友则赞叹:"我看过世界不少火车站,这恐怕是最大的了。"

阿拉伯联合酋长国的一位部长表示:"真漂亮。我们也准备建造一个这样的火车站,但没有你们大。"

行家告诉我:这项工程按计划、定额施工得五年零一个月。我们从1984年9月正式动工,今年年底完成,只用3年零3个月.这在上海乃至全国的建筑史上都可以说是高速度。

在这块古老多难的土地上,在这3年零3个月中发生了多少感人肺腑、可歌可泣的事情呵!

上海最大的一次动迁

上海,寸金之地。想在人口超密集的市中心找一块无人的空地那是梦想。唯有动迁。

提到动迁,搞基建的人就会摇头甚至谈迁色变。

搞动迁的人得具有钢头、铁嘴、飞毛腿的本领,而且宰相肚里能撑船,气量大,骂不还口,打不还手。但是碰到那些钉子户,你什么铁嘴钢牙都不行。上海的许多建筑之所以无法动工,一拖再拖,就卡在这一关。

一般建筑动迁不过几十或上百户人家。新客站东起大统路西至潭子湾,南接恒丰路与苏州河接邻,北至沪太路,横跨三个区,占地43公顷,需动迁264家工厂单位,7300户居民,要拆除24万平方米建筑,牵涉近3万人。这样大面积的动迁是上海城建历史上开天辟地头一回。

按以往动迁速度,完成这次动迁少说也得三四年,而建造新客站的全部工期只有三年。为完成这一艰巨、史无前例的动迁任务,有关区的动迁部门突击培训了含300名通晓房管政策,能说会道,认真负责的动迁工作人员。他们深入到街道、居委和每户居民家中,做到层层发动,家喻户晓。市领导亲自出席动迁动员大会,讲述建造新客站的目的意义和紧迫性。

我们的人民通情达理,深明大义。

动迁的居民大部分自行过渡,或到郊区租借私房,或投亲靠友,其困难不言而喻。

住在原秣陵路的上海师大副教授陈必博听了动员后，很快就到距师大很远的大场镇租借私房，带头搬迁。老工人董富华有一幢一墙一底 50 多平方米的小楼房，既安逸又宽敞。听说要建造新客站，二话不说，卷起铺盖就走，直至现在老夫妇俩还分别寄宿在亲戚家里。

更令人感动的是一位姓何的退休工人，生肝癌躺在床上。他得讯后对家人说："不能因为我影响新客站开工。快些搬。"搬家的那天，他挣扎站起来，望着故土旧屋，既感慨又欣慰地说："盼了多少年，上海总算有个像样的新客站啦，好！好！……"

大规模动迁 1985 年年初开始，一年内完成 2300 户居民，60 家单位的动迁工作，接着 86 上半年又完成余下的 5000 居民和 200 家单位，前后只花了一年多时间。

若为新客站的建设评功摆好，头功应归于 7300 户动迁居民。

人民是不朽的。

被风雨撕成布条的突击队旗

将新客站工地比作激烈的战场决非夸张，不过这儿使用的不是坦克大炮轻重机枪，而是推土机、挖掘机、风镐等各种机械。在这 43 公顷土地上，集中了上海和外地大小 56 个施工单位。最多时每天工地上云集 7000 人。上百种施工机械，成千的建筑大军，从空中、地面、地下齐头并进，立体施工。那场面、那气势，看了也心潮激荡。

市建507队担负站房主楼建造和一号月台土建工程，是这个战场的主攻连。而青年木工班则是主攻连的尖刀班。新客站的8个大候车室其中5个的木工活儿由他们完成。12条旅客通往月台的斜道，他们做了5条，是平均工效的160%。为此，木工班长董如海被评为86年市新长征突击手，木工班被团市委命名为青年突击队——新客站工地第一支青年突击队。

班长董如海与我握了握手。小伙子长得挺魁梧，但看上去没精打彩——连握手也有气无力，毫无我想象中的那种威势。

"小董他们已经连着干了三天三夜，今儿第四天了。"陪同我访问的指挥部工作人员老季解释说。

"时间实在太紧，不这么干不行。"董如海说，"现在已经10月底，到年底只有两个月，工期是卡死的。再说我们用的是搅拌好的商品水泥，时间是排定的，半天也不能拖延。"

眼睛上罩着一层黑圈、崇明来的一位民工说："这样做，可累得够呛。我用扳手紧螺丝，只要手一停下，人就迷迷糊糊睡着了。稍有点空，缩在角落里打个盹，一会爬起来再干。"说到这儿，他打了个哈欠，向往地说："等完工通车了，我要睡它三天三夜，把欠下的觉补回来。"

为了按时超额完成任务，3年，150多个节假日星期天，工人们轮休，董如海却没有休息过一天。一次脚被钉子从脚底戳到脚背，血流如注，他仍然没有休息。今年5月小董被批准入党，可他连《入党志愿书》上所需的照片都没时间去拍，只得用工会会员证的照片临时代用。

其实，何止董如海和他的木工班这样。还有承担新客站站场线路铺轨、设道岔的铁路三分公司线一队；铁路电务工程公司信号工程队二班，和被人们称为小老虎的市政103施工队王海成起重班等许多英雄人物和先进班组，为新客站的早日建成，他们都呕心沥血，奉献自己的一切。

"我们被耽误的时间太多了。"董如海深沉地说，"现在历史的重任落在我们这一代身上。"

走出综合房，望着屋顶上被风雨撕成布条的青年突击队红旗，不知为啥，我想起老山前线，心中陡然升起一种悲牡的意昧……

我的儿子、孙子也要来乘车的

大雨哗哗下着，今年雨水特别多，可再大的雨也拦不住干活的人。

新客站施工速度没说的，快！质量呢？只图速度，不讲质量，这是我们基建施工中的常见病和多发病。新客站可不能这样。

我来到负责地铁车站（将来地铁修通，旅客可从市区乘车直达新客站）、地铁折返段以及新客站旅客出口地道施工的上海隧道公司第三工程队。这是一支擅长地下施工，人称"地老鼠"的施工队伍。领头的副队长章仁财戴副眼镜，看上去像个文弱书生，却是一员能征善战的骁将。

说到施工质量，章仁财给我讲了一件事情。今年7月，在做一条68米长的地下旅客出口通道时，正逢连日暴雨。一段已挖的基坑滑移，土体将一段已经砌好的2米高、8米长的砖墙，向外推移10厘米。当时有两种意见。一种意见认为要保证工程质量，将砌好的墙推倒重来；另一种意见则认为10厘米，还不到一根筷子长，这点误差在地底下无伤大雅。再说，返工谈何容易，不仅要将砌好的墙推倒，还得将地下浇好的混凝土基础也同时清除，费时费力，工期起码拖延一星期。

新客站质量比什么都宝贵。小章和工地主任蒋林鑫等研究认为还是得返工推倒重来。

工人们站在齐膝深的泥水里拆墙、挖土、扎钢筋，奋战7昼夜，按时按质完成任务。

这样的事例还可以举许多。青年木工班一次安装东大厅的100根门廊过梁。安好后，经仪器测量，发现其中有一根过梁偏差5毫米，这点误差在五六米高的空中肉眼根本看不出来，而且在允许误差8毫米以内。小董和组里人都说："尽管允许，可我们不能差。"硬是将这根过梁返工重装。

新客站大厅及各个候车室都是吊屋面，数平方米的空间看不到一根柱子。这其中屋顶钢架就耗用钢材1600吨，有上万个焊接点。照技术规范，焊接标准达到三级就可以。宝钢十九冶承担这一焊接工程，每个焊接点都达到二级标准。

这就是新客站建设者们对待质量的态度。一位年近六十,满脸皱纹的老工人对我说过这样一段话。他说:"我造了几十年房子,参加过不少大楼宾馆的建设。那些房子造好后,我们再也不能进去,新客站不一样,不光我要进去候车,我的儿子、孙子,甚至孙子的孙子都要进去啊。"

这话说得何其坦率,多么实在。新客站属于他们,也属于我们。他们知道该怎么干。

人生能有几回搏

他,贾景澄坐在我对面。洗得泛白的旧蓝中山装,灰白的头发,黧黑满是皱纹的脸。刚才摔了一跤,额角和鼻梁都擦破了,身上沾满泥浆。如果不是事先介绍,我真不相信这是一位总工程师、高级知识分子。

贾总今年已68岁,1943年,他从中山大学土木系毕业,投身铁路事业。他一心想实现孙山先生提出的在中国建设10万公里铁路、百万公里公路的理想。可现实是那样残酷无情,所谓10万公里铁路只能是个"美丽的梦",别说10万公里,有时一年也难得新建几公里铁路。

解放后,他才觉得有用武之地。三十多年他的足迹遍布祖国的高山大川、穷乡僻壤,先后参加过浙赣线梁家渡大桥、津浦线淮河大桥、南京轮渡、沪宁复线等几十项国家重点铁路工程的建设。他的青春在铁轨的延伸中消隐。现在他老了。组织上考虑到他年老体弱，照顾他，但他执意要来。"人生能有几回搏，"他感慨地说，"建造这样的客站，我这一生，许是最后一次，让我也洒上几滴汗水吧。"

他担任新客站站场工程及部分配套工程的施工技术负责人。协调指挥三个铁路工程公司所属十一个施工队近三千名职工的施工，其忙和责任可想而知。

他像年轻人一样跌爬滚打在工地上。工地路难走，他年纪大了，腿脚无力，像今天这样，跌得鼻青脸肿已经不是头一回。但他不叫苦，不抱怨。搞建设嘛！

让我们再看看另一位女工程师仇宗妹。她60年代初期毕业于铁道学院。她那矮小的身林瘦弱得风一吹就要倒似的。三年来，她不顾家务重，体质差，日夜战斗在工地上。

设计规定，新客站站屋下15股道均采用新型的乳化沥青涸结道床。此材料原来向工厂购买，因数量大，而且厂里产品只能在22℃气温下使用，时间限制太大。施工指挥部决定自已试制。这任务落在仇宗妹等几个人身上。没有场地，他们将一节报废的火车车厢作试验室。车厢是铁皮顶，大伏天太阳一晒，里面如同蒸笼，气温在40℃以上。闷热加上试验时冒出草烟味、煤烟气，呛得人几乎窒息。仇宗妹和试验组的成员就这样奋战30天，一个个熬红双跟，满身痱子。经过一百多次筛选，终于制成理想、随时可使用的乳化沥青，使铺轨工作如期进行，并为我国的建材工业作出了贡献。

正是像贾总和仇工这样的一批知识分子，绘制了新客站的蓝图,提出如此新颖独特的构思。是他们解决了一道又一道技术难题。他们的名字和业绩将铭刻在人们的心上。

这就叫速度和效率

夜深了。市长办公室里还亮着灯光。经过一天的劳累还在灯下审阅新客站的有关报告和文件。新客站建设者们一致认为,新客站之所以能这么快地建成,除了工人、工程技术人员的拼搏奋斗外,与市委、市府领导卓有成效的指挥分不开。他们亲自过问新客站的动迁工作,出席动迁会议。经常深入新客站工地,了解工程进展情况,遇到问题,当场解决。

虹口区凉城新村建成一批供动迁用房,但与之配套的7万平方米的小学和幼儿园却无钱建造,申请计划一时又批不下来,致使动迁户无法进入。市领导了解后立即指示批办,使工程顺利进行。一般居民动迁过渡费每人5元,考虑到新客站的特殊情况,为鼓励居民积极搬迁,指挥部提出适当增加。市领导批准同意,并指出这是特殊符况,特事特办。

分房子不容易,房子到手麻烦事不少。你先得跑房管所领房票,办使用证,然后去派出所报户口,粮管所办粮卡,转粮油关系,再要到煤球站办煤球卡。有孩子的你还得跑学校幼儿园……这一圈跑下来,少则10天,多的要一个月。皮鞋后跟磨掉1厘米,你还得看眼色。若是某个环节卡住,对不起,你还可能办不成。这套程序对新客站当然不适应。房管部门、公安、粮管所、石油煤炭公司等有关单位进行联合办公,一条龙服务。过去,花一个月不能办成的事情,如今一天甚至半天就解决了,这就是速度,这就叫效率。

雨停了。太阳穿出云层,金色的阳光映在主楼那大面积茶色玻璃上,折射出奇光异彩。

我久久地凝视着。

我觉得这不是普通钢骨水泥建筑。这是上海的干部、工人、工程技术人员和广大群众汗水、智慧的结晶。是上海人民意志、力量的象征,是一座真正的历史的丰碑。它雄踞在上海大地上,面对历史,昭示后人,激励来者。

（原载 1987 年 12 月 18 日《解放日报》朝花副刊）

地层深处的报告

> 我考察过不少隧道,这条隧道(黄浦江延安东路隧道)在世界上值得骄傲。
>
> ——〔西德〕巴本德尔

像孙行者钻进牛魔王肚皮,我钻进大地的腹腔,神话?梦境?不!那向下延伸的一百三十九级台阶和混浊刺鼻的泥土气息,告诉我这是确凿的现实。

我在地层深处,黄浦江的下面。透过头顶的土层,我似乎听到喧哗的黄浦江水,看到昂首前进的万吨巨轮,外滩穿梭的车辆、熙攘的人群。

那圆形,由48只巨大千斤顶(每只千斤顶有225吨推力)组成的钢铁怪物——盾构,正以雷霆万钧的力量向前挤压、推进。

大地呻吟、颤抖。

隧道一寸一寸艰难地向前延伸、延伸……

这是智慧的颂歌、力的较量、意志的拼搏。

在这地层深处,人们看不到的地方,隧道工人、工程技术人员用他们的双手以及生命谱写着一曲时代的乐章。

豆腐里打洞,不可能

建设延安东路隧道是上海人民向往已久的一件大事。这条隧道的建成不仅能缓解上海紧张的交通状况,解决过江难,而且对开发浦东,改变上海面貌有重大意义。上海市委、市府将其列为上海四大市政工程之一,要求一九八四年动工,一九八八年完成。

这条隧道直径 11.3 米,东起浦东陆家嘴烂泥渡路,西至延安东路福建路,总长 2260 米。隧道为双车道,不仅行驶汽车,还通行无轨电车。从外滩到浦东只要三分钟,比乘轮渡快四——五倍。其规模不仅全国第一,在世界软土层隧道中也数得着。仅次于日本的东北新干线上野隧道(12.86 米)和埃及苏伊士运河艾赫默德隧道(12.00 米),居世界第三位。

计划是宏伟的,但要建成这样一条现代化、横贯黄浦江的隧道谈何容易。与已建成的打浦路隧道相比,不仅大,而且地处闹市,建筑密集,地下管道设施复杂。根据国外规定,施工时盾构上面覆盖层与盾构直径比例为 1:1,直径 11.3 米的盾构,上面覆土层至少 11 米。这条隧道,黄浦江中段覆盖最浅的部位泥土厚度仅 5.8 米——只有一半。而且土质松软,属亚砂土。若是加厚覆盖层,那隧道出口就不是福建路,要延伸到浙江路附近。其麻烦和困难不言而喻。美国专家史密特考察后断言,靠中国现有的普通的网格盾构和技术力量,想穿过黄浦江不可能。他作了一个形象的比喻:好比在一块松软的豆腐里打洞,不可能。

消息传到海外,日本人来了,德国人也接踵而至。一家号称"地老鼠",专在地下打洞的日本地下工程公司指出,要想打穿这块软豆腐,只有采用目前世界上先进的泥水盾构或土压平衡盾构,否则过不了黄浦江。

毋庸讳言,这种盾构比我们的要先进,可价钱也"够意思"——一台要一千万美元!我们的只要六百万人民币。而且一台盾构只能使用一次。这划得来吗?该花的钱当然得花,问题是:能不能用我们的盾构打通黄浦江?这不仅仅是节省一笔外汇,更重要的是自立、自信和对"自我"再认识。经过反复的权衡,最后决定用我们自己的盾构过江,根据是:第一,我们已经用类似的盾构穿越黄浦江,建成打浦路隧道,取得一定经验。可以在原有基础上,将盾构加以提高改进;第二,加强技术措施,采取严密的监测手段,尽可能提高工程质量;第三,也是最主要的,我们有一支由干部、工人、工程技术人员组成的经过考验、具有一定经验的隧道施工队伍,凭借他们的勇敢和智慧,我们定能穿过黄浦江。

夜郎自大不可取,但妄自菲薄,失却信心更可悲。人还得有点精神。

没有硝烟，却是战场

马达轰响，仪表红绿灯闪烁，盾构锐不可当地向前挺进，被挤压的泥土从盾构前端网格的小门，纷纷散落进来。为使泥团能迅速粉碎，变成泥浆排放出去，工人们头顶头盔，身着胶皮雨衣，端着 17 公斤重的高压水枪向泥层勇猛地冲击。泥水飞溅，水雾迷漫。被水溅起的沙粒回弹到人脸上，像铅弹一样，工人们脸被打肿了，眼睛被打红了，没有一个后退……

我被这紧张的场面惊住了。

"你应该多写写我们的工人。"同济大学毕业、多少带有书生气的年青的 101 工程队党支部书记张若霖充满感情地对我说："他们是最了不起的，没有他们，什么样的盾构也过不了黄浦江。"

小张说得对。且不说劳动强度，只说环境就够人受的。这儿闷热潮湿，常年气温在 25℃以上，寒冬腊月，人在里面也会出汗，夏天气温经常在 40℃左右，加上带腥味的机油和泥土气息，简直令人窒息。这还不算，如对付软豆腐似的软泥层，还得再加大气压。体质差些的人，别说操作，在里面呆的时间长些也受不了。不久前一个春寒料峭的上午，市委书记芮杏文、副市长黄菊等领导同志到工地视察，来到隧道深处，芮杏文同志感慨地说："我们只不过下去了一会儿，就浑身大汗，工人们却整天在下面劳动，隧道施工确是辛苦。"

我亲眼看到这样一个惊险的场面：正在推进的盾构突然停了下来，前方遇到阻碍物——一块大石头卡在网格上。

只能派人钻出去，将石头弄进来。人置身盾构外面，这可非常危险。弄不好泥土塌方，人就会被活埋。这样的事情国外曾发生过。

派谁？

"我去！"共产党员沈伯荣轻声要求。这是个体格魁梧、相貌英俊的中年人，很像电影里的硬派小生。在队里老沈是有名的闷罐子，话不多，可危险活儿总抢在前头。

"我也去！"共产党员张建高也挺身而出，小伙子从老山前线复员回沪。昔日浴血疆场，如今又将汗水滴洒在黄浦江隧道里。队长孙荣华只轻轻说了句："当心点！"我总以为他俩会说句什么——要知道这可是性命交关的事情。按照电影或小说的描写，此时他俩该表表心迹说句豪言壮语。但他俩啥也没说，甚至看也没看大家，默默地从小门里钻出去。那样悠闲，随便。似乎不是去死神身边排除障碍物，而是到家里搬张小凳子。

我的心却吊到喉咙口。

老沈和小张站在门外，其余的人在里面用绳子、撬棒，撬的撬，拉的拉。寂静中只听到呼哧、呼哧的喘息声，只看见汗水从他们额上滚下来，流进眼睛、嘴边和脖子里，他们终于战胜顽石，只听得"哐啷"一声轰响，一块三四百斤重，像桌面大的岩石落在铁板上……

工人们告诉我，这样的事情常碰到。除大石头外，钢材、铁管、枕木、水泥桩样样都有。

"当时你怎么想的？"事后我问张建高。

"怎么想的？"小伙子瞅着我，脸上还带着战士的纯朴和腼腆。

"你没想到可能会。……会有危险？"

"想，也不想。"小伙子笑笑，"不过想也没用，再危险也得干，这是我们的任务。"

"你觉得这同老山前线自卫还击有啥区别？"

"那儿对付的是越南侵略者 5 这里的对手是软土、石块和各种各样的障碍物，都有危险。"他说，"这儿虽没有枪炮和硝烟，可也是战场。"

这位老山战士说得对，这儿虽然没有榴弹、火箭，却同样有着生与死的考验。

沈伯荣给我讲了一件他亲生经历的惊心动魄的往事。

1985 年 9 月 23 日，盾构推进到浦东岸边二号井附近，被砂土"咬"住，48 只千斤顶开足马力，一天一夜只前进了二米。

战斗进入白热化呈胶着状态。该队有个传说：哪里工作困难，哪里有危险，党员和队领导就在哪儿出现。党支部书记巢林宝闻讯赶来，他拿起高压水枪，同沈伯荣等一起投入战斗。榜样的力量是无穷的，人们干得更来劲了，五六支水枪组成一道密集的水网，好似齐射的重机枪。就在这时，一股汹涌的水柱和着泥浆从门洞里冲进来。湍急的水流将为进出工作留的铁门啪地关上，巢林宝等七人被困在前端工作舱。哪来这么多的水呢？（事后知道是一条地下暗河，里面积存了 100 多立方米的水）人们来不及思考，本能地意识到出事了！纷纷沿着铁梯向上攀登，一层、二层、三层……水和人展开竞争。人爬到哪儿，水淹到哪儿。人的速度终究比不过哗哗上涨的大水。沈伯荣遭到灭顶的水淹，但他临危不惧，凭着对盾构结构的熟悉，从水下绕过头顶的铁板，由一端钻出来。青工许伟其由于个头较矮，水一直淹到他鼻孔。只能踮起脚尖，仰着脑袋，将鼻孔贴在上面的网格网眼上呼吸。

水位只要再上涨五厘米，他就完了。

一发千钧！幸好水停止上涨，同时里面的人采取果断措施，敲碎舱壁的窗玻璃，迅速排出积水，将他们救出来，但支书巢林宝和另一共产党员季培林却献出宝贵的生命。

事后整理遗物时，人们发现巢林宝牺牲前给队里黑板报写的一份稿件，写道："……工人们好似进攻敌人碉堡的战士，已一个个进入前沿阵地，只等指挥员的命令"，"为了让盾构准点、安全、顺利地进入二号井，为早日建成上海人民盼望的这条隧道，同志们，让我们再奋力拼搏，勇往直前。"巢林宝用行动实现了自己的诺言。

战场，谁能说这儿不是战场？

危险！江底可能穿孔冒顶！

恐惧和死亡的威胁无疑是最好的试金石。这次意外事故将某些人吓坏了。有的人吓得不敢下井。一个来自郊县的合同工连被头铺盖也不要，当夜溜回家中，发誓再不进隧道。但更多的人却受到激励和教育，生发出信心和勇气。他们决心踏着英雄的足迹，奋勇前进。

为了使盾构进展顺利，确保施工质量，主任工程师朱凤生等工程技术人员,和工人一样全身心扑在工地上,运用激光测距、电视监控、江底土体位移监测及盾构正面应力量测跟踪等一系列现代化手段,严密掌握每一个数据,指导工人们施工。

道路崎岖、曲折,困难重重。顺利时一昼夜可前进十几米,不顺利只能前进一二米,有一次六天六夜只前进一米!真是每向前一步都得付出巨大的代价。

经过十一个月的苦战,1986 年 10 月,盾构终于进到黄浦江中段、覆盖层只有 5.8 米的危险点。

隧道和它的挖掘者都面临一个生死关头。舱里似乎不是加了一个大气压,而是加了十个、二十个大气压,人们压得几乎透不过气来。往日的欢声笑语消失了,最淘气的小伙子脸也绷得紧紧的。所有的眼睛都警惕地注视着操纵台上的电话机——地层深处与外部世界联系的唯一纽带。

"注意!"突然电话里传来一个尖锐的声音——那是江面上监测人员发出的——"江底下沉 70 厘米!"

惊恐像魔爪似地攫住每个人。人们想起隧道史上可怕的往事。公元 1825 年,英国人第一次用盾构打通泰晤士河,推进到河中段,由于覆盖层较浅,河底塌陷,隧道冒顶,整条隧道全被摧毁,所有施工人员全部葬身江底,无一生还。再有德国的易北河,和美国的哈得逊河也都发生过同样的悲剧。

难道说外国朋友的预言实现了,这条隧道将到此为止?

"停!"队长孙荣华不得不下令停止前进。

这一可怕的信息，不仅震动隧道公司，而且惊动了市政工程局和市里有关领导，局和公司"总工"刘建航、郑贤仁、公司党委书记吴妙根等有关方面人士，他们云集浦东工地。视线焦点集中在工地最高指挥员、公司经理钱达仁身上。这个宜兴农民的儿子、华东水利学院的毕业生、市优秀经理，做梦也没想到有一天会面临这样的抉择和挑战。他知道此时此刻注视着他、关注着这条隧道的不仅是这些人，还有上海、全国以及海外的千千万万双眼睛。

前进？还是后退？

他胸中掀起风暴。

"不，不能后退，决不后退。"他心里大声吼叫。

"情况就是这样，大家看怎么办。"他强压住心中的激动，"请大家畅所欲言，各种想法和意见都可以说。根据大家的意见，我再作决定——错了我个人负责。"

与会者敞开胸怀，进行了热烈的讨论。

综合各方面的意见，钱达仁庄严决定：继续推进！

为确保安全，采取几条措施：一，领导带头到第一线最危险的地方去稳定军心；二，根据地质情况严格控制进土量，制订严密的安全技术操作规程；三，派出专船专人在江面监测，严密控制江底沉降情况。

死寂的隧道又复活了。

大队长顾正荣，党总支书记冯训良和分队领导孙荣华、张若霖等二话不说，走上第一线。

按照既定目标,盾构迈着沉稳的步伐,向前挺进。

一米、二米、三米……七米、八米、九米……

终于顺利通过可怕的封锁线,穿越死亡的陷井。

1987 年 3 月 H 日凌晨二点钟,当上海人民沉浸在睡梦中的时候,他们终于完成历史性壮举,将盾构推进到西岸边。

"胜利了!我们胜利了!"人们不顾身上的泥浆,欢叫、蹦跳、拥抱,眼里噙着喜悦的泪水。

在世界上值得骄傲

这一喜讯传遍上海,飞向海外。面对着横贯东西的隧道,曾断言我们过不了江的日本"地老鼠"公司大为吃惊,认为这是奇迹。具有世界第一流地下工程经验的联邦德国赫克蒂夫公司经营部经理、隧道专家巴本德尔在江底走了两个来回,发现他认为不可能实现的隧道不仅打通,而且根据设计轴线,左右偏移和上下沉降均未超过 30 厘米,不由赞叹:"我考察过不少隧道。质量如此好的不多见。这条隧道在世界上值得骄傲。"

隧道工人们并未由此而自满。在地层深处,他们默默地,一如既往,锲而不舍,拼搏前进。

用不了多久,一条现代化的江底隧道将呈现在上海和全国人民面前。

(原载 1987 年 4 月 29 日《文汇报》笔会副刊)

唐人街的启示

欧美一些大城市都有唐人街，其中纽约的唐人街最为著名。美国人称之为中国城。

唐人街在纽约曼哈顿中心，与市政府、警察局、法院等纽约市的首脑机关毗邻，面积约一平方公里。可你别小看这巴掌大的地方，在纽约市它有三项第一：一是人口密度第一，纽约没有一个地方有这儿人多；二是餐厅饭店数量第一，这小小地方大小有三百多家饭店，真是两步一餐厅、三步一酒肆；三是银行数量第一，目前已有三十多家，而且还有增加趋势，足见其繁荣。

纽约是个多元、兼收并蓄的城市，世界上所有人种这儿几乎都有。许多民族像中国人一样喜欢聚居。这儿有意大利区、西班牙区、德国区、韩国区、日本区、墨西哥区、俄罗斯区和阿拉伯区。这些来自欧洲、亚洲、非洲、加勒比海、中东和南美的移民，各自带来他们特异的生活方式、食品和文化。真是百花齐放，尽情表现。但是没有哪个街区像唐人街这样富有如此强烈鲜明的个性色彩。它像自由女神、大都会博物馆一样成为纽约一景。是纽约一日游的必到之处。

街上行人熙攘摩肩接踵。除华人还有很多老外,其中有从美国其他州来的,还有的来自世界各地,一群群、一伙伙。人们怀着强烈的好奇心,欣赏这别具一格的纽约的城中之城。有的驻足议论、有的摄影留念、有的挑选路边摊档上琳琅满目的中国手工艺品、有的则进餐馆大啖一顿。差不多家家餐馆客满。

对那些没有去过中国而来到纽约的外国游客,导游会对你说:"OK! 去中国城看看吧,那就像到了中国。"

我在纽约生活十年,少不了光顾唐人街。有时购物、有时会友,有时啥也不做,就是闲逛。看到满街黄皮肤黑头发的华人同胞,满街的中国商品和中文招牌,听着浓郁的乡音,我觉得自己好像回到了故国。有种说不出的兴奋和亲切感。

唐人街兴起于十九世纪中叶。

华人的建筑理念在唐人街有着充分的体现。纽约的马路都直角相交,路面宽敞整齐。这里的路面大都狭窄,有些不仅窄还曲里拐弯,比如宰也街,我丈量过,这条路宽只有 6 米,长 30 米,呈 S 型,两旁的店铺紧挨在一起,活像上海南市老城厢那些小马路。不仅纽约、世界上其他大城市也绝少看到。

鉴于唐人街的一些楼宇陈旧;街道狭窄弯曲,第二次世界大战结束后,纽约市府有关方面计划拆除这儿的老建筑,将马路拓宽拉直,建一批高层大厦,新建一个中国村。唐人街的华人团体表示反对,理由是如此一来唐人街同纽约其他街区就一样,没特色了。这不利唐人街的发展。

为此展开过一场争论。一些人认为纽约是世界上最大、最现代化的城市,唐人街的建筑和布局与其不相称,应该推倒铲平。也有不少市民和专家学者支持华人社团的看法,认为这些老街、老建筑是纽约珍贵的历史,应该善加保存。推倒铲平很容易,要找回来就难了。纽约容纳这样一个古老、有特色的社区,不仅不会降低纽约的地位,反而会提升其声誉,让世人感受纽约的包容、海纳和宽广。

唐人街终于保留了下来。事实也如此,它成为纽约一景,不仅未给纽约增添负担,还为纽约带来财富。每次走在那弯曲、古老、极具华人特色的小路上,我想起当年的争论,同时想起国内情况。改革开放,经济发展,上海等许多城市都在大兴土木、改造扩建,其变化之大,发展之快,世人刮目。

我觉得对旧城、老建筑的改造、改建完全必要,但也不能全部推倒,一点不剩。对那些有特色、有历史价值的应该适当保留一些。日前从报上看到北京正根据老舍小说《月牙儿》拍摄电视剧。老舍儿子很高兴,但他也不无遗憾:"现在在北京已经很难找到一条合适的胡同来拍这部戏了。戏中老北京的场景只能在摄影棚里完成了。"

生活的辩证法往往是一个卓越的优点相伴一个重大缺陷。唐人街繁荣昌盛无可置疑,但唐人街的脏也人所共知,让人诟病。在这儿废纸果皮和各种垃圾你也随处可见。实事求是说,全纽约、包括让人却步的哈林区,你找不到比这儿再肮脏的了。

一个美国著名评论家曾著文说:"中国人经营有道,哪儿有华人哪里就会繁荣,但也会有肮脏。繁荣和肮脏是华人的一对孪生姐妹,繁荣与肮脏共存,你要获得繁荣必须接受肮脏。"

真是奇妙而又怪异的逻辑!我曾想:为什么我们不能将这对孪生姐妹拆开?要繁荣不要肮脏;为什么肮脏总离不开华人?客观说这和华人的生活方式有关。

拿肮脏的源头来说,主要是供应鸡、鸭、鱼、肉、蔬菜的副食品店。老美的超市也卖这些东西,但所有物品都经事先处理,做成小包装,店里店外干干净净。华人不同,爱吃鲜活,要当场宰杀。将本应在后台做的事情拿到前台——当街来做,再怎么注意,也很难不产生垃圾和污水,何况有些商家根本就不注意、不重视。这样的店铺唐人街又特别多,其结果可以想象。这是客观原因,更重要的是主观上,我们的同胞不太讲究卫生,不太注意整洁。

纽约市政府和有关方面有一些对卫生的要求和措施,但效果不彰。说实话,身为华人,面对那些肮脏的马路和生意兴隆的商场店铺,常常感到遗憾和脸红。

以前上海街头也是如此,我总认为这是华人的陋习,无药可救,改不掉的了。但如今今非昔比,回沪几次,我发现上海干净多了。之所以如此,是因为整治有力,除了思想上号召引导,更采取了一系列具和行之有效的管理措施。2003 年出台《上海市市容环境卫生管理条例》,随地吐痰、乱扔垃圾等不卫生行为加大处罚力度,收到良好效果。最近又出台《上海迎世博文明行动计划》,相信上海会愈来愈干净,愈来愈文明。

　　这给我启示:我们不文明的"疾"还是有药可救。关键是要抓——狠地抓。这对大洋彼岸华人聚居的唐人街来说也值得借鉴,不无启示。

　　　　　　　　　　　　　(原载于 2004 年 3 月 28 日《解放日报》朝花副刊)

印度情思

印度是世界四大文明古国之一,在人类漫长的历史中创造了辉煌的文明。阅读印度历史,听闻传说,很久以来我就想一睹这个充满浪漫和神秘色彩的古老邻居。当我站在370年前,2万工匠,历时22年建造,高74米,占地17万平方米,用白色大理石和珠宝镶嵌建成,与中国万里长城齐名,举世无双,被誉为世界七大奇迹之一的泰姬陵前,我感慨赞叹,思绪万千,好似登长城、临故宫,我被古老的文明折服和震撼。

历史和现实碰撞会迸发出火花。

印度面积将近300万平方公里,人口10亿。近几年经济发展很快,尤其是计算机软件,位居世界前列,班加罗尔被誉为印度硅谷。但是有些事儿却着实出乎我的想象和意料,譬如当今世界各国十分风行的购物超市,在首都新德里竟然没有一家,其他一些城市也同样如此;再譬如高速公路,世界各地蓬勃发展,但是在印度广袤的土地上，除孟买附近有一段不到 200 公里的高速公路，整个印度竟然没有一条高速公路，我们从首都新德里到旅游重镇泰姬陵所在地阿格拉，只能坐汽车。路面狭窄，机动车、人力车（三轮车、自行车）混杂，而且常常停下让横在路中、一摇一摆、像绅士一样踱步的神牛（并非所有牛都尊为"神"。印度牛有三种：一是公牛，白色，主要是拉车苦力的干活；二是水牛，黑色，种地挤奶；三是奶牛，只产奶，尊为神牛），以致 200 公里行驶了将近 6 个小时。导游高迪·辛格是尼赫鲁大学中文系毕业生，汉语说得不错。他告诉我，这有多方面原因，一是经费，二是土地。建路要占用大量土地，在印度土地产权属私人，有些人要价太高，要谈判成功非常困难，只能慢慢来。"好在印度人也不着急，"高迪指着漫步的神牛，"就像这些牛，千百年来，这样不慌不忙，走过来了。"幽默！印度人不仅不着急，而且在我们看来很紧张的事，他们却轻松随意。在街上我们经常看到一些只能乘坐三个人的机动三轮车，常常乘五六个甚至七八个人，有的人身体一半车里一半车外。公共汽车同样如此，有人吊在门上，有的甚至爬上车顶，嘴里还哼唱，潇洒极了！这还不稀奇，稀奇的是在孟买还看到爬在火车顶上的人呢，世界上能有几家？

驾车人多抱怨上海马路车辆混杂，车难开，但和印度比起来真是小巫见大巫了。新德里、加尔各答、孟买等城市的路上不仅各种车辆混杂，而且还要小心不时出现的神牛。驾车人不仅十分小心，还得有很高的车技。拥挤混杂难免发生碰擦。这种事儿上海马路上常发生。我们经常看到为此发生的争吵，甚至全武行。印度当然也有碰撞,但从没见过脸红脖子粗,双方心平气和客客气气。这就是不着急,也是涵养。咱们学得到?

众所周知,印度男女还不平等,习俗中对妇女有很多欠公允的约束,但在公共巴士上男女却完全平等。巴士上设左右两排座位。规定:女左男右,男士只能坐右边;如果右边客满,左边有空位,男士可以去坐;但若有女士上车,则必须让出来。

印度人收入同中国差不多。一个新科大学毕业生进政府部门工作月薪约五千卢比(相当于一千人民币),到私营企业则翻两三倍。高迪告诉我,不少人宁愿在前者工作,不愿去后者拿高薪。原因是政府工朝九晚五,不加班,舒服,私人企业则忙得多。印度贫富悬殊,乞丐很多,在每个旅游景点乞讨者会围着你。新德里有大花园围着的漂亮的别墅,别墅旁边和路边却随处可见流浪者用塑料布搭成一人高的帐篷。与那些美轮美奂的别墅构成一道独特的风景线。

"这其中有些人确实困难,有些人却是有活不干,"高迪说。他举了个例子:为助贫政府曾购买一批人力三轮车给其中一些人,让他们自食其力,去干活。但好景不长,没多久,不少人将车卖了。

"那他们成天干什么呢?"我问。

"什么也不干,流浪、抽烟、喝茶、唱歌、跳舞,自由自在无拘无束。好在印度天热,无需多少衣服,很容易混过去。"

"可一个人流浪总不行,"我说,"今天混过去了,明天怎么办?"

"明天?"高迪瞅我一眼,笑笑,"流浪汉中流行一句话:明天的事明天再说。"

嘿，真是一种难得的境界！

穷人、流浪汉随处可见，但杀人放火、入室抢劫一类恶性刑事案件却不多。就此我也请教过高迪。他告诉我主要是受宗教影响。印度宗教很多，大多数人信印度教，其次是伊斯兰教。每个人呱呱坠地便随父母皈依宗教，而且终身不变。各教教义不同，但有一点基本相同：去恶从善。尤其印度教，讲究善恶因果，人生轮回。是呀，不管咋说，人得有点儿信仰，也就是精神支柱。我们呢？

夕阳西下，在恒河（恒河被视为圣河）岸边，看着沿袭古老习俗，在河中洗浴的男女老少，和为祈求平安、捧喝圣水（其实恒河水已被严重污染，不能饮用）的人们。暮色苍茫，在德里老街上，望着百年前留下的、狭窄的街道、房屋，街上不紧不慢的车辆、闲荡漫步的人和牛，听着古老的音乐，闻着不知何处飘来奇妙醉人的印度檀香味儿，我好像置身在百年前。

古老是一种骄傲，但有时也会变得沉重。

（原载 2005 年 7 月 3 日《新民晚报》夜光杯副刊）

在长岛列车上

教堂的钟敲了八下。

下雪了，曼哈顿楼群璀璨的灯火，映着空中轻摇曼舞的雪花，变幻着奇妙的光影。我在 34 街登上开往长岛的火车。我喜欢乘坐长岛列车。那宽畅的车厢，舒适的坐椅，厚厚的地毯，天蓝色的窗帘，以及轻柔的音乐，让你感到安谧文静，雍容华贵，与肮脏拥挤的地铁相比，不可同日而语。

许是因为天气不好，乘客出奇的少。偌大车厢里只有十来个乘客，空荡荡。

我爱独处，但遵循乘车指南"尽量坐在附近有人"处的提示，我拣了一个对面有人的座位。我的伙伴是位华人青年，瘦瘦，看上很平常，但搁在长桌上的那双手却十分惹眼。那是一双粗糙开裂、颜色惨白——似乎经过漂白粉漂过的手，与他黝黑脸膛形成强烈对比。

他忧郁地看着窗外的雪花,嘴里轻声哼唱:

> 你看那锦绣大地多么美丽,
>
> 我们曾生活在那里,
>
> 纵然海枯石烂,也不能忘记,
>
> 我一心要回去,
>
> 一心要回去……

这是一首思乡之情极浓的台湾歌曲《妈妈呼唤你》。不奇怪,纽约的中国人都怀有这种感情,何况在这飘雪的冬夜。

列车徐徐启动,孤寂、乡愁,更主要的就我们两个中国人,而且同一目的地——哈莫斯维尔。我们去掉矜持,卸下心理盔甲,攀谈起来。

他坦诚地告诉我,他是福建长乐人,在一所乡村小学教语文,经不住诱惑,以三万美元代价于一年前偷渡来美国,现在哈莫斯维尔一家中国餐馆洗碗做杂工。

说起偷渡经过真是骇人听闻,回想起来心里也发颤。当时他跟一伙人由云南潜逃出境,经过缅甸、泰国,再从曼谷乘船来美国。在缅甸他们穿过遮天蔽日的野人山原始森林,翻山越岭每天步行将近百里,走了七天不见人烟。原始森林里瘴气弥漫,不仅有毒虫、毒蚊和许多毒蛇猛兽,甚至连山里的水也毒得不能喝。

有一个伙伴渴得实在不行,不听向导的劝告,用手捧着喝了几口,没过两个钟头就喊肚子疼,在地上打滚最后死去。他们只能嚼泪,用枯枝烂叶将其掩埋了事。

　　说到乘船那更可怕。为了诱骗他们出来，蛇头鼓动如簧之舌，说船如何如何舒服，其实都是骗人的鬼话。蛇头收取高额偷渡费，但租用或是购买的都是最便宜的破旧船。他乘的那条"天使"号，只有800多吨。船上破破烂烂，船速每小时不到10海里。就这样一条破船却载了200多偷渡客。船上没有房间，只有装货的大舱。像运牲口一样，男女分开，装在大舱里。

　　他们一百多男人挤在一起，摆平身子都困难，只能轮流睡觉。

　　离开曼谷后他们穿越太平洋、大西洋，通过著名的风暴角——好望角，二次过赤道，绕行大半个地球，航程18000海里，历时3个多月，最后才到达美国。

　　由于时间太长，船上粮食有限，最初一天三餐，后来改二餐，最后一天只吃一顿，饿得肚皮贴脊梁。船小淡水少，过赤道时气温高达37℃，每天只供应一小杯水，渴得嗓子冒烟。三个多月没洗过澡，许多身上生疮长疥癣，船小厕所也少，二百多人只有两个厕所，从早到晚24小时都排队。泻肚子的人等不及，只能拉在裤子里。在舱里有一只塑料小便桶，过好望角时船左右摇晃30几度，便桶倒翻，尿屎横流，加上呕吐的残渣，真是臭不可闻，好似地狱。

　　"你们这样冒险偷渡究竟图啥？"我问。

　　"还不是为了钱。"他说。

　　蛇头将美国说得天花乱坠，遍地是黄金，俯拾即可，加上以前偷渡的人回来时，一个个也都是西装笔挺，穿金戴银，说美国如何如何好，自己怎样赚钱发财。人们听了心里是痒痒的，想着偷渡。来了才知道根本不是么回事。他告诉我他曾有一个月找不到工作,流浪街头形同乞丐。后来好容易在偏远的哈莫斯维尔一家中餐馆找到洗碗的活儿,洗碗、拣菜、切菜、做清洁,样样都干。每天从早到晚干十二个钟头。他有胃病,胃出血也不敢请假,只能咬牙熬着,活儿稍微慢些老板就要骂。

"你看我的手,"他抬起惨白的双手,"这是长时间被洗涤剂浸泡的。"

"呵,"我恍然大悟这双手为何如此,"这么辛苦你一个月拿多少工资?"

"不谈了,"他又摇头,"中国人吃中国人。通常在美国打工每小时 5 美元,但活少人多,许多餐馆老板趁机压价,只给 3 美元,有的甚至 2 美元。就这样胼手胝足、拼死拼活,每月到手大约 900 美元,但是其中大半——500 美元给蛇头偿还偷渡费,每到发工资的那一天,蛇头派来的人在门口等着,500 元一分也不许少。"

"你还欠他们多少?"我问。

"25000。"

"每月 500,"我计算,"一年 6000,我的天,要 4 年才能还清,这期间你不能失业,不能生病,不能……"

"是呀,"他黯然,"所以说我是奴隶,不折不扣的奴隶。"

"你为什么不逃跑?"

"逃跑?"他看我一眼,"我也想过,可是根本不可能。"

"为啥?"我不明白,"美国大得很,你找个地方躲起来,他们怎会晓得？"

"你不了解，"他摇头，"蛇头大都是黑道上的人，他们耳目灵，眼线多，手段辣。像我这样既不僅英文，又无身份的偷渡客根本逃不出他们手掌心。我有个朋友逃到加州，自以为隐藏很好，可没出两个月就被抓回纽约，关在一个地下室，被用皮带抽打、钉子戳、烟头烫，受尽酷刑，最后低头认错，保证不再逃跑，老老实实，打工还钱。"他停一下又说："退一步，即使你侥幸逃跑成功，找不着你，可我们出来时都有亲友家人担保，到时候他们倒霉。"

我默然。

他叹口气："可就这样我还得打肿脸充胖子，每次给家里写信时都说这儿很好，不用牵挂。每隔三个月再寄五六百元钱回去。家里人拿到美金，看着来信，都眉开眼笑喜滋滋的，与亲戚朋友谈起来也都免不了夸耀吹嘘一番。这使我想起以前看到的一些返乡的美国客。我总以为他们在国外赚大钱发大财，现在我才知道，大多数同我一样，有些人连住地方都没有哩。就这样我也不自觉地陷入这个怪圈，你骗我，我骗你，编织一个个虚假可怕而又美丽的梦，诱惑后来者。"

他的话引起我的思索。是呀，陷入这个怪圈的何止是他，多少在美国的华人包括学者、教授工程师等名流，不是也都在这个怪圈里编织自己美丽但是痛苦的梦吗？

列车平稳有节奏地行驶着，外面的雪花越来越大。

"你知道，我什么时候最幸福？"他打破沉默问我。

"不知道。"我说。

"做梦,做梦的时候我最幸福,"他说,"每天深夜精疲力竭躺下就做梦。在梦中我回到家乡,回到我教书的学校,孩子们将我团团围住,喊着老师、老师。梦到妻子女儿,我紧紧拥抱他们,亲吻他们,可这一切都是梦……痛苦、永无止境的梦……"

列车到站,我们走出车厢,呈现在我们眼前的是一片银白世界,汽车、马路、楼宇建筑全都银装素裹——纽约的雪是很出名的。空气清新凛冽,我打了个寒战。

该分手了。

"谢谢你,十分感谢你。"他用那双惨白开裂的手紧紧握住我。

"有什么好谢的?"我奇怪。

"谢谢你给我一次说话的机会,"他诚恳并且动情地说,"好久没和人这么说过话了。"

"呵。"我明白了,心里不由一紧。

"受苦并不可怕,可怕的是连个聊天诉苦的对象也没有,今天你给了我个机会,而且我看出你很真诚。朋友,谢谢你……"他转过身。就在那一刹那,我看见他眼角强忍着的晶莹的泪花……

我呆立着,望着他远去的背影,随着飘舞的雪花传来隐隐的歌声:

> 你看那锦绣大地多么美丽,
>
> 我们曾生活在那里,
>
> 纵然海枯石烂也不能忘记,

我一心要回去，

一心要回去………

听着，听着，我的眼角也润湿了。

（原载 1994 年 6 月 30 日《文汇报》笔会副刊）

菜场奏鸣曲

ooooooooooooooooooooo

1

　　提到菜场,也许你就会头疼。是呀,我们都熟悉这样的镜头:你奉公守法,循规蹈矩排在肉摊前队伍里。人真多呀,看表,十分,二十分,三十分,……啊,半小时过去了,有啥办法,想买块好肉!谢天谢地,总算轮上了,可这时来个哥儿们(当然也可能是女公民),对那掌刀的说:"喂,阿大,斩两斤。""一句闲话。"眼看属于你的肉就这样被别人毫不费力地拿走了。你气呀!

　　别忙,还有更气的呢:冬天的清晨,北风呼啸,你想吃点青菜,起了个早,急急忙忙赶到菜场,一看,没了。我的天! 不是五点过一点点,才开秤吗? 菜哪去啦? 问营业员,回答是:"卖光啦。""卖给谁?"他不会告诉你卖给谁。那是背后卖给了大户,一斤多卖两分钱,而且一笔头生意,手续简单。

再有短斤缺两,以次充好,晚娘面孔……

够了,这一切的一切归纳成一句话,买菜难,太难了!你恨它,怨它,骂它,可你又离不开它,因为你得生活,得吃饭。老祖宗早就说过:民以食为天呀!

然而,在这里——宁海东路菜场,却是另一番景象,我不想将它描绘得太好,但与上海其他菜场相比较,这儿食材丰富,货源充足,价格公道。这儿菜场的工作人员,手提秤盘,四处流动,主动为你校秤,决不允许短斤缺两,以次充好,开后门。这儿有在上海其他菜场很少看到的特色专柜:广东人可买到爱吃的广式苦瓜,豆板菜,喜食野味者可买到蛇肉、麻雀、野猪、野鸡、野鸭。这儿有人替你杀鸡宰鸭,加工肉酱,泡发海货,兑换小钞。这儿为知识分子,孤寡老人提供各种方便,很少听到不愉快的争吵叫骂声……

人们从上海的四面八方,慕名而来,满意而归。它像一首内涵丰富的奏鸣曲,热烈奔放,充满激情和生命力。

2

要演奏好这样一支乐曲谈容易,这不,噪音出现了。

"你们菜场怎么搞的? 一位顾客气乎乎地冲进办公室。

"请问什么事?"我们的"乐队"指挥,菜场经理兼支部书记楼光荣迎上前。

事情很简单,卖肉的女营业员 H 开后门,将柜台上的好肉卖给不排队的熟人。嗨,这算作事儿吗?算,而且不是小事。此处有条规定:此类情况对当事人除批评教育外,罚款十至五十元。楼光荣请来H,这位女士年纪不大,可是个角色,场里很少有人敢惹她。她根本不把规章和经理放在眼里。小楼教育她并根据她的态度,决定罚款二十元。

这下可炸了锅。

"你敢?"H嗷嗷叫着,"出了事,一切后果你负责。"说着冲下楼,四脚朝天,躺在马路中央。

时间是清晨七点多钟,正值上班高峰,我们可以想象当时的情况,南来北往的车辆给堵住了,马路上一下围得水泄不通。场里有人悄悄说:"这下可够姓楼的喝一壶啦!"

楼光荣也怔住了。十六年前,初中毕业的他,在那"一片红"的锣鼓声中,本该上山下乡奔赴黑龙江,因为脚残疾(患过小儿麻痹症),照顾分配到菜场,操起屠刀,成了斩肉的。他说不清楚自己宰过多少猪,卖了多少斤肉。他成了有名的"楼一刀"。小楼待人和气,对顾客老少无欺,过去他只要管好一把刀、一杆秤,如今要管理指挥几十把刀、上百杆秤。好沉的担子呀!

怎么办?他知道只要后退一步,松松口,那么订下的章程条例,改革方案连同他这个经理,全都完蛋。不,决不后退!他让人将H拉起来,严肃宣布:一、她开后门有人证物证不容抵赖,至于泼要赖更是错上加错;二、市场管理条例是职代会通过并公布的,必须不折不扣地执行,二十块钱少一分也不行。他又做家属工作,取得家属的配合和谅解。H女士没招儿了,老老实实交出罚款。

如果说和H的交锋是同不正之风一次小小的较量的话,那么肉摊三十多名营业员的集体怠工,无疑是一次重大的战役。

楼光荣发现一个顾客因为大排骨上的肉膘太厚,同营业员发生争执。小楼是行家,一看就知道不合规格(按规定大排骨上的肉膘不得超过零点五厘米)。他还发现有的营业员将肋条肉当夹心肉卖,还有人把小排上的肉剥得光光的,只见骨头不见肉。为此,顾客发牢骚、骂山门,有的甚至埋怨改革。他深深意识到,这些行为不仅损害顾客利益,而且败坏党和国家声誉,影响改革事业,应坚决制止。光靠检查罚款是不行的,必须从根本上解决问题。

他同几位副经理研究决定将原来整爿猪肉发给营业员销售的做法,改为按规格上柜,也就是说将猪肉按规格事先开刀斩好,再发给营业员——用行话说,这叫卖"赤膊肉"。

这下可犯了众怒。肉食组三十六名营业员,三十个不上班。有的病假,有的事假,有的啥假不请,就是不来,看你怎么办?这一手厉害! 小楼有点坐立不安了,但他坚信自己做得对,符合人民利益,绝不能后退。为解决燃眉之急,他拿起斩肉刀,亲上第一线,同时从其他组抽调会卖肉的上肉食柜,与此同时,他拖着残废的腿进行家访,做这些同志的思想工作。

"做人要将心比心,如果我们是顾客,买了这样的肉心里会高兴吗?"他谆谆善诱,耐心说服。又说:"现在副食品价格放开,不少商品提了价,我们顾客绝大部分是靠工资生活,并不富裕,我们这样刮他们、揩他们的油,心里过得去吗?"

　　针对一些人认为改革就是赚钱、发财的错误思想,他指出,改革是为了把工作做得更好,不是为个人发财,更不能损害国家和顾客的利益。个人要想增加收入,只有通过劳动。为了调动大家的积极性,帮助大家增加收人,通过集思广益,集中群众的意见,他们制订出"联利承包,联产计酬,联劳计酬和联责计酬"等一整套新的分配方案,改变过去多做少做一个样,做好做坏一个样的死气沉沉的局面。营业员们不仅积极出勤,而且早出摊,晚收摊,有的卖肉要卖到九点钟,群众买肉非常方便。

　　风波终于平息。

3

　　吵架、叫骂在菜场奏鸣曲中几乎是必不可少的乐章。可在宁东菜场,你很难听到这种讨厌的、不文明的声音。这儿有一条死规定: 营员绝不许和顾客吵架,要做到骂不还口,打不还手,违者批评同时罚款十至二十元,严重的给予行政处分。制订这一场规时,楼光荣反复考虑过,他是营业员出身,他最了解营业员。他们工作辛苦,一年到头,起早摸黑,晴天一身汗,雨天一身水,待遇低,福利差,许多人住房紧张,困难很多,而且社会上确有一些人看不起营业员。但是,能为这些放松要求和管理吗? 不行呀。没有规矩不能成方圆,没有纪律形不成战斗队。对服务态度差,这个群众深恶痛绝的社会流行病，必须用重药、狠治，方能收到效果。

水产柜一位营业员同顾客对骂，除书面检查，罚款十元外，还由组长陪同三次（前两次顾客不在家）登门，向顾客赔礼道歉，弄得那位顾客过意不去。

公允地说，我们有些营业员态度确实不像话，像吃了"生米饭"，可某些顾客也未免……让我们看看这件事情吧。

去年九月三十日下四点多钟，菜场最热闹的时候，人们忙着采购过节食品。一位五十多岁的大嫂，买了两块豆腐，说有异味，要求调换，营业员小张、小刘告诉她，豆腐刚做出来，没变质，而且豆制品出门不能换。大嫂火了，二话不说，端起豆腐就砸。两人猝不及防，被砸了一头一脸，狼狈之极。旁边的顾客哄起来，纷纷指责那位大嫂。小张小刘正想冲出去，忽听另外营业员喊："别出去……"两人猛然想起场规，刹时冷静下来。

楼光荣觉得也要管一管这样的顾客，为维护营业员的尊严和权益，他亲自陪同小张小刘和那位大嫂，一齐来到金陵东路派出所。警方了解情况后，决定给予肇事者七天行政拘留。大嫂急了，明天不仅是国庆还是中秋节呀，不能在拘留所里过节呀。最后还是小张、小刘说情，免于拘留。那位大嫂感动得呀，又检讨、又流泪，拿出钱给两人洗澡洗衣服。就这样，干戈化玉帛。许多旁观者都为小刘、小张的行为所感动，多好的营业员呀！

为表彰她俩，楼光荣决定在全场通报表扬，号召大家学习；此外，还各人奖励人民币十元，有奖有罚，奖罚分明。

其实，人是可以变的，我们的服务态度也是完全可以搞好的，关键是得有铁的纪律和火热的感情，得动真格的。

有位姓方的阿姨，此人吵架就吃饭一样，大吵三六九，小吵天天有。现在呢？变了，菜场里很少听到她吵架的大嗓门。不仅如此，她还在积极争取参加新风柜呢。再有那位 H 女士，如今不仅不再吵架、骂人、要赖，而且已经成为新风柜的成员。怎么样？奇迹！

4

如果有人以为楼光荣实现这一切靠的是凶狠和命令，那就错了。他靠的是自己的模范行为，过硬作风。身为经理和支书，应该说弄点东西是很容易的，可楼光荣和菜场领导到班子成员约法三章，一不开后门，二不购紧俏商品。不仅如此，连母亲和妻子到宁东菜场买菜，楼光荣都不允许。前一个时期社会上时兴劳务费、服务费、回扣、佣金，还有请客送礼，作为菜场经理，来找的人自不用说。

去年秋天，一个客户为了做生意、拉关系，乘他不在家时悄悄送去五六斤大闸蟹，价值一百多元（当时市价二十多元一斤），他回家发现后如数退回，一只不留。至于送鸡鸭鱼虾的那就更多了，他关照家人：统统回绝，一律不收。

领导者的模范行为是最好的榜样，他的行为影响和带动了场里的干部。食品组组长老黄去苏北泰州采购，当地向他推销鸡蛋，总数十万斤，讲好每斤回扣一分钱，十万斤就一千元。老黄严肃拒绝,并向场领导汇报。一个从福建运花菜来沪的船员,找到蔬菜组小叶和小过,塞给他们每人二百元,让他们帮忙将船上花菜收购下来。小叶和小过见花菜不符合要求,告诉对方:我们得对顾客负责,不能干这事儿,请你将钱收起来吧。

这样的经理,这样的干部,你还有啥说的?

人要患传染病,社会有时也会感染某种"疾病"。去年上海有些菜场受了服装家电能赚钱的影响,弃菜开店,经营服装家电。宁东菜场位于大世界和南京路当中,好几间门面临街,真是黄金地段。不少上门要求联营,而且给以优惠待遇。从赚钱角度看是好买卖。

场里好些人心动了。

面对这股强大的冲击波,楼光荣想了又想,此事干不得。菜场本来房子就不够用,人员也紧张,再紧缩抽人,菜场怎么办?老百姓靠鱼、肉、菜过日子,不能吃家电。有人骂他憨大,有钱不会赚。骂就骂吧,他说,我宁愿得罪四百卖菜人,不能亏待十万买菜人。当人家忙着搞服装、批电器的时候,我们的小楼以战略家的眼光和气派,抽调全场百分之十的人,奔赴外省市开拓货源,横向联系,创建副食品基地。

种瓜得瓜,种豆得豆。曾几何时,那些新开张的服装家电商店公司,有的因竞争激烈,难以维系。有的不懂行,吃进大批存货,资金周转不灵,削价处理;有的无法经营,干脆倒闭。宁东呢?短短半年,在全国十多个省市,建立了十六个副食品基地、八十多个采购点。他们的货摊琳琅满目,货源充沛,满足了社会和群众的需要。营业员的个人收入,菜场营业额,以及上缴税利,在全市菜场均名列前茅。

由于成绩出色,楼光荣去年被评为上海市劳动模范,宁东菜场分别获得商业部授予的"国营商业系统先进单位"和"上海市文明单位"的荣誉称号。

上海有一百八十四家类似菜场,若是所有的菜场都能奏响这样和蔼、这样热情动人的奏鸣曲,那我们的社会,我们的生活将会么样?

(原载于 1986 年 4 月 29 日《文汇报》笔会副刊)

菜场奏鸣曲

生活的乐章从这里开始

寒风萧瑟,晨光熹微。菜场里灯影蒙眬,人头攒动。斩肉声、吆喝声、算账声、争吵声……

上海每天生活的乐章是以菜场为序曲的。民以食为天,随着物价上涨,蔬菜、副食品供应的紧张,菜场和菜篮子成为人们议论最多的话题。

冒着寒风,我到宁海东路菜场访问楼光荣。

我和楼光荣相识,是在去年采写报告文学《菜场奏鸣曲》的时候。通过这次合作我们建立起友谊。交谈中,楼光荣不仅向我讲述他工作中的收获,也述说自己的艰难、苦恼和困惑。

"看上去小小一只菜篮子,在我心里却有千斤重呵。"小楼说。

我了解他。这既非标榜也非炫耀,确实是他的心里话。如果仅仅苦点、累点倒罢了,伤心的是流了汗,吃了苦,无所收获。

去年楼光荣去黑龙江省海伦县一家禽蛋加工厂采购冻鹅。这家厂是宁东的老户头,关系不错。当时小楼与厂方讲定,供应200吨,每斤1.25元。货没到手,H市一位采购员插进来,向厂方提出他们愿以每斤1.30元价格吃进。楼光荣慌了,提出加价,每斤1.30元。他想他们是老关系,同样价钱,厂里会卖给他。谁知背后又杀出一位大亨,那是G市的一位经理,他向厂方提出:"我出1.40元,全部给我。"

就像在拍卖场上一样,H市放弃,小楼也傻了眼。

面子再大,关系再老,也抵不过"大团结"呀!楼光荣眼睁睁看着本该属于自己的肥硕白嫩的冻鹅进了人家的卡车……

"你为啥不同那家伙争一下,再提价到1.45,甚至1.46,1.47……"我有点不服气。

"不行呀,"小楼摇头,"上海和外地不一样,像G市,市场价格随行就市,上下波动。我们上海不行,尤其国营市场,零售价限死的。比如冻鹅就规定最高1.47一斤,多一分也不行。假如超过1.40一斤买进,菜场就要赔钱。我赔不起。"

楼光荣就是这样捆着绳索蹦跶。难为他!不过蹦得还不错哩。

在采购中,楼光荣不仅购进急需货源,而且还以战略家的目光,分析形势,预测未来,采取对策。

去年2月,他在江苏、浙江等地组织货源时,发现农民将饲养的老母猪杀掉卖钱。老母猪杀了猪就断种,势必引起市场猪肉供应紧张。这一情况引起楼光荣的注意。经了解,主要原因是某些养猪政策不合理。"养猪还不如养兔",农民得益不大,没有积极性。

楼光荣为之焦急。可作为上海一个小小菜场经理,他无权、也没有能力改变这种状况——这是那些制定政策的大人物的事情。他只能在自己力所能及的范围内做点事,为群众解决困难,局部缓和市场供应紧张。

他发动全场采购员从江苏、浙江、黑龙江、云南,四川等地购进大批当时还不太涨价的家禽、牛肉,羊肉和猪内脏等副食品,总价值人民币 370 万元,其数量相当于一个区副食品公司的库存量。

当时有人怀疑,这样是否必要? 首先要支付巨额冷藏费,而且前不久一家菜场就发生库存冻鹅变质事件,有关领导被送上法庭。

楼光荣思想斗争很激烈。他知道,从现有的成绩和荣誉来说,他楼光荣完全可以不用冒这个风险,但作为共产党员、改革者,不能只考虑个人荣誉得失,应将国家利益、人民的需要放在第一位;而且他坚信,自己对市场的预测和分析是正确的。至于某莱场冻鹅变质事件,完全是管理不善和责任心不强造成,并非必然。

他坚持购进。

风云变幻,情况正如楼光荣所预料,从八月份起市场猪肉供应告急,而且几乎是全国性的。最近上海和许多城市先后实行猪肉凭票供应。

猪肉在副食品中举足轻重,猪肉紧张,便会引起连锁反应。物资缺乏随之而来的是物价上升。

楼光荣的大量库存发挥威力,满足了群众的需要,缓和了市场供应的压力。

楼光荣和宁东菜场并未因奇货可居而趁机哄抬物价,所有商品均严格按照国家规定的牌价上柜销售。不仅如此,为了平抑市场物价,有的还降价出售。就在去年国庆前,他将 1.80 元从外地购进,定价 2.50 元一斤的优质牛肉,降为 2.00 元一斤,先后售出 11 吨。老百姓想不到此此刻居然还有降价的,而且一降就是五角钱,这在上海滩上传为美谈,人们从四面八方涌向宁东菜场……

也许有人会说,上海有一千万人,十一吨牛肉解决啥问题?这话不错,上海需要的不是十吨,而是百吨、千吨,甚至万吨。可是别忘了,楼光荣仅仅是一位菜场经理,他的能力,他的权力,也就这一点。

新的一年已经来临。小楼和宁东的采购员们又在整理行装,为了上海人民的菜篮子,为了千家万户老百姓,他们将踏遍中华大地,山山水水。

生活的乐章从这里开始……

（原载 1988 年 2 月 3 日《文汇报》笔会副刊）

洱海明月

在昆明就听人说过大理有四景：下关的风、上关的花、苍山的雪、洱海的月，果然名不虚传。

月光下的洱海温柔恬静。就在这醉人的温馨中，我们的船，轻轻向前滑行。白族老梢公划动双桨，桨叶搅碎水中的月亮，海水像碎银似地向四周流泻扩散……

经过一个多小时的水程，船到达罗荃寺，这是洱海著名风景点。

梢公指着对面苍山群峰中的玉局峰告诉我们，传说当年南诏王的公主阿凤爱上苍山脚下穷苦猎人阿龙，遭到父王反对。为争取婚姻自主，两人逃到玉局峰过起幸福的生活。南诏王大怒，勾结这里的罗荃法师降下大雪。玉局峰冰天雪地。

阿龙听说罗荃寺有件冬暖夏凉的七宝袈裟。为给公主御寒，阿龙冒险来此窃取宝衣，被罗荃法师施法术打下海化为石骡，永住海底。

阿凤公主得知信息悲痛气绝,化作云团,变成风,欲把海水吹散,寻找化作石骡的阿龙。

这些当然是神话,但老梢公告我们,每年秋冬时节,玉局峰顶常常会出现像棉花似的絮白云团。这种云团一旦出现,平静的洱海就风浪大作,水面上波涛汹涌,打渔的小船得进湾避风,否则就有沉船的危险,这就是洱海有名的望夫云。

离开阴森的罗荃寺,我们来到金梭岛。洱海中有三岛:金梭、寺文、玉几。金梭岛最大。它东西长两公里,南北宽八百米。形状像只织布梭子。岛上住着一百三十多户渔民。岛不大,但很出名,传说当年南诏王在此建有避暑行宫。岛上奇峰怪石,风光绮丽,尤其月明星稀的夜晚,看上去更有一番情趣。

看表,已经十点,我想小岛一定进入梦乡,如此时辰,上岛方便吗?老梢公告诉们,大理天黑得晚,乡民们九点钟(夏时制)才吃晚饭,十点钟正是最热闹的时候。果然如此,老远看见岸上火光闪烁,人声鼎沸。干吗?我奇怪。

"正在结婚迎亲哩,"老梢公笑指小岛,"你们赶上啦。"

"是吗?太好了!"我兴奋地蹦上岸,只见山坡上婉蜒着一队迎亲的行列。人们有的手举火把,有用手电,有的放鞭炮,有的吹唢呐,欢声笑语,好不热闹。新婚夫妇是一对盛装的白族青年。新娘身穿艳丽、红白相间的白族服装,头上戴着镶有珠子和玉石的美丽包头。新郎则穿着电影《五朵金》男主角阿彭穿的那种民族服装。

村子不大,全村的男女老少几乎全都走出家门,参加这浪漫、极富色彩的迎亲行列。

"现在白族青年结婚,还像过去那样听从父母之命、媒妁之言吗?"我问老梢公。

"不,"老人笑着捋捋下巴上的胡须,"现在不兴这一套了。如今时兴自由,娘老子管不着。"

我望着夜空中的玉局峰和罗荃寺,是的,那个时代已经过去,阿龙和阿凤的悲剧再也不会重演。

月上中天,万里无云。苍山洱海全部都沐浴在银色的光华里,那样肃穆,那样迷人,那样庄严。

（原载 1987 年 9 月 8 日《新民晚报》夜光杯副刊）

苏醒的海滩

细雨菲菲,今年春天雨水多,到广东十天了,雨几乎没停过。这雨不大也不急,但很有韧性。那绵绵的雨丝,悠然地飘洒着,洗净路上的尘埃,却也增添了心头的愁怅。按计划,今天我们访问深圳特区的蛇口工业区,偏偏碰上这恼人的雨。

汽车在潮湿洁净的柏油路上滑行,一个多小时后到达蛇口。想不到雨停了,天边还出一片玫瑰色的彩霞。我们为之一振,放眼看去,被雨水洗刷过的芭茅、马尾松和海南相思树都生机盎然,郁郁葱葱。

蛇口面积不大,但安排得当,依着蜿蜒的深圳湾,西端是重工业区,有钢铁厂、冶金厂、造船厂;中间是轻工业区;南边风景优美,是住宅、游览和别墅区。

这里吸引了香港、英国、美国、比利时、丹麦、澳大利亚、瑞士、德国、日本等十几个国家和地区的财团前来投资办厂。在指挥部同志的陪同下，我们参观中外合资兴办、不久前建成投产的集装箱厂，登上现代化的微波通讯站，访问新建的轮船码头，观赏座落在山坡和海滩上的陈设精美、建造考究的西班牙式别墅和小洋房。陪同的老刘告诉我们，从一九七九年中央批准建设特区计划，正式动工到现在不过三年时间。

三年，这儿发生多大的变化呵。以前这儿是一片荒凉的小渔村，除了养蛇人的草屋，几乎没别的建筑。现在这里已成为一个初具规模的工业城市，每年为国家挣得上千万元的外汇。难怪前来参观的香港总督，也承认这是"高速度"。

听了这些带有自豪的介绍，我心里不能不激动。是什么思想、什么力量，使我们特区建设者在这么短的时间里做出如此辉煌的成绩呢？

傍晚，我和指挥部领导成员唐先生在海边漫步。这是一位年近花甲、德高望重的老同志。当年作为一个战士，他曾参加解放这片土地的战斗，负过伤流过血。三年前，他又是开发这片处女地的先遣队指挥员之一。细雨刚歇，海面上回荡一团团乳白色的雾霭，深蓝的海水轻轻拍打着脚下金色沙滩，温柔恬静。对我的问题，他思索片刻，然后指着远方一片模糊的陆地，说：

"你看那儿。"

"那是啥地方？"

"香港呀，"老唐说，"对过就是香港这几年新发展起来的卫星城市元朗，相隔十几公里，天好能看见那儿的高楼大厦。"

"是吗？"我没想到香港这么近。

"过去人们把这儿叫偷渡滩，死亡滩。一些偷渡去港的人就从这儿游水去对岸，有侥幸成功，有的则淹死或被鲨鱼咬死，涨潮时尸首被冲了回来。"

"呵！"望着眼前波涛起伏的海水，我心里沉甸甸的。

"你知道这些人为啥铤而走险，冒死偷渡？"老唐望着我。

"这，"我沉吟了一下，说道，"还不是羡慕那儿的花花世界。"

"是这样，可也不完全是这样，"老唐率直地说，"实事求是地说，好些人是为了生活。别的不谈，就说这附近一些公社吧，那时农民一天的工分值不满三角钱，不够喝壶茶。你想想……唉，难啊！"

又下雨了。无声的细雨自天空飘洒下来，我觉得脸上湿漉漉的，可我不想动。我想起逝去的梦魇般的岁月……

老唐沉痛地说："作为一个共产党员，边防干部，当时我们一面执行大搞政治边防，狠抓阶级斗争的指示，一面心里却翻腾着：为啥同样的山、同样的水，人家能建楼房盖工厂，过上好日子，我们却不能？难道社会主义就是这样搞的吗？不！"他激动地说，"我们要结合实际，充分发挥社会主义的优越性。中央关于建设特区的决定将我们的心点亮啦。我们是中国人，社会主义的中国人，再也不能让这片海滩沉睡下去了。我们一定要摘掉头上的穷帽子，过上好日子。我们失去的时间太多了，现在……这就是我们特区人心里想的，也是力量的源泉。"

苏醒的海滩

望着远远近近正在兴建和已经建成的一幢幢建筑，我明白了。

呵，一片苏醒的海滩。

雨，轻柔地飘洒着。滋润万物的春雨呀！

（原载 1983 年 8 月 28 日《解放日报》朝花副刊）

奔驰在塔克拉玛干

"巡洋舰"像一匹脱缰野马,以每小时一百公里的高速沿着戈壁公路,向南疆重镇喀什飞驰。

我望着窗外,没有树木,没有村落,没有河流,没有人烟,甚至连昆虫、飞鸟也看不见。目光所及只有一片褐色的沙粒。难怪维吾尔人叫它塔克拉玛干——进去出不来。

老邵微闭双眼仰靠在椅背。这是个年近六旬的汉子,微秃的头发,白皙的皮肤,加上一副近视眼镜,看上去是个学者。其实,他是个工人出身的干部。

老邵是吃水泥饭的。水泥是国家的基础工业。水泥的生产和用量,常常表示一个国家经济情况和人民生活水平。在我国,新疆的水泥生产名列末位。国务院领导曾指出:新疆建设开发的程度,取决于水利建设的程度。水泥等于水利。没有水泥,新疆建设就上不去。老邵深深懂得这一点。一九八四年应北疆昌吉回族自治州的要求,他带领厂里的工人、工程技术人员,在困难的条件下,为这个州建成一座年产十万吨的头屯河水泥厂,前后只用了十四个月,每万吨水泥投资一百万元,而且一次试产成功,产品质量符合国家标准。

头屯河水泥厂被列为自治区成立三十周年大庆献礼项目。中央赴疆慰问团王光美还激动地挥毫,为这个厂题写了"腾飞"两个大字。

汽车爬上一个沙丘,阳光下只见前方浮动着一道厚厚的沙幕,像一堵城墙。

"快,关上窗。"司机喊。

我忙摇上窗玻璃。汽车驶进沙幕,耀眼的阳光顿时消失,顷刻之间周围的一切全都看不见。司机打开车灯,减慢车速,缓缓前进。沙粒拍打车身,发出噼噼啪啪的响声,像似下大雨。尽管门窗紧闭,但我们鼻孔、眼睛、耳朵以及嘴里全是沙屑,嘴巴一动,牙齿格格作响。

大约三四分钟后,我们才穿越沙幕,重见天日。

"塔克拉玛干的风沙怎么样?"司机笑问。

"厉害。"我吐去嘴里泥沙。

"这是最平常的。"老邵不以为然,说着,他又合上眼。他太累了,进疆后忙得他每天只能睡四五小时。

我也感到困倦,但睡不着。眼前像放电影似的闪现一组组动人的镜头:荒凉的戈壁滩上,古老的玉龙喀什河边,耸立起一幢幢高大的厂房,维吾尔姑娘和小伙子,身穿节日盛装,吹着唢呐,敲打皮鼓,载歌载舞;一位须发斑白、满面皱纹的维族老大爷,噙着泪水亲吻标着和田水泥厂生产的玉龙牌水泥袋,嘴里喊着:"雅克西,雅克西。"

这是昨天——一九八六年七月一日,我身历其境,亲眼看到的和田水泥厂点火投产的动人一幕。

建成头屯河水泥厂用十四个月,这儿——和田水泥厂只用了九个月。和田不比昌吉,后者靠近乌鲁木齐,这里则离乌鲁木齐二千公里。

维吾尔人有个比喻:昆仑山金子好找,和田水泥难买。一吨水泥乌鲁木齐售价一百二十元,到这儿要翻四到五倍。解放十多年,这座古丝绸之路重镇,几乎看不到一座现代化建筑,其原因就是缺少水泥。城里唯一的一座二层楼剧院,因为缺水泥前后造了八年。人们戏称八年抗战。

水泥,水泥,和田人民需要水泥。和田是个穷地方,县里好不容易筹集了建造水泥厂的资金。为了寻找理想的承建单位,县领导跑了好几个省市,找了好几家,都不太愿意来。最后找到他们——上海市宝山水泥厂。老邵一看地图,乖乖,这么远,到这样偏远的地方施工,困难自不用说。但是想到和田人民的困难,他还是应承下来。他抽调厂里最好的工人、技术人员,由厂党总支书记、副厂长率领,奔赴和田。安装工程原计划四个月,但实际上只用了两个月。

那是怎样的两个月啊。

这儿交通不便,设备奇缺,内地乡村小镇上能买到的东西这儿也没有。比如电焊面罩上的玻璃这些很普通的东西此处也配不到。

有两台球磨机,每台重二十一吨,安装时需要大吊车。整个和田地区只有一台十吨吊车。要用大吊只有到乌鲁木齐借。一台大吊从乌鲁木齐开来,仅路费就要七万元,还得花十二天时间。怎么办?工人们动脑筋想办法,硬是用十吨吊车配上千斤顶、拉杆等土工具,将两个二十一吨的庞然大物吊装成功……

维族同胞竖起大姆指,赞扬老邵,赞扬上海的工人。

在这纷扰熙攘的世上,又有多少人了解这个普通、默默无闻的汉子。了解在这遥远、一无所有的戈壁滩上建造一座水泥厂所付出的心血和代价?

汽车爬上一道山梁,远方出现一片树影——呵,绿洲,有人家了,可以弄到水喝了。

转头看老邵,他又合上眼。让他睡吧。由于和田水泥厂出色的成绩,他们树立了良好的信誉,前面泽普水泥厂,喀什水泥厂……许多新厂在等待着他。

(原载 1986 年 11 月 2 日《解放日报》朝花副刊)

库柏先生地下有知

我曾在纽约开过一家干洗店。本来知道此事的人不多,叶永烈的《星条旗下的中国人》文章予以披露。日前秦绿枝先生的文章《应变》里又记了一下,这倒成了闲话的话题。一些朋友和读者饶有兴趣,询问打听,对我来说这确是一段难忘的经历,值得回味。

1992年10月我登上飞越大详的飞机来到美国。我的心情是复杂的。留恋、苦涩、遗憾同时惶惶然。

在美国生活是不容易的。在美国,中国作家不少,有些同我一样原也是创作"专业户"。对不起,在美国可没人养你,专不起来,没有一个作家靠写作为生,除非爆冷门,写本行销百万册的畅销书,不过也只能潇洒一阵子。要生活就得打工或找别的门路。我不愿看老板脸色,也不想投靠任何人。我要保持自己的独立和尊严,我决定自己当老板。好在口袋里有这么几万美元,这使我蠢蠢欲动很不安分。

干什么行当呢？有朋友让我开饭店。赴美五年的女儿反对，理由是饭店太多，竞争激烈。想赚钱，只有开到黑人区，可那又太危险。有人建议开杂货店或家具店，对此不熟悉，不敢问津。最后决定开洗衣店，稍知美国华人历史的人都知道，以前华人主要从事二大行业，一是餐馆，另一行是洗衣店，不少华人以此发家致富。

友人介绍长岛一家洗衣店，这是一家干洗为主兼湿洗的店。一进三间，前面店堂，后面是工场间，有干洗机，烘干机，全套熨烫设备。地下室有自动锅炉和空气压缩机，俨然是个小工厂。这是一家老店，20多年前由意大利人库柏开设（所以店名为COOPER，SCCEANERS），后几经易主，如今属一对中国夫妇。两年前他们以三万多元买进，辛苦经营生意不错，赚了点钱，不久前在华人居的FLUSHING买了房子。现因女的生病，身体不好难以支撑，决定便宜些让给我们。我连续跟踪一周观察，每天营业额高的六七百，少的四五百，平均五百元。扣除房租和各项开支，每天净收入三百元。一个月九千至一万美元进账。应该可以，我决定买下。妻子和女儿也赞同，花几百元钱请律师办了有关手续。事情就这么简单，我成了库柏洗衣店的老板。

深夜，人去店空。站在店堂里，望着那些属于我的机器设备，我觉得奇怪也感到好笑。我想起安设这些机械的老库柏。库柏先生，你不会想到吧。我，一个中国作家，耍笔杆子的人将继承你的事业，库柏先生，请保佑我。

（原载 1994 年 10 月 21 日《新民晚报》夜光杯副刊）

开门一团糟

纽约冬天是很冷的,洗衣店七时半开门。

1993 年元旦清晨,天不亮,冒着零下十几度的严寒,怀着激动和希冀,我们驱车从居住的 LUSHING 来到长岛店里。本希望有个开门红,但老库柏并未保佑,开门就乱了套,甚至可以说一团糟。

元旦这天是星期六。美国人每周工作五天。星期六休息,通常跑洗衣店、料理家务,因此周六生意特别好。尽管事先跟班实习半个多月,但毕竟生疏、不熟练,开门不久客人络绎不绝。本来这是好事,但我们可慌了手脚。

我熨烫的速度都比较慢,这且不说。最大的麻烦是找不到衣服。当时店里洗好的衣服都是前任经手。通常洗好的衣服都用塑料袋套好,按号码顺序挂在架子上。但其中有几位客人的衣服却找不到,越找不到越慌,美国人是很守秩序的,三个人以上会自动排队。队伍越来越长。本来女儿负责接待,看她那样子我和妻子放下手里的活,三人一起找。天很冷,我们却满头大汗,女儿急得几乎哭出来。顾客看我们是新手,安慰我们:DON NERVOUS(别紧张)。一位老人笑着鼓励我女儿:CHEERUP, DOY!(振作起来,伙计),但也有人不满发牢骚:OH, HELLI(哦见鬼)!

我们只能陪笑打招呼:SORRY!

第一天一直折腾到深夜一点多钟。接下去几乎天天如此,睡不上五六小时,累得我连饭都不想吃,话也不愿说。想想上海专业作家那优哉游哉的日子,哦,鬼知道,我为何要来受这个罪。

累,倒不可怕,可怕的是韩国人发动的"生意战"。美国处处是竞争。

韩国人在美国起步不比华人早。但近几年气势迅猛,尤其是在洗衣行业,大有取而代之之势,在我们前后左右,相距不足千米,就有四家干洗店,全都是韩人开的,将我们紧紧包围。这些店设备新,而且门口都有停车场。条件比我们的老 COOPERS 优越。前任告诉我们:双方一直在较劲儿。韩国人知道 COOPERS 易人。我们是新手,而且可能还打听到些什么,因此其中两家都打出 SPECIAL SALE(特别减价)的招牌,原来干洗一套西装 $12,他们降价 $11,一条裤子 $4 降至 $3.50。还有裙子和连衫裙都作了调整,并用红红绿绿彩纸写好贴在橱窗玻璃上。

很明显,这是针对我们,趁我们立足未稳,突然袭击,将我们的顾客抢走。

(原载 1994 年 10 月 22 日《新民晚报》夜光杯副刊)

挺住，别趴下

韩国人这一着果然奏效，店里的顾客一天比一天少，营业额直线下降，从原来每天四百元降至二百多，最低一天只有一百。危险！

我感到一种置身沙漠、四周狼群迫近的威胁。怎么办？束手就擒，关门大吉？我想起老海明威说的并用来作为座右铭一句话："人生来不是被打败的。"我这人生来倔强好胜。这可能是优点，但也是悲剧的根源。不争馒头争口气，咱们豁上了。针锋相对，我们也大减价，而且比韩国人低，一套西装我们只收 $10，裤子只 $3.00，写成斗大的字贴在橱窗上，而且印成宣传品，到附近超市广场广为散发。韩国人再降，我们也降，始终保持每一样比他们便宜二角钱。我了解过，他们的成本开销、机器折旧都比我们高，他们耗不起，果然，韩国人受不了，一场价格战这才停火。

美国人看上去很阔，其实很多人是"脱底棺材"——袋里空空。很多人爱淘便宜，一两毛钱也要计算，我们的低价像磁铁似的，不仅原来一些被韩国人拉去的老客户重新回来,而且吸引了不少新户头。

除去价格优惠,我们更在服务质量上下功夫,为了有更多时间用在店里,我们从房租便宜的 FLUSHING 搬到租金昂贵的长岛,租了一幢 HOUSE(独立房屋),开车二三分钟就到店里。

我起早摸黑苦练基本功,拿西装来说,原来烫一套要九分钟,后缩短到四分钟,平整笔挺,手艺绝不亚于韩国人。我们还开展特色服务。一天中午一个叫汉斯的小伙子拿来一套西装,坦率地告诉我,他只有这套最好的衣服,最近他找到一份不错的工作,下午三点钟要穿着见老板,接受面谈。通常我们是上午 10 时开动干洗机,过这个时间就要等第二天,我破例为他开动机器,并在下午两点钟将衣服烫得整整齐齐。汉斯的高兴不用说,从这件事得到启发,我们橱窗上贴出"两小时立等可取服务"。

一天一位老太太拿来一套黑白两色镶的连衫裙,白色上沾了很多污渍,麻烦的是黑色褪色,既不能干洗,也不能水洗。她告诉我跑了两家韩国人店都摇头,问我们行不行?不知哪根神经指使,我说:"I TRY!(我试试)。我让妻子将衣服拆开,用好几种药水和漂白剂终于除掉白色上污渍。然后按原样缝起来,烫好整旧如新。

第三天来取衣服时老太太自己也不相信,她大叫着:"OK,GREAT!(好极了!)HOW WISE OF CHINESE(中国人真聪明)"聪明说不上,她哪儿知道为她这件衣服我们费了多少脑筋,花了多少劳动。

由于劳累，一个月不到，我和妻子、女儿三人体重各自减了十几磅。以前想减肥减不了，现在自动减肥成功。

（原载 1994 年 10 月 23 日《新民晚报》夜光杯副刊）

婚纱风波

　　美国人结婚通常都去教堂，还要拍结婚照和录像。新娘要穿洁白的婚纱。

　　婚纱制作考究，价格昂贵，一件好些的婚纱售价二三千美元甚至更高。最便宜的也要上千。

　　结婚是人生大事，婚纱更有纪念意义。婚礼结束后新婚夫妇将穿过的婚纱送到洗衣店洗涤，然后装进特制的婚纱盒留作纪念。有些人经济条件不好租用婚纱，但租来的婚纱归还时也得洗干净或付洗涤费。对洗衣店来说洗婚纱便成了一项特别业务，由于婚纱价格昂贵，所以洗涤价也相应提高。在长岛洗一件婚纱通常 \$80 元，曼哈顿还要贵。

　　我们研究洗婚纱并不困难，完全可以放在洗衣机里水洗，只是婚纱上面缀的珍珠和饰品挂件要小心罢了，所耗费的工夫，比起洗一件复杂的丝绸长裙多不了多少。包装盒 \$15 元一只，那就是说每

洗一件可赚 $65 元,这样的收益太好了,完全可以竞争。

我们先小幅度,贴出好消息:专洗婚纱,每套 $75 元的广告。韩国人洗衣店闻风而动,而且比我们低一块钱。我们早有准备,宣布 $70 元洗一套,若不装盒,还可以减少 $15 元, $55 元就行。不仅散发传单,还在当地社区报纸上刊登广告,宣布这是"纽约洗婚纱最低价",而且作好准备,韩国人再降,我们也再降。总之拼到底,一定低于他们,保持"纽约最低价"。韩国佬被镇住了,但却在背后散布说中国人是骗人的,我们洗的婚纱质量差,所以价格便宜。我很理解韩国人的心情,随他说去,何况这是背后说,问题是顾客,顾客才不信这一套,哪儿便宜往哪去,有些人甚至开一个多小时车从曼哈顿赶来。

韩国人只是背后骂娘,却有人公开跳出来,向我们兴师问罪。那是马路斜对面一家礼服店的老板哈顿先生。

哈顿是犹太人,50 来岁,个头矮小,多皱的脸上有着一双骨碌碌转的小眼睛。那天一大早,我们刚开门,他就气冲冲进来,指责我们不该将洗婚纱价格订得这么低。说我们存心破坏他的生意。原来他的店铺专门出租礼服和婚纱。他租用一套婚纱收取 $80 元另加 $90 元的洗涤费。顾客发现我们只要 $70 元洗涤费而且连包装盒,于是向他租用后将婚纱送给我们洗涤后再还给他,这样就可节省 $20 元,这对他当然不利。

看他那副样子我们都暗笑,在这种情况下我的三脚猫英语就不行了,由我女儿出面。她严肃地说:"哈顿先生,美国是自由社会,公平竞争,你有你的价格,我们也有我们的价格,任凭顾客选择,你无权指责我们。"

一旁的几位顾客听了也点头,支持我们。

哈顿恼羞成怒,骂我们是"魔鬼"、"撒旦"、"下贱的中国人"。我们也火了。我女儿说:"哈顿先生,我警告你,你这是对我们的骚扰和种族歧视,如果你不立即退出去,我就报警。"说着她抓起电话。

这下老家伙慌了,嘴里骂骂咧咧,只能悻悻退出,在门外隔着玻璃还向我们挥拳头。

顾客们摇头,一位夫人说,如果我们是美国人,他绝对不敢这样,他欺负我们是中国人,并鼓励我们:不用害怕,要挺住。

(原载 1994 年 10 月 24 日《新民晚报》夜光杯副刊)

戈莫斯夫人和安娜小姐

功夫不负苦心人,客人愈来愈多,营业额日渐上升。

除零星过路客,我们店拥有一批较稳定的主顾,他们是我们的"上帝"和衣食父母。其中有戈莫斯夫人、安娜小姐和史科特先生等。戈莫斯夫人五十开外,体重总有二百磅。她十分富有,每个星期六,都会带着她的司机兼女仆坐着"奔驰",来到我们店里。她笑着站在一旁,看女仆将脏衣服从车上取下交给我们,再将洗烫好的衣服放进汽车后备厢,然后掏出钱包付账;每次都是七八十美元,从没二话。这种信任并非盲目,而是经过考验。

原来她不是我们主顾,有一次她拿来三条西裤。美国人种复杂,高矮差异很大。买来的裤子都是毛边,要自己撬边。其实这种活很简单,但美国人就是不会干或者说不愿干。我妻子很快替她缝好,手工细巧。韩国人要 \$4 元钱一条,我们只收 \$3.5 元。她认为我们诚实,干得好,便将衣服源源送来。像这样的财神爷还有牵着大狗的议员史科特,黑人迈尔斯及二次大战期间在美国海军服役来过上海的老兵亨利先生。他们不仅每周光顾我们小店,送来大批衣服,而且连 TICKET(收据)也不拿,这说明彼此的了解和信任。

老主顾并非个个富有,有些是穷人,其中留给我印象最深的是约翰先生和安娜小姐。

约翰先生60来岁,一条腿有点瘸,没有正当职业,靠拾易拉罐为生。纽约有些超级市场回收易拉罐,每只一毛钱,约翰一天干十几小时,可拾几百只易拉罐,每月收入近千元。他平常穿得破烂,但星期日上教堂就西装笔挺,每个星期五他都将衬衫和西装送来让我们洗烫,星期六取。

安娜小姐更是位怪人。从服饰穿着看她很穷,但每星期四早晨七点三十分我们店开门时,她必定光顾,可以说分秒不差。她走进店堂道声早安,将要洗的衣服交给我,然后对着墙上的镜子打扮一番,说声"HAVE A NICE DAY!"(希望你今天好运气)拿着洗烫好的衣服飘然而去。每次洗烫费不多不少十五元左右,其实她的衣服大部分是尼龙的,根本不用干洗。有时衣服不多,她会将破旧的桌布窗帘也送来,似乎不凑足十五元就过意不去。

(原载1994年10月25日《新民晚报》夜光杯副刊)

红鼻子管事

　　我们店旁边有一座教堂。美国的教徒很虔诚,平常生活再穷、再随便,譬如约翰那样拾易拉罐的人,星期天上教堂都会穿得衣冠楚楚。星期日早晨,人们一家老小驾车来到教堂。我们店旁停车场被车停满。除去做礼拜,人们结婚和家里死了人举办丧事,也都离不开教堂。我想,如果能同教堂搞好关系那就好了。教堂管事托尼是个意大利裔的美国人,40 来岁,大肚子,秃顶,长着一个惹眼的红鼻子,身上经常散发着一种混合香水味儿的狐骚气。他为人倒很风趣,偶尔送点衣服来,但不多。

　　有一天,托尼拿来两套黑西装,一套自己的,另一套是米勒神父的。我不仅答应第二天给他,而且 OFF 50%(打对折),10 元钱只收 5 元。说实话,这真是大减价不亏血本。当然我这是有目的的。托尼也很惊讶,他翘着红鼻子,睁大眼睛问:"我不明白,为何这么便宜?"

　　我说:"你是上帝的仆人,竭诚为上帝服务,我们当然要特别优

红鼻子管事

惠。"我强调：这个价格只适用于你和米勒神父。

"OK！ Thank You。"他伸出油腻腻的大手紧握我的手。

红鼻子是个聪明人，我相信我这样做有作用。果然，他不仅给我们介绍顾客，而且有一天，他用手推车推了一车深颜色布匹，老远就喊："哈罗，张，给你送生意。"

我不知是什么，提起一看，原来是窗帘。这是教堂特制窗帘，不仅长、大、厚，而且每条窗帘下摆都缝了铁坠子防止飘动，以前都是送到韩国洗衣店洗的。

第一次洗这玩意儿，我心里合计一下，说："每条 15 元。"

"呵。"红鼻子睁大蓝眼睛。我以为他嫌贵，我自己也觉得高了些。谁知他说："张，太便宜了。"

我被弄糊涂了，问他："那你说多少钱？"

他竖起两个手指："每条我可以给你 20 元，OK？"而且他强调，这是教堂用品。

我恍然大悟。其实，无论是黑眼睛、黄皮肤，还是蓝眼睛、白皮肤，对"自己的"和"公家的"都分得清清楚楚，并且善于运用这种关系。托尼——上帝的仆人也不例外。

托尼常将窗帘和教堂其他需洗涤的东西送来而且换得特别勤——原来两、三月洗一次，现在一两个月就洗一次，干干净净，我满意，他满意，神父也满意。上帝呢，想必也满意？

(原载 1994 年 10 月 26 日《新民晚报》夜光杯副刊)

阿兴和杰米

按照我们店的工作量,在国内至少要十几个人,在美国也须四至五人,而我们只三个人。当然,我们可以再雇两个甚至三个人,那样一来人是惬意,可钱没了。美国一个人工每月至少 1200 元,这谁都会算,只有实在很忙的情况下,我们才雇人。

在美国雇人和被雇都十分简单,除非政府机构或大公司得出示身份证明、填表、面谈甚至调查,一般企业尤其是餐馆和洗衣店,根本不用这一套。雇佣双方见一次面,讲妥价钱双方愿意就成。这几年美国经济不景气,加上偷渡的人多,粥少僧多,找工作更加困难。我们每天都会接到要不要雇人的电话,有时对方亲自上门来。

阿兴就是在电话中谈定的。他是中国留学生,北京人,高挑个儿像黄豆芽。他来纽约两年,上午读书,下午打工,我问他干没干过洗衣店? 会不会烫衣服? 他说会,OK,讲定每小时 4 美元,从下午 1 时 30 分至晚上 7 时 30 分,每天 6 小时,每周 144 美元,先试半个月。

阿兴生得稚嫩,而且有股骄气和傲气,谈吐中透露出他老子是个什么官儿,屁股后面冒烟的。听了我心里很不舒服,心想老子是老子,你是你。美国是金钱世界,金钱面前人人平等,别说你,你屁股后面冒烟的老子来这儿,除非他带上成百上千万美金,否则也没戏唱。大陆的教授、学者、专家,还有这个长那个长的,在美国打工的还少吗?

口头飙一下倒也罢了——心里平衡。我无法接受的是他烫衣服的速度太慢,而且质量差。有两三次被顾客退货,我只得加工重烫。第二个周末,我在信封里装了144元,对他说:"老弟,很抱歉,如果你还想干这行,最好找个地方先操练操练,要不赶不上趟。"他也明白自己的弱点,红着脸走了。

接下去就是用杰米。杰米是墨西哥人,黝黑的脸,卷曲的头发,发达的肌肉像个斗牛士。在美国西南部和墨西哥漫长的边界线上,尽管美国政府采取种种措施,但每天都有成百上千人偷渡进入美国。按《纽约时报》排列的偷渡排行榜,墨西哥遥遥领先,始终是冠军。我相信杰米是其中之一,但我毋需也无权查问。我唯一想知道的是他会不会烫衣服,他说会,当场考试,果然烫得又快又好。"OK,阿米哥,我雇佣你了。"我说。

(原载 1994 年 10 月 27 日《新民晚报》夜光杯副刊)

骗子和强盗

　　一天中午，一个三十来岁、瘦高个儿、棕色皮肤，留一撮小胡子的男子，拿来一件米色西装，衣服下摆有一个洞，他一口咬定是我们洗坏的，并说这是意大利名牌"GEODGE AMANI"，价值 1500 块美金，要我们赔偿。

　　好家伙，1500 美元！我们出几身汗也赚不到。从他那样子，我看出是来敲竹杠。

　　敲竹杠常有。一次，一位女士为一粒纽子要我们赔 20 元；也有人为一件毛衣索赔一百元，但从未有过上千的。现在来了，仔细辨认回忆，衣服是我洗我烫的，在洗和烫的过程中完好无损，未发生破损，衣服取走已一星期，从破损情况看明显是不小心，被什么尖锐东西戳破，绝不可能是洗破。

　　讹诈！

　　我和女儿商量了一下。

我女儿问他："先生，你凭什么说这衣服是我们洗坏的呢？"

他楞了一下，说："在洗之前很好，很显然是你们弄坏的。"

"话不能这么说，"我女儿驳斥他，"这衣服是我父亲洗、烫，是我包装的。在全部过程中，我们两人都未发现有破损，而且这么厚的衣服不可能洗破，很明显是锐器损伤；再说取衣单据上写得明明白白，取衣时应检查，有问题应及时提出。你这衣服取回已整整一星期，从破损情况看，是你不小心钩破的。"

"不，是你们搞坏的。"他嗷嗷叫。

"请拿出证据。"

他当然拿不出，双方僵持着。后来他威胁说要告我们，我说悉听尊便。

我们等着，他来过几次电话，但始终没上法庭，其实那家伙自己也知道是站不住脚的，不过吓吓而已，中国人好欺负。

骗子也许还可对付，碰上强盗那只能自认倒霉。一天清早上班，赫然发现我们店的大门被人用木板钉死，地上全是碎玻璃。正在我们莫明其妙不知所措时，住在马路对面楼上的一个名叫汤姆的小伙子，走来告诉我们他目睹的惊险一幕。昨晚7时40分左右，我们刚打烊离店不久，天还没黑，一辆黑色小汽车突然停在门前，从车上下来一个年轻黑人。他抬起脚来，只听咚一声巨响，门玻璃被踢得粉碎。这家伙从破洞里钻进去，抱起账台上的收银机，回身钻进汽车扬长而去，前后不过3分钟。汤姆立即打电话报警，警察赶来例行公事察看一番，本应立即通知我们，但不知我家电话码。店门洞开，为防再有人进入行窃,警方也有责任,只得找来木板将门钉上。这就是纽约的强盗,你说厉害不厉害?

（原载 1994 年 10 月 28 日《新民晚报》夜光杯副刊）

告别库柏干洗店

抢劫所造成的损失，事后保险公司虽然作了赔偿，但心理上的压力难以补偿。我始终弄不明白附近那么多店铺，为何独独瞄准我们，莫非存心给我们颜色看？

最初的热情渐渐消失，对这爿店我开始感到厌倦。从经济看，应该说可以，有个饭碗，而且自己是老板，用不着看别人脸色，但所耗精力太多，每天十几小时投入，我的手脚被捆住，无暇看书，无时间写作，甚至连思考的瞬间都没有。妻子和女儿同样累得够呛。我们成了挣钱的机器人，而且这钱挣得这么死，有违我的性格，我想将店脱手，另找门路，但又舍不得好容易打开的局面。

这时发生一件事，促使我当机立断。那就是著名的华人偷渡船"金色冒险号"在纽约撞滩登陆事件。由于美国黑社会和国际人贩子组织操纵，国内一些蛇头宣传鼓吹，国内特别是福建，不少人上当受骗，乘船偷渡美国。以往都是在西部沿海、一些不惹人注目的地方登陆,这次却胆大包天,公然在纽约——美国第一大都市,而且是联合国所在地冲滩,引起美国朝野的震动可以想象。

　　美国各种媒体,报纸、电台、电视台,都作了空前、耸人听闻的报道。甚至比喻说是珍珠港事件,还有说是"诺曼底登陆"。华人地位在美国原本不怎么样,这一来更遭人侧目。华人社会沸沸扬扬,在店里见了顾客我都觉得有点抬不起头,真丢脸! 我再也按捺不住,觉得应该做些什么。我决定深入采访,写一本这方面的书,也许我这样做根本无济于事,但应该做。

　　妻子和女儿也觉得很吃力。1993 年 7 月底,我们将店正式转让。整整七个月,时间不长,但永远难忘。它使我初步了解了美国人,了解了美国社会,更进一步认识了自己,使我知道生活是多么的不容易。

　　　　　　　　　（原载 1994 年 10 月 29 日《新民晚报》夜光杯副刊）

格雷茅斯的邂逅

格雷茅斯位于新西兰南岛西海岸,居民有一万五千人。它背枕南阿尔卑斯山,频临塔斯曼海,风光绮丽。19 世纪末,发现金矿,掀起淘金热。淘金者从四面八方涌向这里,使其从一无名小镇,变成西海岸最大的城市。如今淘金虽然已成历史,但横穿东西,连接东海岸基督城的高山火车从这里发车。这条全长 230 公里,穿行于南阿尔卑斯山的火车,是新西兰著名的高山火车之旅,众多旅游者选择这条路线。它也支撑着格雷茅斯的繁荣和兴旺。

格雷茅斯火车站有着百年历史,古老精致。一段不足百米长的月台,连着售票处和候车室。火车一天一班,候车人大多是世界各地来的游客。

时间还早,我在月台上遛达。迎面一个身材瘦削、高大的白人忽然用清晰的中文招呼:"你好,欢迎来到格雷茅斯。"

我不由意外:"你会说中文?"

他说:"是呀,我在中国待过五年,在上海生活过两年,几个月前刚从上海回来。"

我说:"我从上海来旅游。"

上海拉近我们距离。在旁边一张长椅上我们坐下来。他告诉我他叫马立克,今年30岁,在北京他学过两年中文,后来到上海。他教过英文,还在一家私人企业做过工作。

他用上海话说:"我是洋打工。"

我笑问:"那为什么不打了呢?"

他耸耸肩,手指天空:"上帝不帮忙,金融风暴。"他告诉我,因不景气,他工作的那家企业裁员,他合同到期,只得走人。

他说的是实话,他身上那件破旧的夹克衫告诉我他境遇不佳。

我说:"你可以再去教英文,搞双语教学。"

他点点头:"我也做过,不过现在这样的补习班不少,真正办得好的不多,竞争很激烈,因经济不景气,不少都关了门。我签证到期,只得离开。"

"真抱歉,"我表示同情,"那你现在干什么呢?"

他手一摊:"全世界都一样。新西兰也不景气,我尝试过,目前要找一份稳定满意的工作不容易。不过我现在在做导游。"说到这儿,他又来劲,指着月台上往来人群,"新西兰旅游资源非常丰富,不仅北美欧洲人,华人也不少,以前大多来自港台,现在大陆人也很多。"

我说:"中国有13亿人,客源丰富。"

他赞同："我就想在这方面发展。"他扫视四周，"这儿值得去游玩的地方太多了。我可以带你们去当年淘金的地方，参观体验，可以到海上欣赏海豚，还可以乘木筏到岩洞探险。你知道吗，这儿有条一公里长的步行隧道，是一百多年前人们用羊脂油涂抹在身上开凿出来的，有人称它羊脂油隧道。"

我说："不知道，没听说过。"

他说："那儿蚊子毒虫很多，好些人被咬伤咬死。为了防止虫咬，工人们用腐烂的羊肉脂肪涂抹在身上，举着火把干活。经过将近十年，终于将隧道打通。"

"真了不起！"我赞叹，"不过我不太喜欢去这种冒险的地方。"

他忙说："你喜欢诗情画意？有呀，离此不远有个汉美尔温泉。它座落在一片针叶松花园中，四周群山环抱。温泉有室内池和室外池。在室外池一年四季水温都一样，夏日你泡在里面可以欣赏南半球的瑰丽晚霞，冬日看片片雪花融入池水中，美极啦！怎么样？"

我明白他的意思，说实话我真想照顾他一下，但时间不允许。"朋友，你说的这些地方我真想去，可行程已定好，"我深为抱歉，"今晚我必须抵达基督城，从那儿转机回国。"

"没关系，"他挺豁达，"欢迎以后再来，而且你可以介绍你的朋友来。"

"一定，"我握住他的手，不无鼓励，"不要失望。我相信难关会过去的。"

他点头："那当然，乌云会消逝，阳光会出来。只是个时间问题。"

列车徐徐开动,马立克向我挥手,望着他远去的身影,心里为他
祝福。

（原载 2009 年 2 月 14 日《新民晚报》夜光杯副刊）

国王的心有多重

埃及金字塔举世闻名。金字塔是古埃及国王法老的陵墓。国王生时遍享荣华、极尽尊贵；死后也想流芳百世，永垂不朽。为此皇帝们都要大兴土木，建立陵墓。

古代埃及人很早就形成根深蒂固的"来世观念"。每个法老王登位时，便着手建造死后的归宿——陵墓。用巨石修砌成方锥形建筑物，这就是金字塔。

据统计，埃及境内已发现的金字塔大大小小有 96 座。最著名的是公元前 2600 年至前 2520 年间第四王朝国王胡夫在开罗附近吉萨高地，历时 30 年，动用 30 万奴隶建造、相当 40 层楼高的胡夫金字塔。法老王死后，有专门的人用至今仍未能完全破解的材料和方法，将其遗体制成木乃伊，随同金银珠宝等陪葬品放入塔内，等待来世。

但是法老王没想到庞大的金字塔太招遥、太引人注目了，耸立着无疑给盗贼指明方向。没等到来世，金字塔里陪葬的金银财宝连同他们秘制的木乃伊，全都被盗墓贼洗劫一空。问题严重，再也不能这样了。

公元前1550年，第十八王朝法老王图特摩斯一世决定从地面转到地下。他选了尼罗河畔卢克索的一片山谷。那是撒哈拉沙漠，酷热干旱，终年无雨，褐黄的山丘寸草不生。奴隶们在山坡上用简陋的工具向山深处掘进，浅的数十公尺，深的一百多公尺。将法老王的木乃伊和陪葬品安置其中，然后将洞口封死，用碎石沙土照原样抹平，不留痕迹。

法老们觉得这确是个好办法。此后第十九和第二十王朝国王的陵墓也如法炮制，建造在这里。这荒凉的山谷就成为帝王谷。

国王们以为万无一失，殊不知道高一尺魔高一丈。迄今发现的64座地下陵墓，几乎都遭到盗墓贼的光顾，里面国王的木乃伊和陪葬品全都洗劫一空。惨不忍睹！

唯一幸免的是十八王朝最后一位法老王图坦卡蒙的墓。据史料记载，图坦卡蒙公元前1348年至1337年执政，戴上王冠时才9岁，18岁就去逝。是古埃及最年轻的法老王。

年轻国王的墓之所以完好无损，保存下来，是因为洞穴最小，而且隐藏很深。别说一般盗墓贼找不到，就连受命寻找的英国考古学家霍华德，带领50多人，用当时最先进的仪器设备，从1917年秋天找到1922年秋天，花了整整5年时间，才找到这座藏匿了3259年的年轻国王的地下陵墓。

此事是世界考古史上重大的发现。如今年轻国王图坦卡蒙的木乃伊和陪葬品全都陈列在埃及博物馆。面对着那熠熠生辉、精美绝伦，戴在木乃伊脸上的黄金假面和重达 110 公斤的金棺、金椅子、折叠床等各种用品，人们不能不赞美和惊叹古埃及的工艺和文明。

但更吸引我的是那些出土的绘画。画纸是用埃及特产纸沙草茎制成，历时三千多年，仍色彩鲜艳；内容有描写战争，有描写狩猎，有表现宗教。其中一幅是一台天平，一端是一颗殷红的心脏，另一端是一根洁白的羽毛。我纳闷：这说明什么呢？

毕业于开罗大学中文系的埃及导游 L，不仅知识丰富，而且讲一口流利的中文。他告诉我这幅画名为《国王的心有多重》，非常著名。那心是死去的国王的。国王虽然至高无上，但上面有个神。国王相信来生。孰好孰坏？有否来生？死后要由神来裁定。方法是将他的心放在一端置有羽毛的天平上秤量。好国王其心应轻若羽毛，不好的国王心沉没有来生。这是神的审判，是对至高无上国王的制约，告诫他们心不能坏，要善待百姓，做个好国王。这是愿望，是理想，也是祈求。

我感叹，虽然相隔三千多年，这同现代社会人们要求执政者为官清廉，良心要好，要善待百姓其思路一个样。

三千年漫漫路，而且在地球的不同角落，但人类的心是相通的呵。

（原载 2009 年 6 月 29 日《新民晚报》夜光杯副刊）

金顶之路

素爱旅游登山，国内一些名山都曾光顾，唯独作为世界文化遗产、中国道教圣地的武当山没去过。我一直念念不忘，尤其是从电视和照片上看到那些耸立于悬崖绝壁之上，历经600多年风雨的雄伟神奇的庙宇，心里便产生无数冲动和遐想。

我要登武当山！这小小心愿望对一般人算不上是个事儿，但对我来说却不一样，岁月不饶人，年近八十的人了。武当山主峰金顶海拔1600多米，且山路崎岖，家人劝我三思。犹豫再三，我还是决定前往，说走就走。

登金顶有两条路线：一条是左侧景区大门，乘景区巴士至半山琼台，换乘索道缆车至太和宫再攀登金顶，要爬上千级台阶，需时40分钟；另一条是右线，乘巴士至南岩宫，然后登金顶。此处峰奇岭峭，沟壑纵横，风光旖旎，但山高路陡，得耗费三四个小时。我想既然是来爬山的，那就上吧。我选择了右线。

　　因为淡季，游客不多，倒是抬滑杆的挑夫不少。明码标价，到金顶全程 400 元，胖人加价，少则 450，多者 500 元。

　　"老先生，坐轿子吧。"挑夫们围着我。有的说，路很远，你吃不消；有的说，山太高，你上不去。

　　我一一谢绝。倒不是图省钱而是为安全，在那崎岖的山路上攀爬虽然费力，但自己好控制。坐在滑杆上就不一样了，性命掌握在挑夫手上。为了赶时间，他们讲速度，通常很快。在那陡峭的山道上，万一稍有闪失后果难以想象，所以登山我从不坐滑杆。

　　我备了一根拐杖，一步一步攀登，开始还可以，但速度愈来愈慢，走走息息，花了将近两小时，才走到一个叫七星树的地方。看图，我只走了四分之一，后面还有朝天宫、一天门、二天门、三天门等四分之三的路程，而且山愈来愈高，路愈来愈险。体力已经消耗大半，照此速度不知何时抵达金顶。双腿打战，身上冒汗，我颓然地坐在路边一处供人歇脚的石条凳上。

　　我懊恼不该逞强，应该走左线乘索道缆车，好少爬一些山，甚至怀疑该不该来这儿。

　　年龄不饶人呀！下山的挑夫不断从身边经过，问要不要坐滑杆？并提醒我，上面路更难走。

　　我犹豫，但想想还是不改初衷，婉言谢绝。

　　这时从下面上来一个青年，使我惊诧的是他背上还背着一个妇女。他吭哧吭哧喘着气一步步上来，看到石条凳，妇女说："歇会儿吧。"小伙子将妇女放下来，坐在我旁边的石条凳上，这时我才发现，妇女双脚截肢，是个残疾人。

小伙子用手背拭去额上的微汗。我端详他，很年轻，最多二十，个头虽不矮，但瘦弱稚嫩；再看那妇女，虽然瘦削没有双腿，但也该有八九十斤重。我不由赞佩："小伙子，你真不简单。"

妇女自豪又埋怨："唉，俺不要他背，他不肯。这孩子，俺拗不过他。"

我问："他是你什么人？"

"儿子，俺儿子！"妇人挺骄傲。她告诉我，他们从邻省河南内乡来，离这儿很近。他们是农民，儿子从小听话孝顺，前不久从中专毕业。

"俺妈这两条腿是因为我断的。"一直沉默的小伙子终于开口。他告诉我，小学三年级时一天母亲送他上学，路上发生车祸，母亲为护他被汽车压了。

"所以你现在报答她？"我说。

小伙羞怯一笑。

妇女说："我相信这儿的菩萨，一直想上武当山，可俺是残废。他说，妈，等长大了俺背你上山拜菩萨。"

"呵，"我领悟，"现在你长大了？"

小伙子仍然一笑，半响，起身："妈，走吧。"

继续上路。

小伙子身背母亲，我尾随在后。奇怪，刚才的颓败、懊丧都消失了。攀登，攀登，我们终于登上金顶。他们母子请了一炷香，跪在铜铸鎏金、金壁辉煌的金殿前,虔诚地祈祷。

我不知道他们念叨什么,但一定是祈求幸福。

望着脚下似波涛起优的千山万壑,神秘飘忽的云雾和阳光,我不由思绪万千。金顶之路,我感悟自己,也感悟人生。

（原载 2014 年 1 月 7 日《新民晚报》夜光杯副刊）

老谢没有走

他温文尔雅，和蔼敦厚；他衣冠楚楚，整洁得体；他洞察世事，聪慧睿智。相交二十多年，无论顺心不顺心，我没见他急躁、冲动、发脾气。像和煦的春风，温暖、恬静，慢声细语，同你交谈、讨论，替你想办法出主意，让你宽心、释然。这就是老谢，我敬为兄长、老师的谢泉铭先生。

老谢原在《新民晚报》编夜光杯副刊，后来到《解放日报》文艺部编朝花副刊，当时我常给《朝花》写稿，但责任编辑不是他，我们相识但交往不多，后来他到上海文艺出版社，他成了我的责任编辑，我们交往密切并成为挚友。他比我大 9 岁，见多识广，经历丰富，我将他视为兄长、老师。

那时"四人帮"刚垮台，中国人历经十年炼狱，全民族从痛苦、迷惘中走出来，有着太多的痛苦、愤懑、伤痕和无所适从。我们谈生活、议形势，包括许多禁忌的话题，几乎无所不谈，但谈得最多的是文学。他说，生活是文学的土壤和母亲。而痛苦是文学的催化剂。一个作家只有经历痛苦，而且有切肤之痛，才会更深的认识和理解生活，写出深刻的作品。因此十年浩劫虽说是坏事，但这种经历就像一座丰富的矿藏，是别的国家、别的民族没有的，值得搞写作的人好好挖掘、思索。

类似话语此前也听人说过，作为大道理听过也就听过了。如今出自一位兄长责编之口，给我以启迪，让我思索。抗战只 8 年，而这场浩劫却整整 10 年，全民族深陷其中，不仅痛苦，而且愚昧、荒诞。我们说了多少假话，演绎过多少悲剧呀。深沉的思索结合自己的生活，我创作了《爱的波折》（1981 年创刊号）、《马尔马拉海的迷雾》（1983 年第 1 期）、《深潭》（1984 年第 6 期）等多部中篇小说，刊载在《小说界》上，全都由老谢责编。

在编发时作为编辑除了关注文字、细节，老谢更注重人物形象塑造和作品主题的挖掘深化。如《马尔马拉海的迷雾》。小说描写了"四人帮"倒台后 80 年代初期，远洋货轮"昆仑"号自欧洲回国，途经土耳其马尔马拉海时遇上浓雾。由于视线模糊，"昆仑"号与一艘外轮相撞，船体破损、进水。货物中有 200 吨电石。电石是危险品，遇水受潮后产生乙炔气，遇火发生爆炸。200 吨电石就好似 200 吨炸弹。船上不能有一点明火，不能烧饭，不能抽烟，连底上有钉的鞋都不能穿，当然更不能使用吊杆起重机。其情况危急可以想象。

大副方明挺身而出，提出下舱用人力清除进水的电石。"文革"

中, 中国的远洋事业受到极大摧残, 随着"横扫"、"清理阶级队伍"等一次次运动, 许多有经验的老海员被调离远洋, 有的到沿海内河, 有的上岸不让当海员, 成了"处理品", 极大侮辱了他们的人格和尊严。大副方明是其中之一。方明原来就是"昆仑"号大副, 工作能力、业务水平都非常出色, 但由于他的表舅早年定居英国, 因为这点海外关系他被"处理", 调离到黄浦江驳船上当水手。

"四人帮"倒台落实政策, 他重新回来了。但在某些人心目中他仍是个"处理品"。方明在危难中挺身而出。

老谢认为小说不仅题材新颖、故事吸引人, 而且很有现实意义。长久以来极"左"思潮泛滥, 唯成份论, 不信任人、不尊重人。要塑造好方明这个人物。不仅如此, 他提出要通过人物、情节批判极"左"思潮的祸害。

在他的启发下, 我将事故发生的责任改成当班驾驶员三副米雪根处置不当, 造成撞船。米雪根不久前由海军复员, 没有受过正规航海教育, 但根正苗红, 没有海外关系。由于他没有经验, 指挥不当, 造成撞船事故。

实际生活也如此, 当时由于许多像方明那样"有问题"的海员被处理掉, 合格的远洋海员奇缺, 一些远洋船舶无人驾驶。无奈从海军复员军人中补充。这些人大部分没接受正规航海教育, 文化水平很低, 有的只念过初中甚至小学, 没踩过几天甲板。仅仅所谓出身成份好, 政治可靠, 便委以重任, 当三副、二副, 甚至大副、船长。实际上这些人是不称职的。以往小说写类似情节, 同外轮撞船, 总是外轮不好,咱们好的;这次反过来,责任在我方,在当时也不能不说是有点大胆。

尽管粉碎"四人帮",由于长期极"左"思潮、思想禁锢和一言堂。当时人们的思想远没有现在解放,创作也不免要左顾右盼。1979 年 2 月我在《解放日报》副刊《朝花》上发表了小说《选择》。

小说描述一个海员幸福家庭被折散的悲剧。教师舒侨因为反对社会上"流氓加文盲"的谬论,被捕入狱。丈夫远洋船长林浩面临选择:要么离开远洋船;要么与舒离婚。林浩选择后者,尔后与政治可靠的女工曲素芳结婚,但两人没有爱情。"四人帮"倒台后,舒侨获平反,林浩再次面临痛苦的选择。舒侨带着女儿毅然离去。林浩不由仰天长啸:"我恨啦,这难道都是我的错?"

小说发表后,读者反映强烈,上海电视台与上海电影厂合作将其改编成电视剧,赵静主演。当时不像现在,电视剧很少,为此上面管得很紧。

自己的小说能拍成电视剧当然高兴。但高兴了没多久,老谢就告诉我一个不好的消息:市委一位领导在审看《选择》时批评,说作品格调太低有问题,作家要创作正面鼓舞人心、奋发向上的东西。

听到这些,我心里既紧张也不高兴。我想,这是生活的真实,"四人帮"摧残过多少家庭,中华大地上发生过多少类似妻离子散、家破人亡的事儿呀。

联想到文艺界数不清的大批判,我胆心又会挨批。老谢鼓励我不要沮丧,"文革"那么多大风大浪都过来了,这点批评怕什么?他分析现在毕竟不是"四人帮"时期了,回复到过去不太可能。我觉得他说的对。老谢曾在市委宣传系统工作过,消息灵通,人脉广,关系多。经常替我打听,果然,电视台作了修改,再次送审获通过后播出,还被评为优秀电视剧。对我来说虚惊一场。从这虚惊中我感受到老谢作为一个朋友兄长最真诚的关注。

1992 年我去了美国,我们相见少了,但每次回来,我们都小酌叙旧。2000 年四五月间,在美国听友人电话说老谢走了,而且是在一次有关文学创作的会上,作了一番有见地的发言之后,就像一个战士倒在战壕里。作为一个作家、为他人作嫁衣的编辑,他倒在自己的岗位上。听了这消息,我惊愕、震撼。我更遗憾,身处异国、万里之外,没能为他送行,见他最后一面。

老谢真的走了。但对我来说,他没有走,他永远活在我心中。

(原载《谢谢老谢》,上海文艺出版社 2011 年出版)

老谢没有走

那一溜鞋子

我见过无数雕塑：显赫的皇帝、名垂青史的伟人、为国捐躯的勇士、惊艳绝世的美人，还有各种场面浩大、讴歌胜利和演绎重大历史事件的组画群雕，林林总总，不知其数。没有一尊雕塑如此简洁却又如此深刻地述说着它想述说的，让我震撼、愤怒、痛心、深思和遐想，久久不忍离去。

那是什么？

那是一溜排鞋子。这就是匈牙利首都布达佩斯著名链子桥附近多瑙河岸边的一溜排鞋子。这些鞋子全是钢制的，涂成咖啡色，与真鞋大小形态一式一样。有女士的尖头高跟鞋、也有平跟的；有男人的靴子、平口鞋和休闲鞋，大大小小不下五六十双，尽管形态不同、大小各异，但有一点共同：每双鞋子鞋头都向着奔腾的多瑙河。

导游告诉我这就是著名的"犹太人之靴"，纪念"二战"中被纳粹迫害致死的犹太人。

早在古罗马时期，很多犹太人流落欧洲，有的来到匈牙利，至第二次世界大战爆发前已达 70 多万人。

他们已经融入匈牙利社会。

"二战"期间，匈牙利被德国占领，纳粹展开疯狂的排犹。犹太人有的被屠杀，有的被驱逐出境，有的进集中营。有一群犹太人被押到多瑙河边，纳粹军人强迫他们脱掉鞋子，跳河自尽，不跳的就被开枪射杀……

我伫立岸边，望着那一溜鞋子，思潮像眼前多瑙河水奔腾起伏。想象着，一个个无奈绝望地脱掉鞋子，跃进河里，那该是一番什么样惨烈、悲壮的场景呀！

望着那一溜鞋子，想象着它们的主人：工人、医生、教师、学者、教授、商人、企业家、耄耋老人、花季少女、怀孕的母亲……全都被汹涌的河水吞噬了。

这儿没有一个人，没有一张图片，也没有一个字的说明，就是一溜脱下的鞋子，但这是最好的说明，最强烈、最真实的控诉！

看着那一双双鞋子，面对蓝色多瑙河水，脑海中响起旷世"蓝色多瑙河"的乐曲。我眼前浮现出那些善良无助的男男女女在枪刺的逼迫脱下，脱掉脚上鞋子，投身多瑙河的情景。人世间什么人做得出如此凶残的举动，这还算人吗？这是多么残酷的历史现实！这儿没有一个人，没有一张图片，也没有一个字的说明，就是一溜脱下的鞋子，但这是最好的说明，最强烈、最真实的控诉！

（原载 2014 年 8 月 18 日《新民晚报》夜光杯副刊）

那一溜鞋子

你为什么不配合

常写小说,但这不是小说,绝对真实。

百年不遇的酷热,无处可遁,只能闭门读书。聚精会神中,桌上电话铃声大作,抓起听筒,是 10000 号中国电信打来的,一位女士冷漠的声音:"你 5 月 13 日在南京西路某某号申请安装了一部某某号的固定电话,迄今该电话已欠费 9210 元,若两日内不还清,除罚款还将停止你名下其他电话及宽带。"

每天都会接到各钟各样电话,推销保险、买保健品、房屋中介、电话理财,娱乐会所,甚至还有法院传票,如此等等,不一而足。厌烦的同时奇怪:我的电话号码这些人如何知晓?后来知道出卖信息是一项赚钱门路,许多人的电话、住址、职业以及身份证号码等重要个人信息都被出卖,我不过是千万受害人之一。尽管国家三令五申保护公民信息,严惩从事此勾当的人,但无济于事。我只能无奈。对那些乱七八糟的电话,我一概断然回绝。而这个电话就不一样了,是中国电信的,而且涉及罚款和停止电信业务,我急了。

人不能急,急了,就会乱方寸。我当时就乱了,忘了中国电信也会被人利用,忘了及时主动给 10000 号打电话核实一下。我告诉对方,南京西路某某号那地方我根本不知道,更未在那儿申请安装过电话。

她说:"那这是你的事,你可以报警。"

我说:"当然要报警。"

她说:"我们 10000 就可以给你报警。"说着就冒出一个操广东普通话的男人声音。自报家门,说:"我叫胡强,是上海市公安局某某分局的。"并告之我警号和电话号码。

我怀疑:"你是某某分局的?"

他说:"你可以问 114。"

我想 114 查号台不会错,当即用手机问了 114,所报号码果然同其所说一样,这下我信了。

我投诉了那个冒名电话之事。

他说:"那个电话我们会查。不过从公安内部电脑绝密资料上看,张先生,你还涉及更重大问题。"

我奇怪:"什么问题?"

他犹豫地说:"这可是重要机密。"

我说:"你说吧,我会保密的。"

他说:"目前在侦查阶段,"又问我:"你房间里还有其他人吗?"

我说:"没有。"

他强调:"你可一定要保密,不能告诉任何人,包括你家人。

我急了,催他:"我知道,你快说。"

他说:"涉及一桩贩毒洗钱案件。这可是大案。"

我不相信自己的耳朵,忍不住叫起来:"贩毒洗钱?胡扯!"

他安慰我:"别激动。"

我说:"这是陷害,怎能不激动。"

他说:"此案正在侦查,主嫌叫郑少东。"

我打断他:"什么郑少东,郑少西的,我根本不认识这个人。"

他说:"你不认识没关系。可郑少东交待与你有关系。"

我问:"什么关系?"他说:"郑少东交待,通过××银行你帮他洗钱,你获得85万元好处费。"

我吼叫:"这完全是胡扯,我根本不认识什么郑少东。而且我从没在××银行开过户,没有一点关系。"

他说:"也许错了,我们会查的。不过你也知道中国冤假错案多得很呵。"

这句话说到我心里,我说:"作为警方你们可要认真仔细查,不能搞错。"

他说:"那当然,不过你可要积极配合我们。"

我问:"怎么配合?"

他说:"你有哪几家开户银行?"

我说了几家开户银行,我严正告诉他:"我所有钱都是合法收入,光明正大,其中大部分钱几年前都买了基金和股票,现在都被套住了。"

他又问："有没有定期存款？"我告诉他有两张存单，但还没到期。

他说："你赶快取出来。"

我奇怪："为啥？"

他说："根据案情，很快会冻结你的所有资产，而且冻结时间两年半。"

"冻结资产？两年半？"

"对呀，"他肯定，"在这段时间内你的钱就不能动用，而且冻结期间存款没有利息。"

"冻结资产"四个字好似一道闪电在我眼前一亮，让我发热的头脑刹时冷了下来。我知道冻结财产不是电话里随便说说，得通过检察院和法院，有一定的法律程序，绝对不能在电话里办案的。

冲动是魔鬼，刹那间我明白了，电话那头我面对的是个骗子，包括开头中国电信那女人。怎么办？我思忖。一个办法是斥责一顿，挂断电话；另一个办法是将计就计。好呀，你想骗，咱们就玩玩。

对方似乎感到我在犹豫，问："你怎么啦？"

我说："冻结资产两年半是个大问题。"

他同情："是呀，不过根据你的态度，我们会向上汇报暂缓几天。"

"谢谢，"我说，"如果我要找你怎么与你联系？"

他告诉我两个手机电话号码，倍加诚恳，强调："这两个电话一般是不告诉别人的。"

我说:"谢谢。"

他说:"现在最主要的是你赶紧将那两份定期存单钱取出来。"

我心想:要害来了,直奔主题。我以为他会告诉我一个所谓"安全账户",让我将钱转存进去。但他没这么做,而是让我到虹桥附近某银行开个户头,将钱存进去,然后开通网上银行。

我说:"网上银行我不会用。"

他说:"没关系,我会教你。你要抓紧时间。"

临近中午,我说:"快吃饭了,下午去吧。"

他说:"吃饭不急,你可买个面包,在路上吃,抓紧时间。"

虽然见不着人,但我能想象他那贪婪猴急的样子。

我说:"好吧,我买面包。"

他又关照我:"天热小心,速去速回。"

我说:"晓得。"

他又关照:"打的,别乘巴士,巴士太慢。"

我说:"知道。"

我将情况及时告之负责联系小区的警官,他很重视,记下电话号码和有关情况:"你做得对,这类诈骗不少,而且手法不断翻新。不久前街道里就有人上当被骗,损失很大。我们得提高警惕。"

我等骗子来电,果然很快来了,问我开户情况。

我说:"我没去虹桥银行,去了公字局,给你在公安局开了个户。"

"什么?"他叫起来,我想象得出他那惊恐的样子。

我问:"怎么啦?"

他说:"你……你怎么发现的?"

"怎么,想让我帮你总结经验?对不起我不会告诉你。"

他恶狠狠地说:"你一定要告诉我,不然我就不断打你这个电话。"

有意思!通常骗子一旦露馅就会立即遁形。这家伙却死皮赖脸扭住受害人总结经验。也难怪,费了那大工夫,自以为煮熟的鸭子飞了,当然不甘心。

我说:"爱打就打吧,我奉陪。"

我想,他说说而已,但过不久真的又来电话,妻子不让我接听。"怕什么!"我抓起电话。

"告诉我,你到底怎么发现的?"他狼狈但心不甘地问。

我说:"你真想总结,最好办法是改邪归正,洗手不干。要不到监牢里去会有人帮你仔仔细细、认认真真总结的。"

他叫着:"你怎么不配合呀?"

我想不到他竟然说出这种话,我一愣:"配合什么?配合你将我的钱骗到你口袋里?"

一旁的妻子忍不住了,大吼一声:"天下有你这样无耻的人吗?"

一场骗剧如此结束。给我警示、让我更认识这个社会。

乔　治

生活中,有些人与你长年相处,知根知底,却平平淡淡,留不下什么深刻印象;有些人素昧平生,偶然相遇,一闪而过,却让你刻骨铭心,终生难忘。乔治就是后者。2001 年秋天,我在纽约生病,头晕,诊断为脑部硬膜下积液,在居住的皇后区法拉盛医院诊治。负责诊治的医生名乔治,40 岁左右,身材高大,长得挺帅,是个 ABC(中美混血儿),会说一口流利中文。他在我头顶钻了两个洞(如今头顶仍有两个凹洞),用虹吸方法将里面多余积液抽取出来。

抽取多少积液不得而知,但结果是术后我头更晕,而且步履蹒跚,摇摇晃晃。到医院检查,医生说,情况比较严重,得再次手术。还告诉我,上次手术只钻两个小洞,看不见。这次手术要开颅,也就是要将头盖骨打开,进行手术。我觉得道理是对的,打开天窗说亮话,要比眼睛看不见暗箱操作要好,但打开脑瓜子不是件小事。然而唯有这条路,不开刀可能没命。我只能同意。

手术主刀医生仍是乔治。我很想同他谈谈，但美国医院体制与中国不同。有些医生并不固定在某家医院，平时看不到他们，但他们有执业执照，可以受聘于医院，有需要的手术就前来。乔治属于这一类。

华人护士丽莉告诉我，乔治和他们医院合作多年，开过无数次刀，很有水平。她是安慰我，想让我放心。但我并不放心，毕竟是打开脑瓜子呀。若在国内，我肯定要托人找关系、送红包什么的。在美国，我一点办法都没有。

开刀前两天这才看到他。

他看了我的术前检查报告和 CT 片，说："OK！"并且幽默地说："张，放心，我会替你将里面洗干净。"

这幽默让我心里多少松弛一些。

手术定在 9 月 11 日上午 10 时进行。前一天，我剃了头发，当天早早醒来，吃了少许食物，等待手术的到来。然而等来的却是个让美国和全世界都震惊的时刻。

我坐在病房走廊外椅子上看电视新闻，平时都这样，那天同样如此，没有任何异样。但大约 9 点钟左右，突然，我看见屏幕上一架巨大的飞机向世贸双塔北塔飞速撞去。飞机消失了，高耸的大楼燃起冲天的大火。那景象太可怕了，

啊！我忍不住惊呼。好莱坞常有类似特技，最初我以为是好莱坞电影，但一想不对，现在是早新闻时间，不该放这些。银幕上重复着飞机撞击的镜头和吓人的爆炸声，而且不久，又一架巨大的客机

向旁边的世贸南楼撞去,燃起冲天大火,大楼瞬间倒塌。我醒悟过来,明白这不是电影,而是恐怖的现实。

美国遭到恐怖袭击！世贸大厦完蛋了！病房里能行走的病人都走了出来,医生、护士和工作人员也都出来,人们惊恐、愤怒,有人呼叫上帝,有人哭起来。我也感到一种说不出的愤怒和压抑。

世贸双塔是纽约的标志。几年前刚来美国就曾慕名前往参观,后来又多次去过,那里面有上千家公司、贸易机构,全都是老百姓,用飞机撞击大楼,置他们于死地,这太恐怖、太恶毒了。

医院有关负责人出来安抚大家,让病人注意健康和安全,回病房,该干什么干什么。

我问丽莉:"乔治会来吗?"她略为迟疑一下说:"我想应该会来的。"我有些怀疑,但不一会乔治便急匆匆地来了。他激动非凡,脸胀得通红,稀疏的头发竖立起来,嘴里喊着:"疯了,简直疯了！"

我愕然。丽莉随他走进医师办公室。不一会丽莉出来告诉我,乔治的妻子在世贸南楼一家公司工作。

"啊！"我这才明白他那非同寻常的激动的原因。我想到即将进行的手术。按常情,在这非常时刻,他首要的是弄清妻子的情况,肯定没心思再做手术了。我将想法告诉妻子,她也同样看法。看来这刀是开不成了。谁知不多会儿,身穿白大褂的乔治却出现在我病房里,后面跟着推手术床的手术室工作人员。

"还手术?"我大感意外。

"为什么不手术?"他反问,灰蓝眼睛盯着我。我倒说不出来了。

丽莉说："张先生，手术不变。"将一份手术同意书交给我，"请你签字。"

我望着乔治的眼睛和仍然充血的脸，想起他那置身世贸南楼生死不明的妻子，不能不佩服他的职业操守。但我也不无担忧：怀着如此沉重的精神负担，他能开好刀吗？

"你怎么啦？"见我迟疑，他问。

我不知如何回答是好。

丽莉说："手术室时间是安排好的。"我明白她的意思，只得在手术书上签上名字，随后躺上床，被推向手术室。走廊里的电视机一直在播放世贸双塔、五角大楼被攻击的情景，熊熊的烈火、横飞的血肉……进入手术室，刹那间到另一个世界，静谧无声，那一切都不存在了。

我不由看乔治，帽子和大口罩将他全部包裹，只看到一双灰蓝色眼睛，我很想从那灰蓝色中看到些什么，但什么也看不到。此时此刻我不知他在想些什么？但我知道他妻子、一个我不知名的女人此时正置身世贸烈火中，而他却要剖开我脑袋，他……他……我进入浑沌、什么也不知道了。

醒来时，我已在重症监护室，妻告诉我手术进行了三个半小时。丽莉告诉我，乔治说"里面清洗很干净"。

我很想看看乔治，但没见着他，我知道他去了哪里，其实他早该去了，是我耽搁了他。我以为我再也见不着他了，三天后却又看见他，他来查看我术后情况。3 天 72 小时，他像换了个人，明显瘦一圈,面色憔悴,目光灰暗,原本稀疏的头发更少了。丽莉告诉我他发疯似的寻找,但没找到妻子,只找到被烧毁的妻子的手提包。他查看我头上的伤口、刚摄的 CT 片和有关检验记录,说:"张,OK!"

望着他憔悴的脸,想起曾有过的担忧和臆测,我无比惭愧。我很想说些什么,但说不出来,只能紧握着他的手:"乔治,谢谢你,我谢谢你!"说着泪水模糊眼睛。

(原载 2011 年 11 月 6 日《新民晚报》夜光杯副刊)

三 亚 情

三亚是全国闻名的旅游城市。南中国海蔚蓝的海水,金色的沙滩,风情万种的椰林和终年温暖的阳光,吸引了国人和众多海外游客。

对三亚,我有一种特殊感情。

作为海军测绘员,1956 年我曾在三亚工作过。我们在山上建立大地测量标志,在海上丈量水深,在陆上绘制地形图,可以说我们是拓荒者。我们测绘的数据、绘制的图纸,为日后三亚的开发和建设提供了宝贵资料。在这块处女地上,我洒过汗水,流过鲜血,甚至差点献出生命。

当时的三亚只是海边的一个小渔村,一条十字街,三四层楼以上房子很少,不少房子是木板椰叶搭建的棚屋。街上来往的是光脊梁、晒得油黑的渔民和脸上画着刺青、嘴里嚼着槟榔的黎族妇女,讲的话我们一句也听不懂。说实话,我觉得来到一个蛮荒之地。真的,太荒凉了,荒凉得令人心颤。

据说北宋时期,官至礼部尚书的大文学家苏轼因开罪皇帝,被贬谪海南儋州时来过这儿。面对这荒凉的海岸,联想自己处境,东坡居士涕泪交流,在一块岩石上写下"天涯海角"四个大字。

当时三亚只有一条通海口的公路,沙石路面,雨天一身泥,晴天一身灰。前往附近山里和居民点测量唯一的交通工具是牛车,"吱吱呀呀"一天只能走三四十里。山里都是原始森林,枝丫交叉;藤蔓密布,要用砍刀开路,里面遍布吸血的蚂蟥、毒蛇和各种毒虫。

我不止一次险些被蛇咬而送命。由于炎热潮湿,蚊子很多,医药条件差,当地盛行瘴疾,自古以来谓之瘴气。当时我就中了瘴气——恶性瘴疾,身体忽冷忽热,冷时好似置身冰窟,瑟瑟发抖;热时好似上火焰山,高烧至摄氏 40 度,说胡话。战友架着我,找到一家简陋的卫生所,只有一点退烧药,连特效药奎宁也没有。

住宿在一个名叫"为民"的旅馆里,那是三亚最好的旅馆,可也极简陋。可怕的病魔折磨着我,是死是活,只有听任命运的摆布了;我更体会"天涯海角"的含义。想想自己才 20 岁,就要命断"天涯",我不由簌簌落泪。

我喜欢看书,行囊里总带一些小说。为了安慰我,为了驱赶死神,战友给我读我喜欢的马克杜温的《一个败坏哈德勒保的人》。也许是年轻,也许马克杜温帮忙,经过一星期的拼搏煎熬,死神终于退却,我活了下来! 一个人对九死一生的地方是不会忘记的。半过世纪过去了,三亚、"天涯海角"一直铭刻在我心中。一直想去看看,可总无暇。日前这个愿望终于实现，我来到三亚。

半个世纪，岁月更迭、尤其近二十年的改革开放，我预料三亚变了，但没想到这个生死之交的老朋友竟然变得完全不认识了。那一幢幢新建的楼宇和纵横的高速公路，不用说和我心中的三亚一点也连不上，但我想多多少少总该留下点什么吧？我找"为民"旅店，找老房子，痕迹全无。我问出租车司机，他们说为了造新楼、修新路，老街老房子"顶不朗"都一扫空。想想也是，那些老屋、老街并非历史文物、重要古迹，没太大价值。昔日三亚可以说是一张白纸，人们可以依照需要绘画涂抹。瞧，就绘成这样子了。

不过，我还是找到一处旧相识——亚龙湾海滩。三亚附近有好几处海滩，如大东海、三亚湾、榆林湾，其中以亚龙湾最好。那儿的沙滩特别细柔，海水特别蓝，海底可见洁白的珊瑚和五颜六色的热带鱼。工作空隙，我们在海中游泳，在沙滩上嬉戏。全国各地著名海滩我几乎都去过，很少有能与这儿媲美的。望着那原始、美丽的海滩，我曾想：这儿建个海滨疗养院多好呀！想不到如今却实现了。现在亚龙湾已成国家级旅游度假区，动迁了原住民——农夫和渔民。希尔顿、喜来登、凯莱、万豪等五星级的宾馆在海滩边上一溜排开，各家宾馆拥有门前一片专属海滩，供宾馆客人享用。海滩提升宾馆身价，宾馆因海滩得益，可以说所有游客都是冲着海滩而来。椰树丛中，海滩边上，那一幢幢五颜六色、风格迥异的建筑，构筑起一道特殊的风景线。让你看到何谓富裕？让你懂得什么是尊贵？

坐在凯莱大酒店豪华海景房阳台上，望着面前湛蓝的海水，望着"专属"金色沙滩,哦,这就是我熟悉的亚龙湾?这就是那片我测量过的处女滩?是她,但我真的不认识她了。

是她无情还是我忘情了呢?

（原载 2012 年《新民晚报》夜光杯副刊）

他驶入永恒的港湾

老船长樊天胜走了。他那历经无数风险的航船，终于驶入宁静、永恒的港湾。

老樊是崇明人。崇明多撑船郎，老樊少年登船，从事航海，1955年27岁时当船长。半个世纪来，他的船跑遍世界三大洋、五大洲，无数次穿越海员们称作虎口的比斯开湾和死亡之角的好望角。用他自己的话说，骨头都被海水泡咸了。除了航海，老樊爱好文学。1978年公休时，他创作了短篇小说《阿扎与哈利》。小说写的是靠泊在日本大阪的万吨货轮"庞贝"号上的故事。马来人水手阿扎和希腊人哈利是好朋友。他们同时爱上一个美丽的日本女孩，成为情敌，为此动了刀子，阿扎被刺伤。但当台风来袭，"庞贝"号面临灭顶之灾时，作为水手他们摒弃前嫌，忠于职守，不顾安危，携手抢救"庞贝"号，讴歌了真实的人性和美好纯洁的爱情。

此前我看过他的作品，都是特写和报告文学，从没见过他写小说。想不到出手不凡，不仅题材新颖，人物形象鲜明，而且细节生动真实，充满海的气息，只有真正的海员才写得出来。在被所谓"三突出"、"主旋律"长期禁锢困扰的文坛，这样的作品实在不多见。我介绍给《人民文学》与我联系的一位编辑，对方也颇赏识，很快采用，并在1979获得第二届"优秀短篇小说奖"。不用说这对他是个意外，也是极大的鼓舞。后来他又创作和出版了长篇《纽约屋檐下》和《海峡、海峡》，虽反响一般，但文学成了他除航海外生活的重要部分。他参加了中国"作协"。

由于共同"踩甲板"出身，和对文学的爱好，我们成为挚友。文学创作、社会生活、家庭琐事，我们无话不谈。他沉稳，老练，给过我很多支持和鼓励。当时，我描写"文革"中一个远洋船长妻子被打成反革命、被迫离婚的短篇小说《选择》在《解放日报》发表后引起很大反响，后上海电视台改成电视剧。当时电视剧很少，上面非常重视。有位市委领导在审查时措辞严厉，而且上升到政治高度，我不禁紧张。他听后像在驾驶台上指挥下舵令一样，说："没事，沉住气，现在不是四人帮时候了，不会像过去那样再搞大批判。"果然，后来电视台稍作修改，顺利通过，而且被评为优秀电视剧。

去春他查出鼻咽癌，后癌细胞又转至肝部，身体十分虚弱。但每次我去看望，他都关心我正在写的长篇《印度洋的承诺》。我深为感动。

我一直为老樊的健康坦心。但他坦然，他说每条船最终都要靠码头，驶入永恒的港湾，那儿不仅无风无浪，太太平平，而且没有尔虞我诈,勾心斗角。他告诉我,他最后的港湾是故乡。为此他在崇明瀛新园选好最终靠泊的"码头",紧靠他母亲。他积极治疗,与病魔抗争,癌得到控制,想不到最后由于受凉感染,呼吸系统发生问题。我不会忘记,那个阴冷的黄昏,弥留之际,我伫立病床边,望着他戴着氧气面罩,倔强、艰难地呼吸,我在心里说:"老樊,那么多大风大浪,你都挺过来了,现在挺住,你一定要挺住!"但最终他还是走了。我想起胡适先生在《追悼志摩》中说的:"志摩走了,我们这个世界里被他带走了不少的云彩。"当然,老樊的云彩比不上徐志摩的云彩,没那么辉煌、瑰丽。但每个人都是一片云彩,老樊也不例外。他是一片被海水和海风浸润的云彩,带着咸味。如今他的船停泊在故乡永恒的港湾,静静地俯瞰着面前滚滚长江和滔滔东海。

我想,在梦中我会与他会面、交流,我会问他:"老樊,你想什么呢?"

(原载 2012 年 8 月 25 日《新民晚报》夜光杯副刊)

追　求 ——记台湾中国小姐林蕙蕙

　　人生就是追求。追求有美好、高尚,也有平庸、卑俗。追求是希望和憧憬,也是痛苦和艰辛。

　　台北市繁荣的松德路上,一个年轻貌美的姑娘避开莺歌燕舞,红灯绿酒,隐匿在一个幽静、无人知晓的小屋里,俯伏案头,手执画笔,专心作画。

　　她在追求、在探索。她画呀、画呀,渴了喝口凉开水,饿了捧起盒子饭,累了闭会儿眼睛。美在她笔下展现,一幅幅带着墨香,孕育着生命,活灵活现的山水人物、花鸟鱼虫跃然纸上。

　　这就是台湾年轻的国画家凌蕙蕙。

　　蕙蕙是我的表妹,我姨妈是位书法家兼长绘画。蕙蕙从小耳濡目染,喜爱中国书画。1984 年她拜台湾国画大师、工笔名家喻仲林先生为师学习工笔画。1985 年至 1987 年又随著名画家周以鸿、陈张弘学习写意。

她天资聪慧,加上刻苦好学,进步神速。不多几年,中国画重要的用笔运墨、设色构图均达到一定水平。她长相俊美,抱着试试看的心情,参加 1988 年台湾中国小姐选美,竟艳压群芳,夺得魁首;嗣后又在美国举行的 55 个国家、地区代表(各国各地区第一名为候选人)参加的世界佳乐小姐评选中,获第五名。

　　她成功了。从一个默默无闻、名不见经传的女孩子,成为知名人士。

　　成功是可喜的,同时也是危险的。尤其是对一个生活在花花世界里的美丽娇艳的女孩子,一旦美名加身,出人头地,她们便成为人们追逐的对象。有的嫁给阔佬成为阔太太,坐享荣华富贵;有的则以自己美色盛名作资本,拍电视片作商业广告,成为广告明星;有的甚至抵不住金钱和色情的诱惑,下海拍 A 片成为一些黑心片商赚钱的工具。

　　蕙蕙面临同样的考验。她告诉我曾有好几位颇有资产的阔佬追求她。有的投资公司请她担任业务经理、"公关"部长,报酬丰厚。有的公司开张请她去剪彩,剪一次十万台币。还有请她参加艺术团体,至于约请拍广告片的就不用说了。她经慎重考虑,除应台湾华视艺人艺术团之邀,作为"特邀代表"于 1988 年 9 月赴美国、加拿大作短期访问,进行文化交流外,其余的一概婉言谢绝。

　　这姑娘放着大钱不赚,她想干什么? 她的心给了绘画——她心中的艺术之神。为了摆脱各种追踪干扰,她离家租了一间只有母亲知道地址的房子,一头扎进去。

追
求

271

财神——人们心目中的至尊。人们为钱而奔忙、生活。对蕙蕙的这一举动，不少人包括亲朋好友一时都不理解，喊她傻妹，劝她："画画多苦呀，熬到成名还不知要到哪一天，现在是你的大好时机，还不如趁着年轻漂亮嫁人或是找个挣大钱的活儿。"

蕙蕙理解人们的意思，她说："我想过了，青春易逝，就像一朵美丽的鲜花，外表美是短暂的，迟早要凋谢，只有艺术才是永恒的。我要实实在在充实自己，能不能画出名那是另外回事。"

艺术的伴侣是寂寞、孤独加上清贫。有人怀疑：她能否坚持住？

蕙蕙挺住了。从 1989 年至 1990 年亚运会召开的短短一年时间里，她隐居深匿在那小屋里，埋头奋发作了大大小小近百幅画。1990 年 5 月在台北新生画廊，举办了对她说来具有历史意义的首次个人画展，引起画坛瞩目。

不久，她又应邀到泰国举办画展，同时趁参加亚运会的机会，携带一批画作在北京昆仑饭店和上海华亭宾馆举办画展，受到程思远、廖静文、黄胄、程十发等大陆著名画坛前辈和社会知名人士的鼓励和赞扬。人们喜欢她的画，喜爱她雅而不俗、追求内在美的性格。

"你年纪也不小了，打算就这么走下去？也不考虑别的事儿？"返台前夕，我曾关切地问过她。

"对，"她毫不含糊，"现在最重要的是绘画，其余的都不重要。"她告诉我回台湾后不仅仍坚持作画，而且还要搞个画室。

看来她要将青春完全献给艺术。我钦佩她的决心，同时也免不了担心：这条道路毕竟荆棘丛生孤寂艰辛。

我期待着。

又是一年,海峡对岸传来喜讯。经过奋斗,她终于有了自己的画室。一年中她又作了数十幅画,从中挑选了三十余幅力作,于1991年10月2日应邀赴泰国举办个人画展。曼谷的舆论宣传媒介予以热情赞扬,认为她的人和她的画是"内在美与外表美的奇妙结合,称她"中华才女"。泰国画展刚结束,紧接着10月中旬在台北著名的华视艺术中心又举办个人画展,她寄来装帧精美的请柬,可惜我无法前往。但从她寄来的《凌蕙蕙画选》中的二十四幅新作及其他十几张画照,我看这些作品比一年前在北京、上海展出画作确乎更上一层楼。画如其人,她的作品清秀俊美,在继承运用泼墨、钩皴点染、虚实疏密,以及留白等传统中国画表现手法的基础上,又有开拓和创新,一些作品不仅神形兼备,而且富有少女的清新、深沉的含蓄和幽幽的诗意。比如一幅《红叶映清溪》,笔法明快简练,那苍劲傲岸的老树,巍巍青山,似火的红叶,纷飞的寒鸦,以及那几乎使人领略到寒气的溪水,使人从冷峻苍凉中感觉到一种内在的躁动和生命力。而另一幅《渔舟唱晚图》,那湖水、远山、薄暮和轻舟,更让你闻到湖边的青草气息。

台北的画展引起人们的兴趣和社会各界的关注。许多著名人士和社会名流纷纷前往观看,他们有的为画展题词,有的写序言,有的写文章,还有的报纸用整版篇幅和特大号标题对她进行评介。人们赞赏她的画,更钦佩她的高尚情操。

鲜花掌声,蕙蕙并未为之而陶醉,她相当冷静。在一封来信中她说:"只觉得时间不够用,还要刻苦地画,加倍努力。"台北画展结束不久,她又应高雄文化中心之邀,至高雄市举办画展。新的一年到来了,新加坡和南非的有关方面邀请她去举办画展,她将欣然前往,她要让这些国家人民更多了解古老的中华文化和中国画。此后她还将赴日本和沙巴。

远路漫漫,艺术是无止境的。蕙蕙的画和她人一样都还年轻,有待进一步开拓和提高。诚如一位哲人所说:"追求是一种最可贵的品格,重要的是追求的本身而不是结果。"

我喜爱她的画,更折服她执着的追求精神,并将其作为鞭策自己的动力。

(原载 1992 年 3 月 20 日《文汇报》笔会副刊)

泥 土

我有各种朋友。有的身居要职,风云叱咤;有是学者名流,风流倜傥;还有一些老板,财大气粗。在诸多朋友中,最让我敬重的是一位小职员——黄泽乡。

老黄是我在上海港务局工作时的同事。"文革"前,我俩都在港务局机关。我是宣传部的创作员,编写港史,在职工业余学校兼课教语文。老黄是图书馆管理员,同时也在业余学校授课。我俩成了朋友。

老黄比我长 14 岁,但共同的爱好——文学,使我们成了忘年交。"文革"初期,我俩同时被打成"牛鬼蛇神"。他的罪名是讲课中贩卖"封、资、修";我呢,是港务局唯一作家,出版过一本散文集《号子》,成了"文艺黑线的宠儿"。不知何人发明,我们被"横扫"出办公室,将写字桌搬到办公室外走廊上"摆测字摊"。

有生以来我从未受过如此打击,我惊讶、惶恐、委屈、难堪。面对着进进出出、来往往的人们各种各样的目光，我恨不得有个地缝好钻进去。老黄却处之泰然，如同在办公室里一样，头顶上的海关大钟敲 8 下，他准时坐在擦拭得干干净净的写字台面前，摊开《毛选》，正襟危坐，目不斜视地看那不知看了几十、几百倍的"宝书"，并不时瞥我一眼（我们是不许随便交谈的）。说也奇怪，那眼神竟给我一种说不出的、奇怪的力量，我慌乱的心也逐渐平静下来。

与老黄相交多年并且视为知己，但对他的家世始终是个谜。只知道他是北京人，父亲早逝，母亲是清朝皇宫里的婢女，他有个哥哥，同他一样单身没结婚。

1948 年，他只身来到上海，在外商汇山码头工作。解放前的上海滩是十里洋场，老黄不嫖、不赌，甚至连香烟也不抽，老老实实、本本份份做人。

吃外商码头饭是肥差，一些人做不几年就盆满钵满，洋房汽车，大小老婆。老黄不仅没有洋房汽车，大小老婆，连一处像样的房子也没混上，几十年来只身住在威海路一条弄堂石库门一间 12 平米小房间里，而且房子是三楼晒台上搭出来的。

老黄不嗜烟酒，生活极端简朴，近乎圣人又似清教徒。十多年来，我没见他买过啥新衣服，永远那套藏青、洗得泛白的中山装，所不同的是冬天是棉的，夏秋天是单的。

老黄疏于交际，闲暇时间就是看书，他对古典文学有很深的造诣，写得一手好字，特别是魏碑，颇见功力。他还通晓英文、日文，而且酷爱音乐，擅长拉大提琴。瞅着他那头发稀疏的秃顶，我未免纳问：这些知识是如何钻进这秃脑门的呢?

尽管满腹经纶，但从未有伯乐相中，只得待在小小的机关图书馆里，默默地与书为伴。但他挺知足，我从没听他说过一句牢骚话。无声无息，不急不燥，似乎生活就应该是这样。倒是"文革"造反派发挥他一技之长——让他写字。那时候标语口号及最新最高指示特别多，一旦下达，他得连夜抄写，一早贴到外滩海关大楼墙壁上去。像抄写天书一样，他恭恭敬敬，一笔一画，即使不想看内容的人面对那一个个遒劲有力、漂亮、满含艺术气度的魏碑也会驻足止步。

80 年代初，改革春风乍起，上海化工系统从国外引进设备，对出国人员突击培训日文，不知怎么发现他，将他借去做老师。培训班里不仅有普通工人和技术员，还有高级工程师。他教得十分认真，人们原以为他是外语学院教授，想不到竟是港务局机关图书管理员。培训结束，学生出国了，他依然故我，回到小小的图书室，默默地，没人想到给予他什么，他也没想过应得到什么。

老黄为人拘紧，不苟言笑，看上去古板，其实我发现他心里充满爱。有一段时间我们共同在《海港战报》工作，由于家中没人，我经常将年幼的女儿带到办公室，女儿乖巧，老黄陪他玩，给她画画，折纸帽子，一老一少，玩得那么开心。

老黄爱洁成癖，他那简陋的小房间里永远窗明几净，一尘不染，就像部队营房一样，床上被子叠得四方整齐，床下不穿的鞋子鞋尖一律朝外，排成一条直线。不仅如此，最绝的是连晾挂在屋中铅丝上的袜子，也都排列整齐，袜尖朝一个方向。

　　老黄少有亲戚，我只知道他有个哥哥在北京，同他一样，50 多岁了，仍打光棍。当时老黄每月工资 92 元，我 68 元，比我多 24 元。在那一斤猪肉 0.78 元时代，他收入属比较高的了。他十分节俭，独自一人，也不开伙食，一日三餐吃食堂，星期天食堂不开伙，他用以果腹的是街头饭摊上的馒头和阳春面。几十年如一日，钱哪去了呢？养老母和哥哥。每月 15 号发工资后，头一件事是将其中的 50 元汇给北京的老母亲。他说过："孝乃为人之本。"

　　他一天天衰老，我和几位好友都觉得他应该有个伴儿。有位朋友介绍了一位 40 多岁的老姑娘，听介绍后对方很欣赏他的为人和学识，我也觉得两人很般配，谁知却吹了。原因是他向对方表示：退休后（还有三年）他将去北京持奉老母。老姑娘踌躇而止步。

　　退休前一年老母归天，哥哥也随之而去。我没见他哭，但腰弯了，背也驼了，整个人蔫了。我知道他孤独，深深地孤独。他排遣孤独的方法是拉大提琴。好几次晚上去看望他，走进那静静的弄堂，离他大门不远，就可听到琴声从晒台上飘洒下来，幽幽似有若无，如泣如诉。这凄婉的琴声告诉我他的心情，迎着夜晚的寒风和头顶清冷的月光，我眼角禁不住涌起泪花……

　　老黄孤傲清高，从不附炎趋势。1968 年我被调到样板戏《海港》剧组修改剧本。当时的样板剧组是江青亲自领导，属军委编制，进了样板剧组就好似黄袍加身当什么官一样，身价百倍，朋友中恭维者有，羡慕者妒嫉者自然也不乏其人，家里经常高朋满座。作为好友老黄却很少来，更没说过一句赞扬恭维话。后来我离开剧组，回港务局,到码头上劳动。昔日闹猛过一阵子的家门,门可罗雀,老黄却常来。他话不多唯有那真诚的目光,告诉我他的内心。

1986 年夏天我一家应福建海峡出版社之邀赴武夷山度假,返沪后在一堆信札中看到一份过时的讣告,竟然是他——黄泽乡。我惊诧愕然,离沪前我与他通过电话,好好的,才十几天,怎么会……

经了解,他不是因病而是一次不该发生的交通事故——过马路被汽车撞死。

退休后他很少出门。那天中午出来不知为什么,也许买馒头,也许吃阳春面。他是个规矩人,从不乱穿马路。当时正值绿灯,对面车子都停着,就在他沿斑马线走到马路当中,来到一辆卡车前面,那车子突然发动,将他撞倒。肇事司机说,他只看见前面红灯变绿灯,没看到身旁的老人……是的,他老了,伛腰屈背,动作迟缓,可这是他的错?

去了,去了,我的挚友,我的老黄就这样悲惨地去了。苍天呀,你是多么不公平呀!单位料理后事的人告诉我,清理那间小屋遗物时,除一堆旧衣服,唯一财富就是两橱书和一把大提琴。因无亲人继承只得交公。他的骨灰也无人认领作无主处理。

唉,我懊恼不该去武夷山。没能送他、见他最后一面。我走进那条熟悉的弄堂,低首徘徊,夜很静,头顶月色溶溶,可我再也听不到那幽幽的琴声……

我痛惜一个绝顶好人、老实人,就这样悄无声息地走了。蓦然,一阵疾风,卷起地上的泥沙灰土。我觉得他就像这地上的泥土,而

泥
土

且他原本就是泥土,平凡坚实默默无闻。可这世界、这地球少不了他。他铺满大地,任人踩踏;他培植花草树木谷物,恩惠人类。

他获得了什么呢?

土耳其的秘密

在世博会众多多采多姿、风格迥异的展馆中，像火柴盒一样方方正正的土耳其馆，并非特别出挑，也不怎么热门。但是作为一个曾亲历那片神奇的土地，对这个世界上唯一横垮欧、亚两洲、有着古老神秘文化的国都及其展馆，我倍感亲切。当踏上这个三面临海，被古罗马人称为小亚细亚的半岛，我就被其幽远的历史和古老的文明吸引和震撼。

人类文明摇篮的幼发拉底河和底格里斯河，都发源于这片土地。安纳托利亚苍茫野性的群山，孕育了两河文明，在世界文明史上扮演了重要角色。圣经《旧约全书》中多处提到这片土地。据说拯救人类的诺亚方舟也在东部亚拉腊山上被发现。

展馆门口蹲着两只古老的石狮子，看上去一般，貌不惊人，殊不知这是公元前两千年土耳其赫悌帝国的"门神"。

说起赫悌帝国，人们更不能不惊叹。早在公元前 1800 年，赫悌帝国就有了文字,国王就建立一套复杂完整的行政系统,用文书信件来管理国家和属地。

岁月悠悠,其后这个喧赫的帝国竟然神秘消失了。如何消失,至今未曾找到可靠记录。同样神秘和令人神往的还有土耳其人为之骄傲的著名古城以弗所的遗迹。

以弗所濒临爱琴海,大约在公元一世纪建成。城市有环形城墙。市中心有一条 500 米长,12 米宽的笔直、有着现代规模的马路,通向前方港口,名为海港街,两旁耸立着残存的柱廊、雕塑和店铺的废墟。整条路用石坂铺成,路边人行道则镶嵌当年制造的彩色马赛克。城里建有宏伟的剧院和能容纳近万人的体育场,还有提供人们休闲玩乐的土耳其浴室和妓院。

进妓院有年龄限制,当时没有身份证,那么如何来确认年龄呢? 办法是看脚的大小。成年人必定脚大。在妓院进门处有一石刻脚的模型,入门者必须光脚测量一下,脚不够大者免进。除休闲娱乐,以弗所极其重视文化。城内有一座二层楼高,有数十个房间,备有一万五千余册图书的图书馆,其宏伟的建筑叹为观止。这些足见当年的兴盛和繁荣。为此被誉为亚洲第一大都市。

据说基督教重要人物圣约翰、圣保罗和圣母玛丽亚,均曾在这儿居住过,圣约翰更在此去世。

我漫步在宽阔的海港街上,望着脚下历经两千年,被磨光的石板和依然彩色绚烂的马赛克,眼前不由浮现出两千年前熙来攘往的画面。我赞叹着古老的文明,同时我更奇怪,谁创建了这个美丽的城市？如同盛极一时的赫悌帝国的消失一样，众说纷纭，至今没人确切知道，当年是谁创建了以弗所——这个不朽的城市？又是一个天大的谜！

除去这些发人幽思的历史遗迹，土耳其还有很多令人神往的自然之谜。在地中海沿岸卡帕多奇亚，有个著名的怪石区。方圆两公里的地面上，耸立着无数拔地而起的怪石，类似云南石林，但与石林迥然不同。这些灰色的石头有的像竹笋，有的像蘑菇，有的像烟囱，有的像人头上戴了礼帽，真是千奇百怪，置身其中好像离开地球来到月球上。世界上独一无二，绝无仅有。

为此美国好莱坞科幻大片《星球大战》看中此处，在这儿拍摄。是哪位能工巧匠塑造了这精彩绝伦的一切？回答是大自然，大自然又是如何使用它的刻刀，雕琢出这些杰作？没人说得清。

博斯普鲁斯海峡悠然流淌，在这被视为东西方分界线，布满高山、丘陵和深谷的土地上，有着太多的谜和我们不了解的东西。正如土耳其总统阿卜杜拉·居尔访华时所说："中国还没有真正发现土耳其，土耳其也没有真正了解中国。"确实，人类需了解和发现，世博会是一个极好的平台和契机。

（原载 2011 年《新民晚报》夜光杯副刊）

土耳其的秘密

微弱的声音

　　创作源于生活。我们的生活丰富多彩，有优美动人的主旋律，也有恼人的假货泛滥，假烟、假酒、假奶粉、假食品、假名牌服饰、假文凭、假身份证、假护照、假论文等等，不一而足。这一切影响到我们生活甚至生存，人们不免焦虑和愤慨。

　　我也愤懑，在愤懑焦虑的同时我想我能够做些什么呢？芸芸众生、平头百姓，我什么也不能做，唯有写点什么，表述自己心情。我创作了长篇小说《印度洋的承诺》，承蒙上海文学发展基金会支持，并由文汇出版社出版。小说通过黑心的航运公司老板为谋取暴利，弄虚作假，骗取船舶适航证，收买船长和海事部门，以废铜烂铁价格将从国外购得的报废船，作为适航船舶载货行驶，造成重大海难事故，致 27 人死亡。小说当然是虚构的，但正像有人将报废的汽车买来，改头换面，通过关系，取得行驶证，重新上路一样，在航运界，为谋取暴利，将报废旧船作为废铜烂铁低价购进，再通关系走门路，弄虚作假,骗取船舶适航证的,不乏其人。

小说中除了描写航运公司老板辛运为赚钱,罔顾人命,利用人性弱点,贿赂船长罗全布篡改船舶数据,再让其亲信、公司办公室主任水波走门路骗取适航证。为掩盖罪行,他们不惜采用威逼利诱甚至绑架谋杀的卑劣行径。小说还刻画了一生正直的退休老船长罗全布因妻子长年卧病,经济拮据,抱着侥幸心里,接受辛运的贿赂,修改船舶数据,酿成大祸的心路历程。还有受辛运利用,骗取适航证的公司办公室主任水波。作品展示了他们的觉醒,内心的痛苦和悔恨,兑现对死者的承诺,和弄虚作假所进行的斗争。

船沉了。在波涛汹涌的印度洋上,面向死亡,面对死去的同伴,在小小的救生筏上,几个幸存者刻骨铭心地认识到这场惨烈的悲剧源于造假,都是贪婪造成的。水手长欣荣痛苦地诅咒:"假烟、假酒、假奶粉、假文凭……现在又多了个假适航证。"他握紧双拳,声音滴血,仰天呐喊:"啊,贪婪! 贪婪! 伟大的贪婪! 无耻的贪婪,老天爷,救救我们,救救我们这个民族吧! "这是水手长的心声,也是作者我的心声。

我去过不少国家,造假的也有;但像我们这样如此全面、广泛,如此穷凶极恶、肆无忌惮,影响面如此之大的确实少见。古训教导:人无信不立,国无信则衰。钱字当头,诚信尽失,假货充斥,罔顾人命。而且可怕的这不是个别人、某些部门和行业,而是全社会的问题,以致人们要仰问苍天:我们如何过日子? 我们还能相信什么?

生活是文学的源泉，文学要反映生活。面对这泛滥的假，面对生存的威胁，为了民族的尊严和未来，我们应该抗争，我们必须呐喊。

我喊了一嗓子，尽管声音微弱，但是我喊了。

（原载 2013 年《上海作家》）

我们应该思索这个"如果"

12 年前深秋,一个寒风细雨的清晨,我告别黄浦江,飞越太平洋奔向美利坚。

人生半百,已跨越知天命之年,何况又有一个舒适安逸的职业——上海作协专业作家。干吗要背井离乡远走他乡?我这样问自己。自己也说不清,不过有一点肯定:我活得很累也很腻味,按时下流行的说法,想换一种活法,试试。

美国很自由也很现实,除非那些来自大陆、腰缠万贯的贪官和暴发户,他们可以坐享,不干活儿。此外任何人——不管你原来干什么,不管你拥有什么头衔,作家艺术家也好,教授学者也罢,来这儿都得干活、自食其力。为了生存,我干过很多工作,做过贸易,开过干洗店,做过房产中介,当过移民事务所办事员。在那段时间我忘了自己是作家,脑子里只有挣钱干活。

文学是人学,只要你在生活中,生活是不会亏待你的,在移民事务所中，我认识接触了许许多多人。有老板、打工仔，有来自大陆的学者官僚，有做国际人口生意的蛇头和偷渡客，还有纽约唐人街黑社会成员，形形色色，五花八门。这些人、这些事是我以前生活中从未经历甚至从未听说过的，让我思索，让我震撼，也让我激动。

黑社会是一个隐蔽、带有神秘色彩、组织严密的地下王国。众所周知，美国尤其是纽约的黑社会世界闻名。黑社会历史悠久，力量强大。华人聚居的唐人街也不能脱俗幸免，只不过是由华人主宰，有强烈的华人特色罢了。美国有很多反映黑社会的作品，著名的如《教父》。唐人街的黑社会却鲜有反映，其原因一方面华裔在美国毕竟是少数民族，入不了主流，不在美国作家、艺术家眼里；另一方面说他们毕竟不熟悉华人。

我想为什么不去深入、不去了解？我相信其中有丰富的矿藏。尽管在美国，黑社会毕竟姓黑，人们不无忌讳。调查搜集素材只能悄然进行。黑社会人员构成极其复杂，其中既有十恶不赦、彻头彻尾的坏蛋，也有误入歧途、失足的年轻人，而且后者占大多数。这些青年之所以误入歧途，主要原因是生活所迫。美国著名心理学家马洛斯认为人的需要有两层，一是生理的：吃饭、穿衣、睡觉，这是低级的、物质的、基本的；另一层是精神方面，如自尊的需要，感情的需要，自我价值实现的需要，这是高级的。《唐人街新教父》主人公史蒂夫就是如此。"文革"中他被迫亡命海外，辗转流离，从缅甸、泰国，最后来到香港。在那陌生、喧嚣的世界里，年轻幼稚的他举目无亲，流浪街头，为了生活他到码头上扛大包做苦力，又遇地痞流氓的欺压敲诈,在这种情况下黑社会天龙帮老大王康富鼎力相助,不但救了他的命,还提供他食物和住处,他感激他,报答他,拜他为干爹。

这并非我凭空想象、主观虚构,而是有充分的生活依据。上世纪八十年代初期,我在香港结识过一些这样的人。他们原来是红卫兵,"文革"初期由于武斗败北或者家庭方面原因,被迫逃亡海外。由于生活原因,有的沦为黑社会。他们年轻气盛,敢拼善斗,勇敢不怕死,而且又有文化。有的还熟读《毛选》,谙熟毛泽东的战略战术。香港当地的那些黑社会"土鳖"根本不是敌手。香港百姓和媒体称其为"大圈仔"。史蒂夫就是其中一员。他身体好,学过武术,有高中文化,当过红卫兵头头,是其中姣姣者。

欲望是无止境的,欲望会自然升级更替。当温饱解决后便会升华,转向精神层面。丹麦哲学家克尔凯戈尔有句名言:"一个人的生活不是有了肉吃,有了酒喝,就可以打发的,灵魂也是需要喂养的呀。"尤其是史蒂夫,他原本是个有理想、有抱负,好学上进的青年,随着在黑社会的泥淖愈陷愈深,心里愈来愈痛苦。善与恶,美与丑,时时刻刻在他心里厮杀搏击。他想从那肮脏的泥淖中跳出来,回归正道,安分守己,太太平平,做个好人,但这不可能。自古以来黑道上有个规矩:一旦为黑终身不白。尤其是像他那样的骨干分子、重要人物。他痛苦,而且这种痛苦不能向任何人述说,包括父母、妻儿和至爱亲朋。

不能述说的痛苦更痛苦。只能默默忍受,独自品尝自家酿造的苦酒。他浑浑噩噩、郁郁寡欢,想了此一生。然而事情并非像他想的那样，干爹老头子王康富因年老体衰患有心脏病，想选接班人看中他，让他做天龙帮的新教父，自己退居幕后垂帘听政。这不仅加重他的责任，同时也将加重罪恶，他不想干可又无法推托——不能让老头子知道他心里的想法和痛苦呵。他想利用手中新教父的权力让帮里所做的坏事尽量少些，罪恶的程度轻些。同样是违法犯罪，走私和搞人口偷渡要比贩卖毒品的罪名轻些，对社会的危害也小些，他便停止贩毒，改做偷渡，诸如此类。

史蒂夫还带着天龙帮向大陆发展，这也并非我臆造。自从国门打开改革开放，随着潮水，在正常外商外资进入的同时，海外黑社会人物和资金也随之悄悄流入，对此新闻媒早已有报导，正所谓泥沙俱下鱼龙混杂。史蒂夫就是这样一条"黑鱼"。他回到别离多年的故乡，大搞走私。他利用手中的金钱，收买拉拢腐蚀国家干部，将海外的黑社会与大陆反腐斗争有机结合。所不同的是不像其他一些黑社会分子，他不仅仅是为钱。他灵魂中那种争强好胜、出人头地再次强烈显露，他要让人们看看他是好样的。他深知自己罪孽深重，为了赎罪，他将大量走私所得从事社会公益事业，诸如造平价房，资助希望工程失学儿童，赞助慈善事业。做这些好事他不是作秀做戏，确乎发自内心，他想赎罪，取得心灵的平衡，他收买市长、公安局长、海关关长等一批有权势的人物，利用并驾驭他们，可又卑视厌恶他们。法国思想家蒙田说过："世界上最重要的事情是认识自我。"要知道自己是谁？史蒂夫知道自己是什么人，可他无力，也无法自拔。为此他更矛盾也更痛苦，最后在关键时刻，他用身体保护赴京向中纪委告状的海关缉私队员侯天才,逃脱他手下人的追捕,而自己却倒在血泊中。

侯天才是他的敌人,侯天才揭发控告的是以他为首的走私集团,他却用生命保护他,让前往北京顺利成行。这似乎有点不可思议。这并非作者故弄玄虚,突发奇想,而是人物性格命运和情节发展的必然。此前史蒂夫回纽约,知道当年妻子车祸的真相,原来是他视若父亲的干爹王康富所为,便与之彻底决裂,并将老头子弄死,同时经殊死战斗,他打死了诱惑女儿吸毒并沾污的死对头克拉。

沉重的打击,使天龙帮土崩瓦解,加上人命在身,纽约警方不会放过他。他后无退路,万念俱灰。就在此时侯天才赴京告状。就侯天才的性格、为人,他知道他必然会走这一步,此事必然要发生,他知道这将最后决定他和他手下人的命运。其实他打心里一直敬重、畏惧这个瘦小、貌不惊人的老同学缉私员。就表面看,侯天才势孤力单、无权无势,可他代表法律、正义、道德和良知。他和他手下团伙看似强大,但是斗不过他的,他会将他们送上断头台,问题只是时间早晚。他等着这一天,是时候了,得帮侯天才一把,于是他毅然挺身,跨出这决定性的、令手下那伙人做梦也想不到的惊天动地的一步。

这是他的必然也是最好的归宿。纽约黑帮中有句名言:"没有谁能躺在自家床上安逸地死去。"他,天龙帮新教父史蒂夫也不例外。世间奇异的事物虽然多,却没有一件比人更奇异。人是最复杂有时也最难以理解的。

我们应该思索这个"如果"

置身血泊,史蒂夫仰望长空,清晨明媚的阳光照耀着他。《圣经》里说:"谁能告诉身后在日光之下有什么事呢?"没有人能告诉他,即使告诉他,他也听不到了。他的灵魂停止挣扎,他从矛盾和痛苦中解脱出来,进入永恒。

他走了,但在阳光下健在的人会思索:个人的命运固然是由性格决定,但离不开时代和环境。克尔凯戈尔总结:"在每一代人中,总有一些人命定要为其余的人做祭品。"事实的确如此,史蒂夫就是那个时代的祭品。我们设想:如果没有十年浩劫,史蒂夫不卷入红卫兵残酷的武斗,不被迫外逃,好学上进富有理想的他会怎么样?当然,世界上没有"如果",消失的人更不会有"如果"。但我们可以、也应该思索这个"如果"。

(原载 2008 年群众出版社《啄木鸟》杂志)

新上海人童童

王梅是我家的钟点工,她性格文静,平常不慌不忙。这天她急匆匆进来,脸胀得通红,额上还浸着汗珠。

我不由奇怪:"小王,你怎么啦?"

她激动地说:"在前面路口,我捡到一个皮夹子。"说着从包里取出一只鼓鼓的黑皮夹。

我戏说:"你交好运啦,里面有啥?"

她说:"在路上我也没敢看。"

"你打开看看。"

她打开皮夹,除几张名片,里面有厚厚一叠钞票,她数数,1700元,还有两张160元的世博会门票。她做三户人家钟点工,这笔钱超过她一个月的收入。她握钱的手微微颤抖——说明她内心的兴奋和激动。

接下来的问题是怎么办?很简单——拾金不昧,应该还给失主。但皮夹是她捡到的，应该她决定。这对她的诚实无疑是个考验。

她迟疑地说："回去同我老公商量商量。"

我知道她心里的矛盾，毕竟一笔数目不小的钱。可我也不好多说，这种事靠自觉，不能强迫。我心里不免有个悬念：结果如何？我非常想知道。

第二天上工时我问她："商量得怎么样？"

她坦率地说："商量过了，老公同我一样，有点舍不得，想留下，可我儿子童童反对，说应该还给人家，咱俩被他说服了。"

"你儿子？"我诧异，有一次小王带来过，一个剃小平头，脸色黝黑，有些腼腆的七八岁的乡下小男孩。

"他说服你们？"

"是呀！"

"他怎么说？"我觉得挺有意思。

"他说，老师说了，咱们是新上海人了，就得有新上海人的样子，要讲礼貌、守规矩，捡到东西要还给人家。皮夹里名片上有电话号码，他吵着当场就让我们打电话给人家。失主一再感谢，并且拿出300元送给他，让他买玩具。儿子说啥不肯要。"

我感动："他又怎么会想起说这些？"

"老师说的，他特听老师的话。"她告诉我，他们夫妇来上海10年，她老公在一家汽车修理厂工作，表现良好，根据有关规定，前段时间取得上海市户口，成为新上海人。童童也从一家简陋的民工小学转到户口所在地的公立学校。

"其实我们倒不怎么样，可他却起劲得不得了，到公立学校后好似换了个人，一天到晚要做新上海人。"

"你儿子做得对。"我感慨。

想不到一个户籍改变竟会有如此大力量。是呀，这代表了一种信任、一种平等、一种尊严。孩子感受更强烈。

（原载 2010 年《新民晚报》夜光杯副刊）

毛利人朋友

毛利人是新西兰的土著，就像美国的印第安人一样。公元七世纪，他们的祖先玻里尼西亚人驾着独木舟，划着船桨，凭借星星、月亮，更凭着惊人的毅力，冲破太平洋的波涛汹涌，纵横五千里。无数人葬身鱼腹，生者仍一往无前，奋力前进，终于登上渺无人烟的处女岛新西兰，比后来的欧洲人早了将近一千年。

对人类历史上这壮丽、史诗般的航行，作为一个曾经的海员，我无限敬畏。

抵达新西兰的第二天夜晚，在奥克兰市郊参加了一个毛利人集会。幽幽烛光中，一个身穿黑色长裙、嘴唇上文着刺青的毛利女人用她那粗犷、豪迈同时又带有忧伤的声音领唱，随后众多与会者同声吟唱名为"威塔塔"（waitata）的咏叹歌。吃着他们称作"罕奇"（Hangi）的土窑上烹制的老玉米和烤羊腿，目睹旁边溪流中那些赤裸上身，身体硕壮，脸上文着刺青，在独本舟上单腿半跪，嗷嗷吼叫，挥桨奋勇前进的勇士。对这些勇敢的玻里尼西亚后裔更深感神秘。很想近距离接触，经友人的介绍我认识一位毛利人，并成了朋友。

那是在南岛北部凯库拉，这是一个只有三千多人口的小镇，大都为毛利人。背依壮丽的特拉威斯雪山，面临浩瀚的太平洋。景色壮丽，以观赏鲸鱼闻名。

在一幢二层小楼前，一个三十出头、身材硕壮、肤色棕黑的男子在门口迎接。

他爽朗地说：欢迎，我叫莫理汉。然后说："红奇"！而且将脸伸向我。

我一时迷惑。朋友提醒：他要和你行碰鼻礼。噢，我这才想起在奥克兰的集会上看到的毛利人的"红奇"，忙将脸迎上去，和莫理汉碰下鼻子。

莫理汉告诉我，去年他去上海旅游过。他竖起大姆指，说："上海很漂亮，"而且夸张地叫着，"呵，上帝，上海、南京路人真多呀，多得我感觉到全世界的人都集中在那儿了。"

我戏谑："上帝不公平，你们这儿人太少了。"

去过上海使我们距离更近了。

我说："莫理汉，你真是毛利人？"

他说："那当然了，你以为是假货？新西兰是没有假货的。"

我明白他话中的潜台词，说："那你脸上为啥没有刺青？"

他笑道："现在与以前不同了，可以刺也可以不刺。"

他告诉我，对毛利人来说，以前刺青不仅是审美，而且是权势地位的标记。脸上刺青越多，地位越高，部落里的酋长、首领整个脸上全都是刺青，看上去吓人而威严。现在有些人刺青文在胳膊、胸膛上。

莫理汉家中看不到多少毛利人痕迹，除了一只独木舟模型。莫理汉告诉我那就是有名的威坦奇独木舟。那是上世纪40年代完成的，有35米长2米宽，可以乘坐200人。这是用原始森林中一种40米高、直径2米，新西兰特有的大贝壳杉树雕刻而成。50多人花了两年零三个月才完成。原件保存在奥克兰博物馆。

莫理汉还带我们到他家附近一座平整的山头，地上留有建筑的痕迹。他告诉我们，这叫"勃"（pa），是古代毛利人聚居地。"勃"构筑考究，内部有堡垒，外面有沟渠。"勃"既是住所、也是战斗的堡垒；既抗击其他部族侵袭，也抗御过远道而来的欧洲人。古代毛利人是离不开战争的。

我说："我从一些报刊上看到，现在毛利人占新西兰总人口的百分之十六，将近六十万，作为原住民。我知道过去毛利人生活比较贫困，现在怎么样？"

他说："我也在关注这个问题哩。"

他告诉我，作为原住民，绝大多数毛利人世世代代都在人烟稀少的农村居住，收入不高，生活贫困。上世纪六七十年代，城市迅猛发展，需要劳动力，很多毛利人涌向城市尤其是像奥克兰、惠灵顿、基督城这样的大城市。至80年代，仍留在农村的不到百分之十了，大多是老年人。

我想起我国的农民工，很类似。

他说由于文化低，缺乏技能，他们被迫从事低收入工作，有些人甚至找不到工作；加上社会固有对毛利人的歧视，使一些毛利人产生反社会心理，甚至走向犯罪。毛利人的形象更加恶化。

"怎么解决的呢？"我觉得这是个具有普遍意义的问题。

"主要从两方面解决，"莫理汉说，"首先是立法，国会有多项立法，禁止种族歧视。毛利人没有文字，但有语言。毛利语已经成为新西兰官方认定的第二语言。为了尊重保持毛利人的传统和文化，国家规定毛利儿童在学校里以毛利语为必修课。全国各级法院都备有毛利语的辩护和翻译，以保护毛利人的权利，提高毛利人的地位。另一项措施是培养毛利人的就业技能，鼓励毛利人读书，让他们认识到读书、掌握文化知识是摆脱贫困和愚昧的唯一道路。政府开设了很多免费的职业技能培训班。国家奖励毛利人念书，小学和中学义务教育免费，并且制定了一些鼓励毛利人进修念大学的政策。经过这许多年的努力，现在毛利人形象大为改观。这些是外部条件。"莫理汉手指心口，"更重要的是自己，要自尊，要自强。"

"这很重要。"我点头赞同。

他坦率地说："我可以告诉你，我走过一段弯路。"

"弯路？"

"17年前，我19岁，从闭塞的乡下来到奥克兰，"他说，"我惊羡高楼大厦和现代化，也为自己的贫困而忿忿。因为没有文化和技术，只能做杂工。我看不到自身的问题，产生了一种仇恨富人的反社会情绪,经常酗酒,一天晚上在酒吧喝醉,将一个白人打伤并且高喊着:滚回欧洲去!"

我说:"这问题很有意思。"

他说:"是呀,其实这想法是很无知也很愚蠢。由于我初犯又年轻,被判监禁6个月。在监狱中,有专职心理辅导师对我进行辅导,他们吹散我眼前的迷雾,帮我找到方向。我懂得一个人在社会上要站住脚,有所作为最要紧的是自强、自尊。我戒了酒,发奋读书,终于考取大学成为一名经济师。"

走出莫理汉的庭院已是黄昏。伫立在"勃"的山头上,面对夕阳映红的特拉威斯雪山和奔腾浩瀚的太平洋,想起毛利人悠久艰难的岁月,我思绪万千。

(原载 2009 年 2 月 17 日《联合时报》大家副刊)

走　路

母亲今年一百岁了。去年中风,摔了一跤,送医院抢救,病情严重,医院下达病危通知。昏迷中她嘟嘟哝哝,说些什么,声音细微,听不清。

我俯身、耳朵贴在她嘴边,终于听出,她说的是"走路,走路……"

如此高龄,命悬一线,昏迷的潜意识里还在想走路。细想这不奇怪。母亲活这么大,走过一个世纪的人生旅程,除了上班工作、下班忙家务,母亲唯一业余爱好和唯一活动就是走路。

几十年来无论风霜雨雪,严寒酷暑,她每天凌晨五点多钟天蒙蒙亮就起床,赶着走路上班。退休后同样按时起床,到苏州河边小公园走路。稀疏的白发,刀刻的皱纹,瘦小的身子,似乎风都能吹倒,但她不卑不亢,不紧不慢,不慌不忙,顽强地走着。

无法想象那瘦小孱弱的身子里蕴涵着多少力量、多少自信。就这样走一个多小时。公园里晨练老人不少，唯她最年长，而且她准时守信，一天不拉，不喧哗不张扬。人们都赞扬她。

母亲如此爱走路并非老年人为锻炼刻意而为，而是她的生活方式，是生活的磨练。母亲是乡村小学教师，从家里到学校无车可乘，而且那时经济拮据，舍不得花钱。外出都是步行，每天平均要走六七里路甚至更多。几十年风雨，练就了她的脚板，铸实她瘦弱的身体。走路变成一种习惯和生活方式。走路无形中锻炼了她，使她很少生病。她尝到走路的甜头，常常告诫我，要走路，多走路。

也许是走路帮了她，母亲越过死亡线。但毕竟百岁高龄，体力大不如前，有三四个月瘫痪在床，而且大脑受到损害，患上老年痴呆，显著的是健忘。但她似乎什么都可以忘记，就是走路不忘记。最近可以下床活动，但步履艰难，要人搀扶，可她坚持要去走路。家人拗不过。于是苏州河边的小公园里，初升晨曦中，又可看到一个瘦小的身影，在人搀扶下，她一步一步、缓缓、但执着地走着。她走得很慢，也很累，但她在走，一步、一步，含着希望，含着信心。

（原载 2013 年《新民晚报》夜光杯副刊）

汽车里的电话

现代人离不开电话。在上海电话已比较普遍。但汽车电话却是稀罕玩意儿。每当从电影、电视里看见主人公在汽车里,好似在办公室或家里拿起电话与对方通话——那种闲适潇洒劲儿,一种钦羡之情便油然而生。现代科技了不起,咱们啥时候也能用上这玩意儿?据说在发达国家这种电话已日趋普及。咱们毕竟还差一大截——主要问题是费用昂贵,安一台要一万多元,因此除亨特、麦考尔们,以及一些特殊部门因公需要安装外,一般单位很少问津。

事物总是发展的,有些人喜欢赶潮流,现在除公安消防和某些特殊部门,安汽车电话的也渐渐多起来。当然,人们总有理由,而且你不装我不装,这玩意儿何以能发展?

一次搭乘南浦大桥工程总指挥朱志豪的汽车,时我随便问了一句:

"你车里怎么不装一台电话?"我觉得这么大工程,如此的总指挥,手里又掌握几亿元的钞票,装台汽车电话是应该的。

老朱说:"不瞒你说我装过,但又拆了。"

"为什么?"这我就不明白了。

"是这么回事,"老朱扶扶眼镜,用缓慢而富有感染力的声调说,"前年我这车安装了一台电话。这事儿事先我也不知道,听说花了一万多元,心里有点'那个',但既然装了也就算了,何况安装的同志是从工作考虑。南浦大桥是重点工程嘛。有一天,市府副秘书长夏克强同志到现场办公检查工作,正好有事想打一只电话,我指着旁边停着的我的汽车说:'车里有电话。'夏克强同志说:'老朱,你知道吗,这汽车电话打一次要五毛钱,普通电话只要五分。'说完就上楼到工地办公室去打了。他说得那样自然、那样随便,但我心里咯噔、被什么东西重重敲了一下,我似乎明白什么,感到一种不出的愧疚……"

他继续说:"后来有关同志又决定在另一辆北京吉普上再安装一台电话,听到这一消息我立即阻止。不仅如此,而且决定将已经安装在我车上的电话也同时拆除。有人不理解,认为我太抠。我说我以前也是这么想的,现在我明白了,重点工程就要重点节约,而且要从一点一滴做起。这一两万块钱比起几亿元工程经费当然是九牛一毛,可这些不该拔的毛或是可拔可不拔的毛,拔多了加起来也很可观呀。"

"电话拆了?"

"拆了。"

"没影响你的工作？"

"没有，"老朱摇头，坦率地说，"有多少事儿需要在这几分钟里敲定呀，很少；当然，有比没有方便，可咱们国家还不到时候。能省的地方咱们还得省，你说是吗？"

汽车奔驰着，发出轻微的咝咝声。我望着那空着的曾经装过电话的地方……

（原载 1990 年 9 月 13 日《新民晚报》夜光杯副刊）

醉人的赛里木湖

我见过深蓝的印度洋,湛蓝的大西洋和太平洋,但我敢说没有一处海洋的蓝可以与它相媲美。就像一泓沉淀的青梅酒浆;好似一块晶莹、硕大的蓝玻璃;又似一块蓝色锦缎,它静静地躺在高原的阳光下,蓝得让你心颤,蓝得让你痴迷和惊诧。

它就是蓝色的赛里木湖。

赛里木湖位于新疆西北部博尔塔拉蒙古自治州博乐市西南部的科古琴山顶,与哈萨克斯坦共和国为邻。蒙古语称赛里木淖尔,意为山脊梁上的湖。名副其实,它是新疆最大的高山湖泊,湖面海拔 2080 米,整个湖东西长近 30 公里,南北宽 23 公里。就是这样一个面积 450 平方公里,湖水深近百米的大湖,静静地躺在幽深的山谷中。

天生丽质,却含蓄沉稳,不事张扬,好似深闺中的美女,偶一相见你不能不惊它的艳丽。

我惊诧它的蓝，不明白大自然如何酿造了这一汪蓝色的酒浆。我请教了几位当地学者，方知这片湛蓝的大湖是地球近期造山运动的产物，湖盆周围的山地均由古生代岩层组成，石灰岩裸露，溶入湖中，加之山高无污染，因此湖水特别晶莹、蔚蓝、清澈。

　　我们是六月中旬到湖畔，正值草原的初夏，绿草如茵，百花争艳。放眼望去，远处是巍峨的雪山，山坡上是挺拔俊美的雪松，脚下是镶嵌着各式小花的嫩绿的草地，当中一泓醉人的湖水。

　　天南地北，我算是去过不少地方，这样不加修饰的原生态的美，这样安详宁静，实在罕见。

　　多美的湖，多美的草地和森林，使我奇怪的是游客却不多。

（2007 年 11 月 19 日《新民晚报》夜光杯副刊）

富日子当穷日子过

富日子当穷日子过，量入为出，这是中国人的祖训。随着社会的发展，尤其是信用卡流行之后，这种生活方式受到挑战。说是要能挣会花，超前消费，这样才能促进社会发展。不过最近我就碰到一个曾经嘲笑富日子当穷日子过的人，由衷地赞美富日子当穷日子过，并且今后打算尝试这种生活方式。

说这话的是理查德先生。

理查德是前些年我在纽约皇后区法拉盛开干洗店的一位忠实的顾客。理查德四十出头，金发碧眼，高高的个子有着盎格鲁撒克逊人天生的高傲。他的西装来自意大利伊士丹奴，座驾是最新款豪华奔驰。每个星期六上午 10 时，他都会送六件衬衫让我们干洗。那些衬衫都是法国巴黎夏尔凡专卖店产品。他告诉我，每件衬衫价值 200 美元，让我们当心。

对这样昂贵的衣服和这样的客户，我们当然会小心侍候。经常见面,我知道他在曼哈顿一家保险公司任高级职员。纽约尤其皇后区华裔很多,他负责开拓华人业务,会说中文。我给他介绍过客户,他很感谢,我们成了朋友。

我知道他年薪 18 万美元,家里拥有奔驰和林肯两辆高级轿车,还有一幢价值80 万美元、六卧三卫两车库的 House。春风得意。收入不菲。但我替他算笔账,仅靠薪酬,如此消费是不行的。

他告诉我他的房子、车子及其家具电器,几乎所有东西都是分期分款,无须担心。美国人都这样,袋里有 10 元钱要用 15 甚至 20 元。我告诉他,中国人不这样,我们习惯富日子当穷日子过,口袋里有 10 元钱,通常用一半、最多七八元,很少用过头。他讥之守旧。后来我回国,将店让给朋友老李。这次金融风暴狂扫全球,尤其是美国,很多高级白领下岗,我不免想到他。他又会怎么样呢?

前不久回美到干洗店小坐,闲聊话题免不了是金融风暴,而且谈起理查德。

"咳,他惨了。"老李提高嗓门。

"怎么回事?"

"这次风暴首先将他刮倒,前几个月他被裁员,饭碗砸了。"

"呵?"我惋惜,"年薪 18 万美元啦。"

老李说:"那可不。饭碗一丢,麻烦接踵而来。首先是房子,由于无力还贷,房子被银行收去拍卖。"

"那他现在住哪儿?"

"听说租了一个两居室的公寓,详情不清楚,"老李感叹,"人哪,真是不可思议。你想想,前不久住在豪宅里,突然一下落到破旧的小公寓里。以前曼哈顿棕榈餐厅的座上客,品尝里海鱼子酱和法国松露,现在只能光顾麦当劳和肯德鸡。"

"是呀,"我也感慨,"那他现在还送衣服来洗吗?"

"送来。不过比以前少多了。"

正说着,一个高个白人抱了一包衣服走了进来,想不到正是理查德。几年不见加之金融风暴的袭击,他比以前憔悴苍老。

"理查德!"我叫着。

"嗨,张,你好。"他也惊讶。

他将要洗的衬衣放在柜台上,老李贴号码。我下意识地翻看一下,都是 Made in China。这触动理查德敏感的神经。他自我解嘲地说:"以前这些地摊货从不入眼,现在看来这也不错。"

我说:"是呀,价廉物美,一件夏尔凡可以买20甚至30件这样的。"

"这不是我的错!"他突然吼叫一声。

我知道他的心思,说:"你说得对,这不是你的错,你是受害者。"

店堂里有招待客人的咖啡,我给他倒了一杯。

他安静下来,呷了一口,唤叹:"这一切真像恶梦,太突然了。真好比一艘航船,行驶得好好的,说翻就翻了。"他愤怒地紧握拳头,"这一切责任在那些金融寡头、当权政客、国家监管者,我不明白他们是怎样引领指挥这条船的。"

"你说得对,责任在他们,"我说,"可作为个人,我觉得我们有些地方是否也可以总结一下。"

"哪些地方?"他望着我。

我说:"譬如我们曾经讨论过的生活方式。"

"噢,"他想起来,"如果像你们一样富日子当穷日子过,挣10元钱花一半,现在也不至于这样,可惜晚啦。"

我说:"不晚。从现在起,你可以试试。"

(原载 2009 年 6 月 16 日《联合时报》大家副刊)

报海遨游

报纸记载着一个城市和一个国家前进的足迹。

今天的新闻明天的历史。

报纸是一架摄像机,忠实地录下我们身边的一切,时代的步伐,社会的变迁;真与假、血与火、善与恶、美与丑。

无法想象,现代社会,没有了报纸,我们将怎样生活。我知道,上海作为中国最早开埠、最早步入现代化的大都市,曾经有过许多报纸,但到底有多少? 是一些什么样的报纸? 却蒙蒙眬眬说不清。不久前,看到《海派文化丛书》中吉建富著的《海派报业》,让我眼界大开,对百年来上海报业的发生和发展,有了一个明晰的了解。

老吉是个博闻的导游,将我们引领进上海滩报纸的海洋。

上海的报纸随着上海的发展而同步。公元 1850 年 8 月 3 日,英商洋行创办的第一份英文报纸《北华捷报》诞生,以及其后 1872 年 4 月 30 日,具有重大影响力的中文报纸《申报》的创办,至 1949

年5月28日停刊。在这近一个世纪的漫长岁月中,上海滩上先后有过大大小小一百多份报纸,大多中文,还有英文、德文、法文和日文。有政党社团喉舌、也有纯民办;有日报、晚报,周报、旬报和画报;有严肃,也有纯娱乐的。从时间跨度,有1864年创刊,至1951年停办,长达87年的《字林西报》;也有1896年1月12日康有为创办,因为宣传变法维新思想,在出版后第二期1月17日就被慈禧太后勒令查禁,只有5天寿命的《强学报》。对这些报纸,作者都作了翔实的介绍。要从浩瀚的故纸堆中搜集整理出这许多资料,可以想象作者所付出的辛劳。

老吉本身是记者,作为行家里手,从报纸的兴衰中,他领悟并总结出历史上优秀报人一些成功的办报经验,如大公无私,正直敢言,善于抓新闻,挖掘培养记者,建立发行网络,办好副刊等等。

从浩瀚的报海中,我们看到历史上一些正直、有作为的报人,他们办报的目的不为私利,而是"为民鼓与呼",替人民说话,促进社会的发展。为此他们不惜冒着坐牢甚至杀头的危险,有的为之献出宝贵的生命。

为了巩固政权,历来专制统治者对报纸都是严加管束。清朝政府订有《大清报律》,规定报纸"不得诋毁宫廷"、"不得妄议朝政"。否则严惩。只做了83天皇帝的袁世凯也深知控制舆论的重要,百忙中制订了《报纸条例》,不许报人乱说乱动。这对上海滩上的报人是一个严峻的考验:要么出卖良心,作统治者的帮凶;要么大公无私,为民请命。许多报人选择了后者。书中记载着许多可歌可泣的事迹,其中有中国新闻史上第一个为新闻献身的记者沈荩。1903年,年轻的沈荩获知慈禧太后与沙俄秘密缔结丧权辱国的《中俄密约》的消息,为阻止清政府的卖国行为,在签约前,他将获得的《中俄密约》草稿在《新闻西报》刊出,全国舆论哗然。清政府陷入难堪境地,不得不放弃签订《中俄密约》计划。

为此慈禧恨之入骨,沈荩被捕获后,慈禧懿旨"即日立杖毙",沈荩被活活打死。

再有著名的《苏报》案。《苏报》1895年在上海创刊。该报经常刊发批评清政府的文章,尤其是刊登邹容的《革命军》,慈禧大为恼火。1903年7月7日《苏报》被查封,同时清政府下令逮捕邹容和为《革命军》作序鼓吹的章太炎,要将两人凌迟处死。但邹、章住在租界里,清政府不能直接进租界捉人,只能要求租界工部局引渡,并允诺若同意"引渡",将给予巡捕房10万两银子作酬劳。

租界工部局认为"报纸发表文章、批评政府在言论自由范围内,不致死罪。"而且当时上海诸多报纸申援《苏报》,声势浩大,舆论强烈。租界当局怕引火烧身,为维护声誉,拒绝清政府"引渡"要求。

清政府退而求其次,要求审理定罪。经过旷日持久的开庭审判,历时两年余,最后章太炎被判监禁三年,邹容两年,成为上海新闻史上一大丑事。

国民党掌权后,建立了新闻检查制度。国民党上海市党部设有专门新闻检查所。上海各大报馆每日必须将校样送检,检查所签发"准登放行证"后方能开机印刷。这种扼杀新闻言论自由的行为受到众多海派报纸的反对和抵制。尤其是《申报》，该报历来主张公正办报，不倚权贵。当年袁世凯颁布《报纸条例》，该报曾带头抨击："报纸天职有闻必录。""权势之辈以蹂躏自由，严分等级为法律，是法律与自由平等不相容也。"对国民党钳制扼杀新闻自由的行为，《申报》更是深恶痛绝。老板史量才声言："国有国格，报有报格，人有人格，我史量才历来主张言论独立，岂能受军阀反动分子操纵。"他一如既往地办报，为民代言，针砭时弊。遇到新闻检查通不过的文稿，他就让报纸"开天窗"以示抗议。

1934 年 11 月 13 日史量才，在海宁被暗杀。一代报人用其鲜血书写了自己的"报格"和"人格"，成为后世报人典范。通常史料书都比较枯燥，但作者却写得生动活泼，让人手不释卷。难怪在上海书展签名售书时，一位大学新闻系学生说："以往我们读的那些史料都干巴巴的，这本书读起来比较有劲。"这是读者最好的评价。

（原载《上海作家》2012 年）

从绥芬河出境

　　绥芬河是黑龙江中俄边境一个重要口岸，对面是俄罗斯格罗迭科沃（当地人称格城）。从格城乘巴士 3 小时，就可抵达著名海港符拉迪沃斯托克（海参崴）。

　　夏日凌晨，在黎明前的黑暗中，我们驱车从牡丹江来到绥芬河出入境大楼。刚过 6 时，时间尚早，但不大的出入境大厅里已经熙熙攘攘挤满了人。

　　有出境的中方游客，还有很多贩货的俄罗斯人，不仅有姑娘小伙还有大叔大婶。每人都拖一个甚至两个特大的蛇皮袋，里面装满中国生产的服装鞋袜。

　　蛇皮袋很重，根本拎不动，只能在地上拖。我以为这是通常说的二道贩子，其实这些货不属于他们。真正货主在格城或符拉迪沃斯托克，他们只是替老板运输，人们称其为"帮帮干"。

　　众多拖着式样统一蛇皮袋的"帮帮干"，形成绥芬河口岸独特风景线。中方除少数从事边贸的商人，大部分是游客，身背照相机和摄像机，潇洒自在。游客们来自全国各地，旺季每天都有上千人。其中有芸芸众生，有腰缠万贯的富商大贾，也有气宇轩昂、颐指气使的厅局级甚至更大干部。

我奇怪怎么会有这么多人，人们出境除了参观游览 145 年前，我们不争气的老祖宗经《中俄北京条约》割让给俄罗斯的远东太平洋岸畔的明珠符拉迪沃斯托克，领略异国风情。还有一点吸引人的是那儿的赌场，可以豪赌、还可看艳舞。

我们出境后便乘火车去格城。火车每天上下午各一班，中俄双方对开。距离 21 公里，想不到却行驶了 2 个小时，宛若牛车。我以为正巧让我碰上，导游说天天如此。至于为啥这样慢，谁也说不清。

好容易到达格城，入境关卡就设在月台旁。入境厅很小，容不下太多人，于是一节节车厢下来。整个列车 6 节车厢，先下两节车厢。1 号车厢的人先进入厅内，2 号车厢的人在门外排队等候。其余人则等在车厢里。我乘坐的是 4 号车厢，有一百多人。在车厢里等了一个多小时，10 时，好容易轮到，我们随 3 号车厢的人一起下车。3 号车厢的人先进入厅内，我们则待在外面。一等就等了将近 2 个小时。而且当时正下雨，头顶上面没遮没拦。有些人有伞，有的没有，只能用衣服、塑料袋等挡在头上，说不上有多狼狈。

无论达官还是贵人，此时一律平等：苦着脸、蜷缩、等待再等待。如此境遇，若是在国内人们早就起哄吵翻天。但在这儿却循规蹈矩，不仅没人起哄抗议，甚至连大声也没有，只有轻声叽咕发泄不满。因为旁边墙上用醒目的中文写着"严禁大声喧哗",而且挺胸凸肚、人高马大的俄罗斯边防人员正虎视眈眈看着呢。那目光似乎说:伙计,你是在咱们国家,悠着点儿。

淋着雨站了一个多小时,腰酸腿疼的人们好容易进到室内。当然还是排队站立,不过淋不到雨了。进到室内,我才知道在门外为何会等待那么长时间。一是接待窗口少——只有三个。老大哥们有足够的时间和耐心,慢条斯理、不慌不忙。我看手表,平均一个人要花三分钟,有的则更长,我真不明白,那个紫红色小本本有啥好多看的。更绝的是安全检查时,我将背包放上传送检查机,传送了一半,机器突然停住,一男一女,两个负责检查的人悄然失踪不知去向。我丈二和尚摸不着头,身后排着的长队也不知怎么回事,而且也没处问,只能像在外面被雨淋一样,心里埋怨,默然等待。等呀等呀,大约过了二十分钟,一男一女总算回来。这是工作时间,这么多人等着,他们去哪儿了呢?后来有人告诉我,那是午餐时间,他们就餐去了。嘿,潇洒!

谢天谢地,总算入关坐上去符拉迪沃斯托克的汽车。此时已是下午2点钟。我算了一下从早上7点离开绥芬河出境至今,整整花去7个小时。我去过世界上不少国家,出入境很多关卡包括俄罗斯首都莫斯科,从未见过这样耗时、这样慢动作的关卡,真可以上吉尼斯纪录啦。导游告诉我:天天如此,在这儿这很正常。要知道7个小时,还不是最慢的呢,有时要花上9小时、10小时,甚至更多。

是呀,如果你想知道何谓慢,如果你想考验一下自己的耐心和承受力,那就从绥芬河出境吧。

（原载 2005 年 10 月 26 日《新民晚报》夜光杯副刊）

在 美 国

十年前,那个秋天的早晨,记得天有点阴沉,秋风萧瑟。怀着亢奋、向往,同时又迷茫、惜别的心情,我离开黄浦江畔飞向大洋彼岸,奔向美利坚。

已经知天命之年,为何还要离乡背井,到异国他乡生活? 而且是个语言、文化习俗、社会制度和生活方式迥异的国度,对此我自己也说不清,或许是想换一种活法吧。

美国社会最现实,在美国首要的是生存。天上不会掉馅饼,得自食其力,用什么方法那是你的事。为生存我干过不少事情,最初是开干洗店(Dry Cleaner)。上海街头干洗店很多,其中大多数是糊弄人,只不过将你脏衣服的领口、袖口或有污渍处用干洗剂擦擦,再熨烫一下就算是干洗了。在美国如此糊弄顾客那是不可能、也是不允许的。

干洗店有专用干洗机器和特制干洗溶剂,还得有锅炉、熨烫机和空气压缩机等一套辅助设备。

我先学习一段时间,掌握干洗技术,然后在长岛买了一个干洗店。自食其力,自己当老板,不无得意。

但世界上的事情有得便有失,最大的失是工作时间太长,每天早七点开门晚七点打烊,工作十二小时,以前在国内没有坐班制,自由自在惯了,如今好似套上紧箍咒,整个人被捆住。回首以前的作家生活,我才真正体会到什么叫养尊处优。

就这样做了一年,最终将店卖了。因为直接同普通美国人打交道,让我开始了解美国和美国人民。这段生活让我难忘,1994 年曾在《新民晚报》夜光杯十日谈写了一组《我在美国开洗衣店》的散文,记述当时的生活,读者反响还不错。

后来我还做过房屋中介,出租和买卖房子。美国人生性好动,一个美国人像中国人一样在一个地方、一个城市住几年、几十年的不多,一生中总要搬几次家。纽约是个老城,一切基本定型,像上海这样新的高层商品房很少,但由于人口流动,二手房很多,大多是House,也就是我们所谓的花园洋房,一般都是二三层楼,极少四层的。房子有卖有租,开着汽车四处跑,带客户看房子。干这一行要比整天盯在干洗店自由多了,但也失去做老板的自豪——我在替人家打工,中介公司不是我开的。

我还和法律界的朋友一起办过移民事务所,其中有合法移民,也有偷渡客。美国移民法既复杂又繁琐。我学习过,我们事务所替他们办理身份申请绿卡,同时咨询解答有关美国移民法的各种问题。

在工作中我结识了很多人，有腰缠万贯的大老板（这些人中，有人一次从大陆带出上百万美金，这些钱哪来的，又是怎么带出的不得而知）；也有身背大量偷渡债的偷渡客和纽约唐人街黑社会成员；还有昔日大陆的学者、教授、一定级别的领导干部。后者通常会变脸，在大陆是一副面孔，到美国又是一副脸面。不管怎么变都为一个目的——弄张美国绿卡在美国待下来。他们中有许多生动感人甚至是奇特的经历和故事。

有感于生活，在工作空隙，我提笔写作。1997年我创作了反映中老年人在美国生活的长篇小说《黄昏的美国梦》，1998年10月上海文艺出版社出版，后来收入小说界文库旅外作家长篇小说系列。2000年创作了反映偷渡客生活的纪实性报告文学《滴血自白——偷渡美国不归路亲历纪实》。现正在创作新长篇《流血的太阳——唐人街新教父》。

美国的黑社会世界闻名，纽约唐人街黑社会是美国黑社会的一个组成部分，历史悠久，独具特色，90年代开始向大陆渗透。这部作品写了鲜为人知的纽约唐人街黑社会家族的生活，但又不局限在美国，还反映了他们利用改革开放政策，向大陆渗透，与大陆贪官污吏勾结错综复杂的关系。剖析一个黑社会分子的失足坠落的历史，以及不甘坠落的灵魂的痛苦和挣扎。

美国十年备尝艰辛。十年，这是另一种深入生活，我失去很多，也得到很多。十年，在纽约那光怪陆离生活中我徜徉，在那浑沌的海洋中我浮沉，我看到学到许多在大陆看不到也学不到的东西，我更懂得何谓人生，何谓尊严。

我几乎命归西天，侥幸是至今还活着。我很累，真的。

（原载《上海作家》2003 年第 2 期）

一年前的今天

　　低纬度、位于印度洋安达曼海的泰国普吉岛、是世界著名的旅游胜地。每年冬季，大批游客、尤其是西方人，有的一家人，有夫妻双双，更多的是热恋中的情人，他们像候鸟一样，从寒冷的国度纷纷飞来这儿，沐浴在温暖的海水中。

　　这儿有世界上最美的海底珊瑚；有色彩斑斓、多彩多姿的热带鱼；有似面粉一样洁白细软的沙滩。人们浸润在温暖的印度洋中，玩水嬉戏，远离寒冷，忘却烦愁。为此有人将这儿的岛谓之天堂岛，这儿的沙滩称为情人滩。

　　2005 年 12 月 25 日圣诞节，我来到这儿。天蓝，海蓝。温暖的海水晶莹透明，一眼见底。海底红、黄、白、赭各种各样的珊瑚清晰可见，色彩斑斓的热带鱼穿梭游弋。安详平和、美轮美奂，确乎是天堂。我不由想起一年前的今天，发生在这儿的一场浩劫——印度洋海啸。当时印度洋像恶魔，掀起滔天巨浪，吞噬在海中戏水的人和船,扫平近岸的房屋建筑,卷走来不及逃生的人,吞噬周边几个国家 23 万条生命。仅这儿死亡和失踪就达八千多人。

呵,我不禁怀疑:这蔚蓝透明、温柔可人的印度洋会有如此能量? 会如此凶狠残暴? 毋庸置疑,岸上残存、未曾修复的房屋告诉我: 真的,这是真的哦。

我漫步在海边一条蜿蜒的小街上。这儿都是旅馆、餐厅和商铺。当时,凡是砖木结构的一两层楼的房子全被海浪夷平,钢骨水泥的建筑只留下钢架,墙壁屋顶则全都掀掉。至今有几幢建筑屋顶仍然空着,无声地向人们述说着巨浪的凶残和可怕。

海边人来人往,多数是西方人,有的在游泳潜水,有来凭吊亡灵。有人在沙滩上点燃蜡烛,有人面向大海祈祷。有一对中年夫妇噙着泪珠、向海中抛撒玫瑰花瓣。

"艾琳!"我们的泰国导游阿昆喊一声。"呵,昆。"那妇女转过身同阿昆握手。阿昆告诉我艾琳是奥地利人,去年他们夫妇带着 15 岁的女儿琳娜来度假,他当导游。就在这儿,琳娜被海浪吞噬。

"怎么会呢?"我向。

"我永远不会忘记那可怕的时刻,"阿昆痛苦地回忆,"上午九点多钟,当时琳娜、艾琳和一些客人在游泳、戏水,我坐在岸上一块石头上抽烟,海水就同现在一样,温柔平静。突然,好似有人施魔法似的,海水悄悄向后退去,退了大约有二三十米,原来浸在海中的沙滩裸露出来,离水的鱼儿乱蹦乱跳,游泳的人也伫立着。啊,这怎么回事呀？有人惊奇地叫起来。我从小在普吉岛海边长大，活到四十多岁，从来没见过这种情况。不仅我不知道，我父亲、我爷爷甚至爷爷的爷爷都没见过。我说不清这是怎么回事，但我觉着不对劲。大约过了三四分钟，退去的海水又悄悄回来，就在这时只见远处海面掀起一道白花花的有十几米高的水墙，像千军万马似的轰鸣着向岸边冲过来。我感到恐惧，立即招呼水里的人：上来，快上来。人们纷纷冲上岸，使劲跑，我也拼命跑。跑得快的人逃过一劫，跑得慢的就完了。"

"琳娜没能逃出来？"我问。

"琳娜年轻，动作敏捷，本可以逃出来的，"阿昆凄然，"我看见她转身帮助一个老人，差一步，只差一步呀。"

我心里沉甸甸的：多好的女孩子呀。我不由向大海深鞠一躬。

这次海啸对泰国和普吉岛的旅游打击很大。阿昆告诉我，以前这时候，他每天要接一两个团，忙极了；现在两三天甚至三四天才接一个团。

我说："伤痕会逐渐平复，人们会来的。我们还有海边那些人，不是来了吗？"

阿昆点头："这我相信，谢谢你们。"望着温柔的印度洋，他说："对这美丽的海以前我只有爱，现在我既爱又恨，尤其她发狂的时候，真像一个杀人狂、疯女人，而且你不知道她什么时候发疯。"

我说："是哟，对大自然、有许多地方我们人类都还缺乏认识。譬如海底地震和海啸，好在通过这次灾难人们有所了解，现在很多国家包括你们泰国，都建立监测网和预警机制。有了这个，就能掌握这个疯女人，知道她什么时候会发疯，我们好采取措施。"

阿昆说："也只有这样了。"

泣血纪念馆

圣彼德堡曾名列宁格勒,它位于波罗的海芬兰湾畔、涅瓦河口,是一座古老、风光秀丽、有着深厚文化底蕴的世界名城。

这里曾是俄国革命的摇篮。那风光绮丽的涅瓦河,藏品丰富、名列世界四大博物馆的艾尔米塔什博物馆,著名的滴血大教堂,美轮美奂的沙皇夏宫花园,雄伟的冬宫,以及炮轰冬官的阿芙乐尔号巡洋舰,无不让人流连忘足。但是真正吸引并震撼我的却是一座朴实无华的纪念馆——第二次世界大战列宁格勒保卫战纪念馆。

二战期间,希特勒进攻苏联,红军在列宁格勒顽强抵抗。为使苏军投降,1941 年至 1943 年,希特勒调动几十万大军将列宁格勒团团包围,围困长达 900 天。铁路、公路、海运和空中交通全部断绝,列宁格勒成为一座死城,只有北面的拉多加湖稍有空隙。

拉多加湖紧邻芬兰,但在俄罗斯境内,面积二千多平方公里,是欧州最大的湖泊,湖面辽阔,湖水浩荡,宛若大海。希特勒军队虽然派了舰艇和飞机监视,但湖太大了,难免疏漏。红军就用小船偷越封锁线,运送补给。

列宁格勒是高纬度地区,冬天酷寒,气温常在摄氏零下30度。湖水结冰,就用汽车运送。希特勒空军飞机进行轰炸,有一次轰炸用大量的高爆炸弹,湖面冰被炸裂,车队的十几辆车全都沉入湖底。这种惨剧经常发生,但是这吓不倒俄罗斯人民,他们前仆后继。

当时列宁格勒城里军民有一百多万人,靠这样危险的补给线运送物资远远不够。人们只能忍饥挨饿。当时每人每天只有100克面包。我们可以想象,就这点口粮要坚持三年,1080个昼夜,而且要抵御德国法西斯的进攻,那是何等艰难呵。

但列宁格勒军民硬是挺住了,不过其代价也惊人。据统计,围城前城里军民有150万,战后只剩下70万,其余人都因战斗、饥饿、疾病和寒冷而丧生。想想吧,这是何等悲壮,何等惨烈呀!

为了纪念这用无数鲜血和生命换来的胜利,让子孙后代铭记法西斯的罪行,列宁格勒人建造了这座纪念馆。

纪念馆1975年建造,位于市中心的胜利广场。我见过许多纪念馆,这座馆独一无二,别具特色。从空中俯瞰整个纪念馆像个大坦克,其一半在地下一半在地上。地下是大厅,陈列馆。地上是一圈圆形赭色大理石,象征整座城市被团团包围,只有南面有一缺口,因为后来是从南方突围的。圆圈直径有十几米,当中耸立着一座三十米高的方尖碑,像是坦克的高射炮。旁边是一组形象逼真的红军战士和群众抗击敌人的青铜雕塑。

　　沿着缺口石级我们步入地下陈列馆。里面陈列着当时战斗用的武器弹药,沾着血迹的衣服和赖以维生的口粮——干硬的黑面包。荧幕上播放着当时摄影师实拍记录的电影镜头:工人们在拖拉机厂装配坦克;德国飞机在轰炸,血肉横飞的尸体;人们在冰天雪地中排队领取少得可怜的口粮;冻饿而死的人;老人和妇女吃力地将骨瘦如柴、冻得干硬的尸体扔进一个大坑里,尸体堆积如山——没有解说和对白,没有一句多余的话,但看了这一切,你的心灵不能不强烈震撼,不能不痛恨战争和那些制造战争的恶魔。

　　由于苏联的解体,俄罗斯变化很大,包括用了 70 多年的列宁格勒名字也改了。但纪念馆依然巍然耸立,并且保护完好。对此我曾问过为我们开车的五十多岁的俄国司机。他说:“这是历史,血的历史,不管谁掌权执政,这历史都不能遗忘和抹杀,否则人民不答应。”

　　是呵,历史是不能改变也不能遗忘的。可我们的遗忘——而且是重大的遗忘似乎还不少。我们的抗日纪念馆呢?巴金建议过的我们的“文革”纪念馆呢?以及其他一些重要、应该永志不忘的纪念馆呢?

　　有哲人说过:健忘的民族是潜伏悲剧的民族。

　　不该健忘呀!

（原载 2004 年 12 月 21 日《新民晚报》夜光杯副刊）

同美国警察打交道

从天而降的警察

在美国少不了同警察打交道。在纽约生活十载,交道打得更多了。

踏上北美大陆美国国土、首先见到的便是警察。美国警察身材多数是"大模子",高大魁梧。黑制服领口、胸前和袖管上叮叮当当、挂着各种银饰标牌、绶带、纹章和对讲机。腰间则挂着大号手抢、弹夹、手铐、警棍和一个里面装着罚单、手电筒和辣椒喷雾气的黑色腰包。毛估估,这些拴的、挂的,加起来总有十来斤重。高大的身材,众多的披挂,脚蹬高腰皮靴,走起路来一摇晃,甭说多神气了。如此装扮再骑上一匹高头大马(纽约街头常有骑警),看上去俨然是中世纪武士。为此走在街上,我常常不自禁向他们多看几眼。

美国警察看上去凶神恶煞,实际上是挺温和的,譬如问路,最好就是问警察,不仅有问必答,有时还会给你带路。不过一旦遇到事儿,他们立马会换一副面孔,甚至变得很可怕。

有一次我在住地法拉盛缅因街上,看到一个黑人驾了一辆福特车,不知为啥,警察让他靠边停下检查。在中国警察对可疑车辆进行检查经常也有,不过处理方式迥然不同。中国警察走上前会向驾驶人先行过礼,随后检查驾驶证、行车证,询问有关问题。

美国不同,当时我看到警察刷地从腰间拔出手枪,弯着腰瞄准那辆车,大声吆喝,命令黑人举起双手放在脑后慢慢出来。那架势同电影电视上一模一样。那黑人双手抱头乖乖出来,背向警察,靠在车上。警察对其搜身并询问。从这一组镜头看老美警察确实厉害,不过后来朋友告诉我,老美警察如此凶神恶煞如临大敌,也是不得已。尽人皆知,美国枪支泛滥,很多歹徒都有枪,而且亡命,无奈警察只有提高警惕,先发制人,以免不测。

当然,一般情况下警察也不会拔枪相向。不过如果你驾车警察让你停下,不管有什么事你得听命将车停在路边,放下车窗玻璃,将双手放在方向盘上——这一点非常重要,目的是告诉警察:瞧,我手空着呢,没握枪。然后接受对方的询问。

如果没驾车,警察同你谈话询问什么,那你千万别将双手插在裤袋里,因为他害怕——谁晓得你裤袋里藏着什么?

我第一次同警察正面接触打交道是在去大西洋赌城的路上。

大西洋赌城是美国东部最大的赌城,也是著名的旅游点。那天我和朋友驱车前往。天气很好,阳光和熙,路两边是翠绿的森林,路面宽阔平直、路况好极了,收音机里播放美国乡村歌曲。我心情也受到感染,不由踩踏油门加速前进。

突然,我听到一阵呜呜的警报声,最初我也没在意,但呜呜声愈来愈响,从后视镜里我看到一辆黑白相间的警车在追赶,我这才意识到是冲我而来。按通常的做法,我慢速将车在路边停下,将双手搁在方向盘上,摇下窗玻璃,等着来人兴师问罪。警车在我后面停下,一个大个子、留小胡子的黑人警察走上前来。他嘲讽地说:"先生,你很得意呀,将车开得这么快。"

我这才意识到是为超速,说:"是吗,我开得有多快?"

"这是刚才雷达测速记录,"他说,"请看,你的记录是 80 英哩。可这儿路段的规定时速是多少你知道吗?"

其实我知道的,但我支支吾吾说:"哦,对不起,我不太清楚。"

"那好吧,我告诉你,是 60 英哩,"说着他加重语气,"记住:60 英哩。"

最后当然是罚款了事。小胡子从腰包里取出个本子,翻开来"刷刷"写了几个字,然后扯下递给我。我一看,哇,150 美元!

这 150 美元的罚单像一桶凉水,将我刚才美好亢奋的情绪全部浇灭。小胡子扬长而去,我也蔫了。重新上路,阳光照样明媚,路仍然平坦光洁,但我再也没劲了。我奇怪:一路上压根儿没看到有警车,这两旁都是密密麻麻的森林,那这小胡子从何而来,难道从天上掉下来不成?当然不会。朋友分析,小胡子一定藏在路边某个地方,盯着过往车辆偷偷测速,然后冷不丁蹿出来逮住你。不过这件事对我确实起到警示和教育作用。此后无论怎样,我都不再超速开快车。

像小胡子玩的这种"捉迷藏"的游戏,美国警察经常玩。一个朋友告诉我,他曾经吃到过一张"捉迷藏"罚单。原来他家附近有条小马路,路小来往车辆不多,路口未设置红绿灯,只竖了一块STOP(停)的路牌。STOP 相当于红灯。根据美国交通规则,凡是有 STOP 路牌的路口,无论前面横向有无车辆行驶,驾驶人必须将车在 STOP 前停住至少一分钟,看清横向无车辆,随后方能通行。

当时夜已深,朋友来到 STOP 跟前,横向马路根本没有过往车辆。他也就没有将车停住,而是径直开了过去。谁知刚驶到对面,身后响起警报,一辆警车跟上来,警察问他:"在 STOP 牌前为何不停?"他无言以对。最后当然罚款,撞红灯是严重错误,罚款 200 美元。

"STOP 前停车的规定我是知道的。"朋友说,"不过我存有侥幸心理,再说天那么晚了,我想也不会有警察,想不到警察还是冒了出来。"

其实警车就悄然停在路边,天黑,你很难看出来。警察常常用这种方法对付驾车违规者,看上去似乎是雕虫小技,不过确实给违规者一种心理威慑,因为他们不知道何时、何处警察会突然出现,如此就得小心点,不敢恣意违规。

日前从媒体上看到北京市警方也采用这种方法,藏在暗处用摄像机等设备录下违章者的违章证据,依法处理,效果很好。但也有人非议,认为躲在暗处偷拍不好。北京市公安局正式表态:警察在暗处摄下违章者的违章情况和在明处这样做一样合法,目的是教育人们遵守交通规则,警示那些违章者不要以为警察看不到就恣意违章。

我认为这种监督方式好得很,尤其是对那些以为警察不在眼前就为所欲为的人。小心,说不定警察在哪儿瞧着你呢。

与警察对簿公堂

美国交通法规很严,在美国驾车的人几乎没有人没吃过警察的罚单,稍有违规就要受罚。在一份报纸上看到一对赴美探亲的老夫妇写的文章,说是一次儿子开车陪他们一起出去,在一个地方因违规停车被警察处罚,他看到儿子当场给警察 100 美元。其实这不对。警察罚单是开的,但决不当场收费——如若接受被罚者的现金则是犯法。那罚款怎么付?付给谁?很简单,每张罚单上都有收款地址,你在规定的期限将支票(必须是支票!在美国几乎人人有支票)寄往该处即可。

国内的警察对违章者也开罚单,被罚者有时会讨好说情希望"放一马";有的则认为警察罚得不对,申辩抗争。在美国这一套行不通。如果警察罚得对,你再怎么低声下气,认错求情,请求不要罚或少罚,对方都无动于衷,决不会放你一马。

你啥也不用说,认了,花钱买教训,以后注意。话说回来,对方罚得不对,怎么办?你可以作一些说明解释,如果对方不接受,你千万别像国内一样,肆意争吵,这样你会吃大亏的。我亲眼见过有的华人认为罚得不对,同警察争吵,还没吵上几句,警察二话不说,从腰间摘下手铐,当场将他铐起来,带回警局,罪名是防碍执行公务。当然,最后罪名能否成立还得经过诉讼,那样的话你得花钱请律师,得上法庭。这样无论时间还是金钱,你的损失就大了。

有人会问:照这么说罚错了也吃进?天下还有没有是非公理?回答是:对错误的处罚你可以申辩抗争,没人让你委曲求全忍气吞声。问题是用什么方式,如何申辩。每张罚单背面都清清楚楚写着:若你认为本罚单处罚不当,你可以在一个月内到指定的法庭申诉,由法官来裁决。一句话:与警察对簿公堂,法庭上见。

我就经历过这样一件事。我的汽车停在我住宅附近马路上,一天,该处贴出一张通告,谓:该路将从明日(星期四)上午8时起施工进行路面维修,车辆一律不得停放。可没等到第二天,就在通告贴出的当天下午,警察就在我车前玻璃雨刷上夹着一张50元的罚单,罪名是违章停车。这是明摆着不讲理,我非常恼火。但我没同警察理论,决心法庭上见。

我用有日期的相机,将通告及贴上罚单的我的汽车拍成照片,随后带着罚单来到法庭。这种法庭同一般法庭一样,法官的审理决定具有法律效力。所不同的是手续简便,无须事先申请立案,也不用请律师。主要解决警方处罚不公,纽约每个区都有。在法庭外面我按规定登记,工作人员给我一个号码,让我到庭内等候。我走进法庭,只见里面坐满人,我心想这要审理到什么时候?谁知,速度出奇地快。

法官是个老太太,她听取当事人简单的陈述,很快一锤定音,作出决定。我看手表,最快的仅 5 分钟,最慢的也只一刻钟,眼看一屋子的人很快所剩无几,终于轮到我了。

毕竟是第一次,心里难免忐忑。我站在法官面前,只说了一句话:通告上说星期四上午 8 时起不得泊车,否则将受罚,可警方星期三也就是通告贴出的当天下午就给我开罚单。

老太太看了罚单和照片,也只说一句:胡闹,你别睬他! 说着法锤一敲,前后五分钟也不到,我就赢了!

警察管得宽,可有些该管的事儿又不管

一天傍晚我正在家中看书,忽听得窗外警报声呜呜乱叫,一辆警车风驰电掣而来,停在楼下。一白一黑,两个大模子警察下得车来,那神态既严肃又紧张。经验告诉我一定发生了什么事情。究竟发生什么事呢?怀着好奇心我下了楼,一打听,原来是一楼一对搬来不久的华人夫妇外出工作,将 6 岁的女儿独自留在家里,锁上房门,孩子被关在里面。

在中国父母外出将小孩留在家中这是很平常的事。美国不行,法律规定,年龄未满 12 周岁的孩子必须有人照看,不得独自留在家中,否则就是犯法。通常做父母的都知道这条规定。这对华人夫妇是不知道呢还是找不到人照看孩子,铤而走险,明知故犯? 反正是

将孩子独自锁在家中。华人通常不大过问这种事,美国人爱管闲事。旁边一幢房子一个老人打电话报警,警察闻讯赶来。

警察敲门,也许爸妈关照过:任凭谁敲门,不能开。里面孩子就是不开门。警察无可奈何,但又不甘心,好在房东住在同一幢楼,警察让房东用备用钥匙打开房门,小女孩很害怕,警察安慰她,将她带回警署,同时留下条子让女孩父母到警署来。

类似的事儿经常有,夫妻吵架、邻里纠纷警察都会管,而且一个电话警车就会来,真是召之即来。一次隔壁房子一对西班牙裔夫妇吵架,男的动手打女的一个耳光,鼻血给打了出来,女的报警,警察来到,将男的用手铐铐去。

大家都说美国警察管得宽,确实如此。不过话说回来,有些该管的他们却又不管。

对此我有切身感受。有人介绍我认识一个来自上海的张某。此人30来岁,曾在上海一所名牌大学读过书,搞过金融和房地产,看上去温文尔雅蛮有教养。他注册了一家公司,以比银行高数倍的利率吸金搞投资,利息每月支付。其实这是非法吸金,但介绍人很有名望,想来她不会骗人。基于对介绍人的信任,更重要的是为高额利息所吸引,好些人上当受骗,包括我和我女儿;有的二万,有三万,还有几千的。我女儿与之签约投入一万四千美元。这其中很多人是打工挣来的血汗钱。有位女士在美国打工七年,辛辛苦苦积下的三万多元全都给了张某。最初几个月,张某颇守信用,按时付息,可没多久就现出原形,不但停止付息,而且连本金也侵吞。我们纷纷找他,责问他钱哪去了。

张某哭丧着脸,说做期货输了,并请求宽限他一些时间,表示一定想办法按合约还钱。时间一天天过去,一个月、两个月,一年两年,人们一次次找他,他总是哭丧着脸,说他想还可实在没钱,等缓过气来有了钱一定还。对这种空头支票,人们已经看穿。无奈我们去找介绍人,当初是她为张某打保票说张某诚实、可靠。人们基于对他的信任,看在她面上才和张某交往的。想不到她却卸肩胛,叹苦经,说她自己也有很多钱在张某那儿收不回来。真耶?假耶?天知道。

人们这才醒悟这是个骗局,有人怀疑她和张某是"连档模子",可为时晚矣。类似事情国内也常发生,这叫诈骗,案发后人们会去报警。美国也如此,我们决定向警方报案。

我们找到驻地警局一位华裔警官,听了我们的陈述,他承认这是诈骗并表示同情。我们要求他立案侦察将张某拘留。他却说:"不行。"

我们问他既然是诈骗,为何不采取行动?

他说:"诈骗金额才十几万美金,不够大。"

我问他:"照你这么说要多少金额你们才过问,百万、千万?"他无言以对。

我非常气愤:"作为警察这是失职,你们白花了纳税人的钱。"

这就是美国警察。迄今张某仍逍遥法外。

(原载 2005 年第 9 期《东方剑》)

同美国警察打交道

小浪底的丰碑

早就听说宏伟的黄河小浪底水利工程。

此刻我伫立在雄伟的大坝上。那 154 米高、1667 米长的大坝，像是神话中天神的巨臂，将奔腾的黄河拦腰截断。黄河像一匹东奔西突、桀骜不驯的野马被勒住了缰绳。山谷间出现一个巨大的、面积达 27800 公顷的湖泊——我国北方最大的人工湖。彪悍的黄河水变得温柔、恬静。山光水色、烟波浩渺。但源自青藏高原巴颜喀喇山的暴烈的性格使它不甘约束，只能通过大坝的泄洪洞喷涌而出。

那集天地之能量、喷涌的水柱好似巨龙从百米高处凌空而下，咆哮、冲击，激起万丈水花，在阳光的映照下变幻出绚烂的彩虹。那轰鸣声好似千万人在疯狂擂鼓、鸣号，真是雷鸣电闪震耳欲聋。大地在震颤，我浑身在震颤。我被深深震撼了。呵，我真不知道天地间还有什么比这更雄伟、更壮观、更撼人的场景了。

除了高耸的坝体,在大坝左侧,还开凿了 100 多个供泄洪和发电用的地下洞室,整个山体几乎被淘空。为了加固这些地下洞室,在泄洪工程进、出水口边坡和地下厂房拱顶,还安装了 1290 根预应力锚索,锚索钢缆比胳膊还粗。远运望去,上千根锚桩装点着的边坡,胜似一座巍峨的古罗马城堡。友人刘工程师告诉我,这么多地下洞室,这么多锚索,不仅是全国之最,世界上也不多见。由于工程规模浩大,整个工程前后有上万人参与,从 1989 年夏秋动工至 1999 年 10 月水库下闸蓄水,历时十年。

　　多么艰难的十年呵!

　　刘工告诉我不仅工程规模大、质量要求高,而且现场地质条件差,很多是风化石,施工难度大,尤其是爆破很危险。

　　大坝旁边修建了一座公园,鲜花丛中建有雕塑。信步其间,在一座花坛边蓦然发现一块高 2 米、长约 4 米的紫红色大理石碑,上书: 小浪底工程建设殉职者纪念碑。两旁是两块洁白的大理石,上面密密麻麻镌刻着殉职者名字,除中国人外,还有外国人,其中有美国、德国、波兰、秘鲁。我数了一下,有 162 人。我想起在美国参观著名胡佛水坝,看到大坝旁耸立着一块刻满 112 名字的施工殉职者纪念碑。我去过国内许多大工程,而且我知道这些工程或多或少都有人牺牲,但绝少见到工程旁边立一块这样的纪念碑,镌刻为工程献身者的名字。我曾就此请教过一些工程领导,回答很简单: 隐恶扬善,死人毕竟不是好事,何况死的并非都是英雄,其中不乏粗心大意、有违安全操作规程酿成事故者,只能免了。如今我见到的,不是普通而不起眼的石碑,而是一块巨大、质量上乘、精心镌刻、竖立在醒目位置的大理石碑。它面对大坝,默然耸立。它在沉思,它在倾诉。

"从这么多牺牲的人中,你能想象小浪底工程的困难和艰险。"刘工沉重地说。

"对,"我颔首,"他们是怎么牺牲的呢?"

"原因很多,有开山放炮,有岩石塌方,有落水、触电,还有积劳成疾病逝者。"

"怎么还有外国人?"

"这儿外国人不少,有专家学者,也有高级技工。就拿这个波兰人来说,"刘工指着碑,"小伙子当年才30岁,是个爆破专家,工作认真负责。有一次爆破,突然发生了哑炮,他要进去检查。有人提醒他:危险。他笑笑,平静地说:这是我的工作。就在他进去后不久炸药爆炸了……像这样的人还不少。"

"有没有违反安全操作规程造成工伤事故牺牲的呢?"

"有,当然有,"刘工点头,"这样大的工程免不了,但不管怎样,他们是为工程献出生命,他们的血洒在大坝上。"

大坝让我震撼,这块碑石,这许许多多名字,中国人、外国人,更让我震撼。我凝视着那些陌生的名字,想象着他们的音容笑貌;想象着他们冒着严寒、酷暑和生命危险,手持风镐电钻,在岩石上放炸药点炮,清除岩石;想象着他们和黄河水搏斗……望着巍峨的大坝,我明白了:它不仅用钢筋水泥,更是拌和着千万人的汗水和这些长眠在此的殉职者的鲜血铸就的。

大坝在阳光下闪烁，这是一座不朽的丰碑。

（原载 2005 年 2 月 24 日《新民晚报》夜光杯副刊）

拥抱大树

拥抱是爱的表现,在生活中我们看到过热恋中拥抱的情人、欢聚时相拥的亲友,但你想象不到有人会同一株大树拥抱——热烈、真诚、发自肺腑。

在纽约我看到过,那镜头一直镂刻在我心底。

去年初夏的一天,我去曼哈顿,路过 36 街,在一家快餐店门口,我看到一个身材硕壮的白人男子双手搂抱着店前路边人行道上一株行道树,旁边有几个看热闹的,其中有两人还拿着相机拍照。我也忍不住驻足观看。

开始我以为吃饱了撑的,闹着玩儿。但一看,不对,那男人十分认真,不仅将树抱得很紧,脸颊还紧贴在树上,而且喃喃自语:"呵,大树,亲爱的,对不起,我不该虐待你,请原谅——"就这样他紧紧地拥抱着,看那样子,搂在怀里的似乎不是一株树木,而是至爱亲人。

这真情动人的拥抱,大概持续了将近两分钟,直至旁边有人招呼:"嗨,丹尼尔,够了。"那汉子才松开双手,但意犹未尽,像吻情人似的又在树杆上重重吻了一下。

这到底怎么回事? 我真糊涂了。

那叫丹尼尔的汉子就是那家快餐店的老板,尽管肚子不饿,出于好奇,我还是进店买了一份吃的。里面食客都在评说议论,很快就弄清楚事情的原委。

曼哈顿因拥挤泊车不方便,一些送外卖的快餐店大都用自行车送货。为方便同时不被偷走,丹尼尔将店里的自行车用铁链锁在门口那株树上,他想不到这会有什么事。可是有位爱护树木的人士却给纽约市公园管理局写去一封检举信——揭发他虐待树木,将自行车锁在树上,当然,信中附有照片为证。

公园局十分认真。不久,丹尼尔便收到一张公园管理局局长史登签署的罚款通知书。

"上帝呀?"看着通知丹尼尔忍不住叫起来,那上面写得清清楚楚,罚款金额:$1000 ;罪名:虐待树木;付款期限:一个月内。

美国注重经济制裁,各种各样罚款很多,但都行之有理师出有名。收到罚款通知单若你认了,那就在规定期限内将支票寄去完事;反之你认为罚得不对,可在规定期限对簿公堂,让法官来裁决。除此以外想蒙混赖账是不行的,那样罚款会成倍数增加,而且如影随行,让你吃不了兜着走。

丹尼尔请教律师,他确实违反了国家有关绿化和保护树木的法律,至于罚款金额公园局有权决定,对簿公堂他肯定赢不了。他承认自己错了,更心疼 1000 美金,只得开软档,向公园局认错求情。

局长史登被人称为"树的保姆",肩负保护纽约市 50 万株树的责任,他铁面无私,但也不是个丝毫不讲情理的人。听了丹尼尔的请求,他觉得小店老板是真诚的,为了教育丹尼尔也警醒大家,他提出一个方案:若想免去罚金,丹尼尔必须向那株树公开道歉、拥抱它——这一行动要让媒体曝光——并保证以后再也不会将脚踏车锁在树上,而且经常浇水。丹尼尔当然举双手赞成,于是便出现文章开头的一幕。

我觉得这件事挺有意思,如此也是一个美好且圆满的结局,特意和丹尼尔握握手。但想不到事情并未就此结束。当晚在电视台的纽约新闻上,市长朱利安尼就此事发表谈话,他说:"公园局执法是对的,但只有法官才有权作出裁定,所以 1000 元罚款不能取消,这位店主可以向法官求情,说明自己已经拥抱树木并向它道歉了。史登局长可以陪同他一起上法庭。"

这真是奇峰突起。朱利安尼人称铁腕市长,他上台后除加强警力对付刑事犯罪,还开展"文明纽约市"运动。对破坏绿化、乱扔拉圾、超速驾驶,以及行人不遵守交通规则、乱穿马路等不文明行为,加强管理和严加处罚,收到良好效果。

官大一级压死人,何况市长说的不无道理。最后还是上了法庭,鉴于丹尼尔认错态度和他对大树真诚的致歉和拥抱,法官同意免去 1000 元罚金。此事给丹尼尔增添不少麻烦,但也使他那不起眼的小店和门前那株默然挺立的洋槐出了名。

将自行车锁在树上,这样的事儿我们太多、太多了。我们压根儿不当回事儿。可人家呢?

　　每次路过那儿我都忍不住驻足深思。

　　(写于纽约,《新民晚报》2001 年 2 月 9 日夜光杯副刊出)

中央公园保卫战

这不是血与火的杀戮，而是为了捍卫绿化、阳光和尊严的故事，是公民意识与金钱权力的较量。

每个城市都有公园，或大或小，或精致绰约或粗犷奔放。公园是城市的心肺，让生活在斗室空间、被钢筋水泥的"森林"压抑、吸饱废气的人一展心胸，伸展拳脚，吐故纳新，畅快呼吸。

公园是城市的窗口，公园是城市文明的标志。城市少不了公园，城里人离不开公园。

纽约也不例外，有个中央公园。

中央公园位于曼哈顿中心，下起 14 街，上至 110 街，绵延 2 公里。左面是著名的公园大道，右首则是第 5 大道；宽约 600 多米，占地 700 多公顷。这其中除一般公园常有的亭台楼宇，花卉草地，还有宽广的湖泊，茂密、树龄上百年的森林，巨大的露天音乐广场和长长、让人慢跑的甬道。我游历过一些国家，去过不少公园，但在城市的心脏地带,建造如此大的公园,全世界绝无仅有。

在纽约除了光顾唐人街,我最常去的就是中央公园。有时是朝霞升起的清晨,有时是薄暮将临的黄昏,沐浴着北美的阳光,宁静地坐在绿色长椅上。望着眼前的草地、森林、湖泊和游人,我常常想:奇迹,简直是奇迹呀。曼哈顿是纽约的心脏,曼哈顿的地价不仅在美国,在全球也是最高的,真是寸土寸金。然而就在这寸土寸金的地方,在心脏的心脏里,竟然腾出这么大的一块地方辟为公园。这几百公顷土地如果用来建楼那该造多少高楼大厦,该赚取多少利润呀。如今却成为没有围墙,无遮无拦,不收费用,任何人、任何时候都可光顾享用的公园。这是何等的慷慨又是何等的奢侈呀。

当初是谁作出了这一伟大的决定,是谁如此豪放、如此大手笔?

带着这个疑问我请教了一些老纽约、去图书馆查看了一些资料,方才明白,这不是某个官员的政绩,也不是哪个富豪的解囊恩赐。而是全体纽约人斗争的结果,是公民意识的结晶。

19世纪初期,在资本的驱动下曼哈顿迅猛发展。市政当局进行规划,实行"格状计划",除原来印第安人狩猎的小路——如今的百老汇大道保留原来走向、有点歪斜外,其余所有道路都是棋盘式,笔直,南北是街,东西为大道。一幢幢高楼大厦在这些网格中争先恐后、拔地而起。

望着那一幢幢巍然耸立的高楼,有的纽约人想起一个问题:如果这些楼全都建成,地面空间全被"钢筋水泥森林"覆盖,我们去哪休闲散步?我们不被闷死吗?这个看似简单的问题,首先以读者来信的方式在当时的《纽约新闻报》上提出,而且放在一个不起眼的位置,想不到引起强烈反响。很多人投书高呼:我们需要高楼,但更需要树木花草和阳光。1858 年由著名诗人兼记者布莱恩牵头,纽约知识界和广大市民全力响应。向市政当局提出要划地建造公园,而且是一个像样的公园,数十万纽约人群起响应,经过斗争,当局同意划地建造公园。从 1860 年正式动工至 1876 年完成,历时16 年,美丽的中央公园终于建成。纽约人视之为瑰宝,一种至高无上的骄傲。

公园建成了,但侵害和反侵害并未停止。

曼哈顿是摩天大厦的故乡,并且有着竞高的传统。帝国大厦、克莱斯勒大楼、伍尔沃斯大楼、曼哈顿银行大厦、世贸大厦等都是世界闻名的,楼高都在六七十层以上。尽管市政当局出于环境和多种因素考虑,限制楼层高度,但发展商在利益的驱使下,都变着法儿想将自己新建的大楼往上蹿,甚至想争"世界第一"。

1987 年的一项"哥伦布圆环开发计划",拟在中央公园旁边建起一栋 80 层的超高大楼。该大楼虽不在公园内,但离公园较近,大楼建成后将会遮挡住下午的阳光,使公园内形成一块很大的阴影。公园管理部门向发展商提出置疑。发展商认为这不是个问题——公园是公共场所,偌大公园某个部位缺少一点阳光有什么要紧?再说大楼高度已经政府批准认可,因此不予理睬。

争论经媒体披露后引起市民的强烈关注。他们认为正因为公园是大家的,任何人、任何时候都不能侵害它,不能剥夺它应有的阳光。这场争论又一次衡量和考验纽约人。有个叫"城市历史协会"的团体（故名思议，该团体就是为了保护城市历史和建筑）发动纽约民众，上千人手持黑布伞排列在阴影将形成的区域，那场景壮观而又感人。这就是有名的公园阴影、黑伞蔽天。除了举伞抗议，他们还遵循法律途径，状告政府任由房屋开发商损害民众权益。圆环的超高建筑只得降低高度——直至不遮挡公园阳光为止。

公园的天空、公园的阳光保住了。纽约人为此骄傲，为此自豪。确实，这不是某个组织、某些人的胜利，而是全体纽约公民的胜利，他们捍卫了权利，捍卫了尊严。

从纽约中央公园，我想到国内的公园和绿地。拿上海来说，以往我印象中市中心只有人民、复兴等为数不多的几个公园，且大多小得可怜。数年不见，现在不仅增添了森林、世纪等大面积的公园，而且在市中心人口密集、以往只见房屋不见树木、寸土寸金的地方竟然出现了大块大块的绿地，如延中、太平桥、徐家汇……路边那葱绿的树木、青青芳草和艳丽缤纷的花儿，让我惊讶，更让我振奋和赞美。我知道这是拆迁了很多房屋，是下了很大决心的。一个现代化的大城市就该如此，不能只见楼群不见绿地，那会让人窒息。毋庸置疑，这样布局上海更美了。

当然，问题还是不少。就拿大自然恩赐、人人应该享有的阳光来说，为了采光和通风，楼房间距政府有所规定，但是有些发展商和建房人，只顾自己，罔顾他人，缩短间距，擅改楼层高度，为此引起纠纷甚至诉讼的事时有所闻。对此我认为我们就该向保卫中央公园阳光的纽约人学习,提高我们的公民意识,捍卫自己正当、合法的权利。正如许多有识之士强调的:我们要赶上世界先进国家,要实现现代化,除大力发展经济,最重要的是找回和培育人民群众的公民意识。公民意识的觉醒和拥有,就能够使国民时刻对权力保持警惕,敢于、善于对非法侵害和暴虐进行斗争,就能防止腐败、专权和邪恶,使我们国家走上真正民主、法治的道路。

(原载 2004 年 7 月 31 日《解放日报》朝花副刊)

肖邦的心脏

肖邦是波兰伟大的音乐家,在波兰,肖邦无处不在。机场、马路用肖邦命名,还有肖邦故居、肖邦博物馆、肖邦图书馆、肖邦手表,等等,可见肖邦在波兰人心目中的地位。

肖邦是波兰人的骄傲,也是我喜爱的音乐家。尤其是他的夜曲,那种忮情、典雅、忧伤,可以说无与伦比。在华沙近郊热拉佐瓦沃拉参观了肖邦故居后,导游维拉说:"我们去看肖邦的心脏。"

我一愣:"看肖邦的心脏?"

"对。"她神秘一笑。

在她带领下,我们来到哥伯尼铜像广场和华沙大学附近的圣十字教堂。这是一座三层楼高、双塔、普通的哥特式教堂。

"肖邦的心脏就在里面,"维拉神态肃穆,并嘱咐,"我们要轻声、恭敬。戴帽子的人请将帽子摘下。"

我们怀着好奇而崇敬心情步入教堂。扫一眼,这教堂与西方常见教堂并无二致,甚至有些简陋,看不出有安置肖邦心脏的地方。

"肖邦的心脏就埋在这里面。"维拉指着迎门左首水泥柱。只见上面镶嵌着一块浮雕,浮雕顶端是十字架,下面是肖邦塑像和姓名、生卒年月日。

"肖邦的心脏怎会埋在这里面呢?"我奇怪。

维拉作了细致地介绍:

原来肖邦的父亲是法国人移民波兰,母亲是波兰人。肖邦从小在波兰受音乐教育,他热爱波兰和母亲,认为波兰是自己的祖国,他是波兰人。当时波兰被沙俄统治。肖邦热爱波兰,反对沙俄对波兰的奴役和占领。1830 年,他 20 岁时离开波兰赴巴黎学习,本打算学成回国,但 1831 年反对占领者的华沙起义失败。作为反对派的支持者,他成了当局通缉的对象,无法返回祖国,只得待在巴黎,但他念念不忘那生他养他的地方。

怀着对祖国的无限热爱和对自由的向往,他创作无数优美的乐曲。1849 年 10 月,年仅 39 岁的肖邦病逝于巴黎。

"肖邦至死也没忘记他的祖国,一心想回到波兰,"维拉动情地说,"但他知道不仅他活着反对派不让他回去,即使死了也不会让他的遗体返回祖国,于是他叮嘱他姐姐:他死后设法将他的心脏带回去——一定要带回去! 姐姐答应了他。将他遗体同他父亲遗体一起安葬在巴黎拉雪兹公墓。1850 年将他心脏带回波兰,找地方安葬。"

"为啥埋葬在这儿呢?"我问。

"这是个问题，"维拉说，"据说当时有几种方案。最终选在这儿——圣十字教堂。一是肖邦生前住过这儿；二来人们都要上教堂，进教堂的人都会看见他——肖邦的心脏。"

　　"安葬在这儿太好了。"我望着柱子上的浮雕。

　　"可你们知道吗？"维拉手指教堂，"这儿，这教堂和里面的一切陈设，都是假的，唯有这伟大的心脏是真的。"

　　"什么？这教堂是假的？"我真被弄糊涂了。

　　"也许我用词不当，"维拉笑道，"应该说是新的。你们知道，二次大战波兰损失惨重，华沙几乎被希特勒摧毁，整个城市成了一片废墟，这座圣十字教堂也未曾幸免。"

　　"这教堂也炸了？"我环顾四周。

　　"对啊，全都炸了。"

　　"那肖邦的心脏呢？"

　　"教堂里的神职人员，在轰炸中冒着死亡的危险取出肖邦的心脏，有好几个人为此丧命。他们将伟大的心脏保存好。二战结束后，华沙投入重建，圣十字教堂也重建，整幢建筑和里面的布局设施，全都按照片中的原样。肖邦的心脏也被请回来，照原样安放在这柱子里面。"

　　凝望着肖邦的雕像和深埋在柱子内的那颗伟大的心脏，我的心被深深震撼。我久久地默然伫立，说不出话。

印度洋幸存者

德堡轮失踪

这是一份迟到的报告,但却是撼人的新闻。

公元一九八六年六月二十四日,一个闷热的初夏清晨,急促的电话铃声打破国务院领导同志办公室的寂静,报告了一个令人焦灼的消息:交通部广州海运局所属远洋货轮"德堡"号失踪八天了,这是一艘我国向 L 国购买的新船,船上不仅满载货物,还有三十五条人命。

国务院领导迅速作出"尽快查明情况"的指示。

一束束电波飞过高山,越过大海,飞向遥远的印度洋。中国远洋运输总公司向其所属的分公司发出紧急指令:凡航行阿拉伯海和印度洋的远洋货轮要注意寻找"德堡"轮。

驾驶员们打开雷达,举起高倍望远镜……我国政府还通过外交途径委托英、美、法、日等国海空军和国际海上救援组织协助搜寻。

一架银灰色海上侦察机呼啸着离开亚丁机场。

一艘装备精良的海上救助搜索船驶离吉布提。

所有的报告都是一句话：不见"德堡"踪影。

一群发疯的女人聚集在景色如画的广州沙面海运大楼里，这是船员家属。

一个憔悴的女人仰天长啸："德堡"，我的亲人，你在哪儿？

一个可怕的梦

让我们将日历翻回八天——一九八六年六月十六日深夜。

天地间漆黑一片。印度洋咆哮着，就在几分钟前，它完成一次屠杀。五千吨的"德堡"轮被它吞没，如今躺在幽暗、深 2000 米的海底。唯一的遗物是一个六边形，橘黄色、像皮球似的气胀式救生筏在随波逐流。强大的西南季风呼啸着，卷起千层浪，筏里围坐着五个水淋淋、惊魂未定的男人。他们是"德堡"号的幸存者：二副王润平、机匠郭卫潮、水手长张周生、副水手长朱亮杰及一水郭德胜。

篷顶上二瓦干电池灯像鬼火似地照着东倒西歪的遇难者。张周生颓丧地坐在靠门的边上。这是个秀气的小伙子，身材虽不魁伟却矫健。他觉得这是个梦——一个可怕的噩梦。

他记得刚洗完澡，穿着汗衫短裤，在舱房走廊里同几个船员聊天。突然，船身一阵痉挛，主机熄火了。在这恶浪滔滔的大洋上，主机熄火,好似人被斩去双腿。

怎么回事?他问。没得到回答,人们谁都不知道是怎么回事。

哗!一个大浪从右舷扑向失去抵抗力的"德堡",船身剧烈地向左侧翻,而且再也回复不过来。

"糟糕!"恐惧的电流霎时传遍他全身。凭经验,他知道出大事了。他来不及穿衬衣,沿着陡峭的走廊登上主甲板,再爬上救生甲板。

船身倾角越来越大,海水像猛兽似的涌进机舱和船员舱室。因为过分倾侧,救生艇无法放入水中,船员们慌乱、惊恐……突然灯灭了,轰隆!一股巨大的水柱,"德堡"号坠入深渊,被海浪吞没。

一刻钟——仅仅一刻钟,一艘5000吨的庞然大物就这样消失了,消失得无影无踪。想起船长和失踪的伙伴,他不由得伤心地哭起来。

"老郭,主机怎么会突然熄火?"副水手长朱亮杰问机匠。五个人中只有他知道机舱间情况。

"鬼才晓得呢,"机匠郭卫潮忿然,"真他妈的破船,害人呀。"

机匠的气愤完全有道理。这艘船由东欧L国建造,作为还债物。L国属社会主义阵营,是所谓的兄弟。由于承建的船厂管理混乱,工艺技术落后,这条宝贝船自八三年年底动工,直至八六年一月才勉强完成。经检验,不少零配件不合格,有些根本无法使用。检验师和船长不愿接,但上面有领导指示:"着眼政治,要考虑友好关系。"迫于压力,检验师和船长只好勉强签字。

出航后机器故障不断。走走停停,停停走走,一般船从黑海到红海口印度洋，最慢航行十几天，"德堡"却花了两个月，其中因故障在吉布提停航修理五十九天。这不能不说是航海史上的奇闻。如今终于未能顶住印度洋的恶浪，葬身海底。

"我们要讲友谊，"张周生说，"可不能因为友谊而降低产品质量，尤其是船舶，那是要经受海洋风浪，关系到我们船员生命的。"

"这个问题回去后我们一定要向上面提出来。"机匠愤慨。

"你算老几？"朱亮杰讽刺他，"咱们小小老百姓，谁听你的。"

"可这教训是咱们海员用命换来的！"机匠愤怒。

二副王润平有气无力地说："别争了，还是省点力气，想想如何度过跟前的难关。"

二副的话提醒众人，大家检查筏里的救生用品。原本筏里储备的东西还是比较多的，但因救生筏被浪打翻，失落不少，如今只剩下一袋淡水（约1公斤），一大包压缩饼干（里面有八小包），外加六支救生火箭。

这点食物要养活五条汉子，完成不知何时方能得救的漂流，实在不可想象。经过讨论并一致同意，每人每天喝三口水，吃三小块饼干。这样的分配，饼干勉强可以维持八天，淡水最多两天。

在这炎热的印度洋上，水是最宝贵的，可是有啥办法呢？

水！ 水！ 水！

三天过去了，太阳像个大火球高悬天际，小小的救生筏像个蒸笼。五个人光着上身东倒西歪,仅有的那袋淡水昨天就已喝光。如今不仅没有补充反而大量消耗——汗水从身上沁出来,一个个口干舌燥,嗓子眼儿冒烟,肚子饿得咕咕叫。没有水,又硬又干的压缩饼干根本无法下咽。

水!水!水!

水手们心里呼叫着。望着眼前湛蓝、一望无际的海水,不由幻想,若是这水能喝,那该多好呀。

"看,那儿有条船!"郭德胜忽然叫起来。

好似一针兴奋剂,有的睁开眼睛,有的支起身子,果然三四海里外有一艘轮船,船身洁白,因距离远,哪个国家的船无法辨认。不管怎么说,这是救星,这是希望。

"快,放火箭!"二副大声。

水手长张周生取出火箭,"轰!轰!"两支火箭拖着耀眼的光焰飞向空中。

人们期盼着。

"轰!轰!"又是两支火箭飞向碧空。

就这样连放四支火箭,那条船竟然毫无反应,并且愈来愈远,最后消失了。

"唉!"一声痛苦的长叹。

"家里会想办法寻找我们的。"二副望着空旷的海面安慰大家。

"他们怎么知道我们在这里?"机匠舔舔干裂的嘴唇。

"按规定电台每天联系一次,德堡沉没四天了,这么长时间联系不上,家里能不发急?"二副分析。

这番话说到人们的心里。一双双充血的眼睛巴巴地望着海面和天空,心里祈求着:祖国,快来救我们呀。

可悲的是他们做梦也不会想到,他们的家里人——那些代表国家理应关心他们,对他们负有责任的家里人,由于笔者至今无法知晓的原因,将他们忘却了。想起他们来,还得再等四天! 他们若是知道这一情况,那是死也不会瞑目的啊!

望得眼睛酸涩,脖子僵直,除了波涛海浪,啥也没有。六人失望地合上眼,靠在筏上。那由于兴奋而暂时忘却的干渴的烈火重新点燃,并且随着身上汗液的排出,愈来愈强烈。

人的躯体是离不开水的。有人做过研究,一个健康的人只要有饮用水,可以一个月不进食;反之若没有水,7 天也难活,尤其是置身在这酷热的印度洋上。

死神像幽灵似的在水手们眼前晃悠。

水手长张周生知道海水不能喝,此时熬不住,下意识地喝了一小口海水,既咸又苦,根本无法下咽。常识告诉他,若是饮下去,无异是饮鸩止渴,只能加速死亡。这时他产生排尿感觉。小便本是件平常事,由于缺少水分,他们很少小便。他跪在筏上,用放钓鱼钩的小铁罐作容器,花了半个小时,好容易排出一点小便,还装不满墨水瓶,颜色像酱油一样。

他正想倒掉,脑子里忽然掠过一个念头:为啥不喝下去,也许能止渴。他送到鼻尖闻了闻,一股臊臭,但是为了生存,为了活下去,顾不了别的了。他屏着气，一口喝下去，尽管味道不佳，但冒烟的嗓子眼儿顿时变得滋润了。

"啊，伙计们，"他兴奋地喊起来，"刚才我喝了自己的小便。小便可以润喉解渴。"

几双闭着的眼睛都睁开来，疑惑地望着他。

"气味不太好闻，但是可以解渴救命，"张周生举着铁罐，"谁要解小便，拿着。"

嘴唇干裂得起疱的二副支起身子，接过铁罐。

"勇敢些，一口气，"张周生鼓励二副，"反正是自己的小便。"

二副皱着眉头，将铁罐送到嘴边喝了一些，还没咽下去便哇地吐了出来，连声："不行，不行。"

"我说不行嘛，"朱亮杰翕动着出血的嘴巴，嘶哑地说，"哪怕渴死，我也不喝这玩艺儿。"

机匠郭卫潮也不肯喝。

只有郭德胜学他的样。

"唉！"水手长轻叹口气。这种事情是不能勉强的啊。

死神的第一个俘虏

第六天。水手们仰望天空，万里无云，太阳仍然火辣辣的，没有一丝下雨的迹象。

由于严重缺水和酷热，人们的嘴唇全都干裂出血，声带充血嘶哑,发不出声音。身上长满脓胞,有的溃烂,发出恶臭。

"啊!啊……"副水手长朱亮杰嘴唇上沾满饼干屑,闭着眼睛,断断续续发出怪叫。昨天起他就神志不清,说胡话。

"啊!啊……"他边叫边抽搐。

"副水头怕不行了。"郭德胜低声。

"老朱,"张周生爬到朱亮杰身旁,"你醒醒。"

朱亮杰眼睛绽开一条缝,那吓人的目光使张周生打了个寒战。

"老伙计,你要挺住,"张周生知道,此时救他的唯一灵丹妙药是水——若是有一口淡水该多好呀。他将铁罐里积存的自己的一点小便送到朱亮杰嘴边:"老朱,别嫌弃,喝吧,喝了你会好。"

"回家——我要回家。"朱亮杰不肯喝,嘴唇翕动着。

"对,回家,咱们一起回家,"张周生鼻子发酸,喊着,"老朱……"

朱亮杰睁大血红的眼睛,再也说不出话……

"老朱……"

本来对死亡已有准备,可一旦死亡真的降临,人们又感到恐惧。

人们欲哭无泪。

救生筏很小,天又热,尸体必须赶紧处理。

"老朱,永别了……"张周生和郭德胜合力将朱亮杰的遗体移动到门口,使劲抬起来,丢进海里。

干瘪的尸体在海面上翻腾了一下,一群鲨鱼窜来,撕咬争夺,那情景触目惊心。

"坏蛋,恶棍,"张周生眼睁睁看着同伴的尸体被恶鲨肢解、吞噬,恨得咬牙切齿。可他干渴虚弱,无能为力。

副水手长的死对人们无疑是沉重打击,空气更凝重了。

"我们也……也快了……"二副颤声,他本来就瘦小,如今只剩下一把骨头,看上去怪可怜的。

"二副,别泄气。"张周生鼓励他。他觉得这样的情况下首要的是信心。身体可以垮,精神不能垮。

二副瞥一眼身边一动不动的机匠,吃力地说:"我也想活,可是……水头,我和机匠都不妙,看来只有你和小郭……"

"你别这样想,"张周生说,"挺住,我们一起回去。"

"谢谢你……"二副摇头,"水头,你一定要活着回去,让大家知道事实真相。"

"你放心,我尽力……"

"若是看到我爱人,就说我想她,对……对不起她,我……"

"二副!"张周生呼唤。

二副再也说不出话。

就这样,这位新婚不久的年轻海员也闭上双目,含恨死去。断气前他面向东北——祖国的方向,心里痛苦地呼唤:"同志们,你们在哪? 在哪? 为何不伸出救援之手啊?"

那些端坐在办公室里,身居高位,执掌大权,但是将他们忘记的同志,你们听到吗? 你们心里作何感想?

机匠早已不能动弹。埋葬二副的任务落在张周生和郭德胜身上。他俩的体力远非几天前,虚弱得抬手都吃力,别说搬动上百斤的尸体。

但遗体必须弄出去。

张周生抱头，郭德胜抬脚，两人费了九牛二虎之力，才将二副的遗体一点点地挪到筏门口，再抬起来放入海中，两人累得好半天都喘不过气来。

一群鲨鱼照例扑上来……

机匠平躺着一动不动。很明显下一个该是机匠郭卫潮了。

第二天清晨，张周生睁眼发现他身体梆硬，死了至少五六个小时。可怜机匠临行前竟未留下一句话。也许他不想说，也许无话可说，谁知道哩？

一个勤勤恳恳的老实人就这样默默地走了。他的沉默本身就是对那些嘴里喊着为人民服务，却高高在上、玩忽责守的官僚主义者的控诉。

张周生和郭德胜欲哭无泪，只能在心底为伙伴祝福，祝他们的灵魂脱离苦海，早日升天，到极乐世界去。

救生筏一下子少了三个人，变得空荡荡的。干渴像一只魔掌扼住两人的咽喉，窒息得几乎透不气来。身上的水分早已蒸发干，从毛孔里冒出来的是一种黏乎乎的油腻。

"水头，看来最终咱们俩也逃不脱……"郭德胜望着筏顶，嘴巴一张一合，应该说张周生是从口形而不是声音中听出他说的话。

"不，不……"张周生像吵架似的竭尽全力，大声争辩。他用了很大力气，但发出来的声音却像蚊子似的轻软无力。理智告诉他，他不想死，也不能死，他和小郭要活着回去。他要告诉人们印度洋上的这场悲剧如何发生，"德堡"轮沉没的真相，否则这将永远是个谜。但这只是个愿望，仅仅有愿望难以存活。

他需要水！

因为只出不进，他俩已经三天未排小便。好似一盏油灯，灯油已经耗尽，现在燃烧的是灯芯。

两天，最多再熬两天！张周生心里默想。到时无论他还是小郭先走，留下的谁都没有力量为对方送葬。日后人们在筏里发现的将是两具腐烂的干尸。想到这里，干枯的眼角隐隐浮起一层水雾……

他静静地、无可奈何地躺着，等待死神降临，不过这样死去他心不甘……

轰隆隆！骤然响起一阵沉闷的雷声。两人同时张开眼睛，只听篷顶上雨声像爆豆似的响起来……

"啊——"张周生大叫一声，也不知哪来的力气，倏地翻身坐起来，冲到帐篷口将半个身子伸出去，仰起头，张大嘴巴……

郭德胜也挤到筏口。

大雨哗哗下着，那清凉的甘露滋润着他俩干裂的肺腑和躯体。

救命的雨呀！

"好呀，太好啦！"郭德胜敞开喉咙狂呼。张周生也想呼叫，但他想起死去的伙伴，这大雨若是早下三天，那么二副、机匠和副水手长都能得救。为什么？这是为什么？他昂起头，仰望苍天。心里说着："老天爷，尽管你赐给我雨水，可我还是要诅咒你，诅咒你！"

老天好像特意安排似的,从此以后每天傍晚都要下一场大雨。他俩不仅敞开肚皮,喝个痛快,而且将所有能盛水的器具都装得满满的。

渴解决了,饥饿成为突出问题。清理剩下的压缩饼干,按最低标准每人每天吃一小块,只能维持一星期。

一星期以后怎么办? 老天只会下雨,不会下饼干。

真怪,没有水喝倒不怎么饿,如今有水,那种饥饿感反而更强烈了。

望着那小小的饼干,张周生真想一口吞下去,但是不行啊。他捏着饼干,用门齿,小心地一点点地啃、啃……为了不让碎屑漏掉,用另一只手在下面等着。一小块饼干分三次吃,吃了四小时……

吞吃飞鱼,海鸟,木头……

张周生望着帐篷上的印记:在这茫茫印度洋上他们已经漂流18天了。

尽管慢嚼细咽,那麻将牌似的饼干昨天全部吃完。

今天彻底断粮!

饥饿并不比口渴好受。胃一阵阵痉挛,身上直冒冷汗。两眼昏花无力,四肢酥软,连举手力气都没有。

张周生捡起角落的一叠饼干包装纸。这是一种涂蜡防水纸,他撕一条放进嘴巴,味如嚼蜡,但顾不上了。他分一半给郭德胜,好似吃美味佳肴,两人狼吞虎咽,不一会将包装纸全都吞下。也许有了东西,骚动的胃平静下来,但是不久,胃发觉是个骗局,比刚才骚动得更厉害,好似有一只手在翻腾,撕绞……

哪儿才能找到食物?

老天爷好似理解他们的心思,哗!随着一个浪头,只见银光一闪,两条小飞鱼从小门里蹿了进来,在筏底狂蹦乱跳。

两人呆了一下,随即像猫捉耗子的扑了上去,各人抓住一条。"这……"郭德胜看着手里的飞鱼,略有犹豫。

极度饥饿的张周生才不管哩,一口将鱼头咬下来,咀嚼着,接着三两口将小飞鱼吞下肚。尽管血腥气,但那味儿比包装纸好得多,可惜太少。

郭德胜将小鱼连皮带骨吃个精光。

……

又是难熬的一昼夜。那点可怜的小鱼早就消化得无影无踪,难耐的饥饿无情地折磨着遇难者。

两人眼巴巴地望着篷外面,老天爷再也不肯恩赐,飞鱼的影儿也看不见,只有那些凶狠的鲨鱼在海中翻腾。这些丧心病狂的家伙,从一开始就尾随不放,它们用背脊撞击筏底。咚!咚!那声音似乎说:"喂,你们快完了,我们等着哩!"

"真饿呀!"郭德胜手按着腹部,痛苦地呻吟。

张周生何尝不饿,他知道只有忍耐,否则越想饿越觉得饿。他用目光四处搜索,筏里没有任何东西可以吃。突然他眼一亮,只见一只黑色的海鸟停在筏门口,并且伸着脑袋朝里张望。

"小郭,你看。"他轻轻碰一下郭德胜。

郭德胜看见海鸟,精神陡然一振。他抬起身子伸出右手,那鸟儿大概飞累了,竟然一动不动。郭德胜一把抓住,这才挣扎并吱吱喊叫。

像茹毛饮血的原始人一样,两人将鸟儿撕开,一人一半,连毛带骨头全部吞下肚。一股难闻的血腥味让张周生差点呕出来,他极力忍着。只有一个念头:活下去,一定要活下去,返回祖国,回到亲人身边……

……

"爸爸……"胖嘟嘟的小女儿像花蝴蝶似的飞过来,"妈妈、奶奶都说你回不来了,我说爸爸一定会回来, 一定! "

"宝贝,你说得对,爸爸会回来。"他拥抱女儿,但是小家伙像条鱼似的从他手里滑掉…

"丽妮! 丽妮……"

张周生睁开眼睛,是个梦, 一个美好的梦。这几天一直处于昏睡状态,眼一闭就做梦,有令人高兴,也有叫人害怕的。他知道这不是好兆头。

四天前吃下那只海鸟,此后未曾得到任何食物。饿得实在熬不住,他俩将救生筏充气用的皮老虎上一段大约 10 厘米长的牛皮也吞下,再后来找到一只堵漏用的木头塞子。他知道不能食用,但还是一口一口啃着,吞进肚里。如今是再也没有一件东西可以放在嘴里吃的了。

郭德胜闭着眼睛,躺在他旁边。小郭也陷于昏迷状态,有一次竟然抱住他,说要吃他——当然这是说胡话,委实饿极了。

咚!咚!鲨鱼似乎知道他们的处境,凶猛地冲击筏底。

完了,一切都结束了!张周生叹惜。他痛苦的不是自身的死亡,而是辜负了伙伴们的嘱托。他和小郭的死,"德堡"轮的秘密将被埋葬。想起什么,他努力支起身子,用件旧汗衫,蘸了海水,将自己的面颊擦拭干净,再替小郭擦一遍。

他很想写几个字,可惜没有纸和笔。遗憾!只得将一件标有"中国广州德堡轮"字迹的救生衣叠好放在身边,随后慢慢躺下。

"再见祖国!再见亲人……"他在心里默念。他要让发现他们的外国海员看到:中国海员是好样的,死也干干净净,体体面面。

……

"嘟!嘟……"

下意识中他听到一阵汽笛声。那声音很响,也很近,像似"德堡"轮的。但另一个意识告诉他:不可能,这不可能。"德堡"早就沉没了。但是笛声却那样响亮,嘟!嘟……而且还有人用英语大声讯问:"喂,里面有人吗?"

这是梦,可又好像不是梦。他艰难地睁开眼睛,天哪,他看到什么呀。一条银灰色的巨轮像城墙似的耸立在眼前,船尾悬挂着日本国旗。

啊,不是梦,这不是梦!一股不可思议的力量,他猛地挺起身子,举手高喊:"我们……我们……"

他昏厥过去。

不是结尾的结尾

救他们的日本货轮是三井丸,地点在马尔代夫北面密纳库岛附近,时间是一九八六年七月十日,也就是说他们在印度洋上拼搏了二十四天,漂流一千多海里。这不仅在中国航海史上前所未有,世界航运界也罕见。素以吃苦耐劳、勇敢无畏著称的日本海员也大加赞叹,为此他们怀着钦佩的心情,给予张周生和郭德胜以特殊的关怀和护理,并专程送至新加坡。

他们觉得这不仅是中国海员,也是他们和世界所有的海员的骄傲。船长白木昀治说:"你们在日本毫无疑问将成为英雄,报纸和电台、电视台的镜头都会对准你们。"

我们也是崇尚英雄,倡导精神文明的国家。死是容易的,某些时候活着比死亡更难熬、更痛苦。他们这种强烈的生命意识,顽强的拼搏精神,不仅需要,而且对我们所有青年人,以及振兴中华都有积极意义,理应宣传表彰。但奇怪的是他们不仅没有受到表彰,上层的某些人用手中的权力,千方百计将这此事捂着,不让采访,不让宣传,甚至不让作家、记者会见这两名幸存者;而且连"德堡"轮失踪8天才向国务院领导报告这样大事也都捂着,不让外界知晓。

重大事情要让人民知道,谁也休想一手遮天!

人血不是水，"德堡"轮的幸存者创造了奇迹，也带来一连串巨大的问号。

（原载 1987 年 11 月 20 日《青年报》广角镜副刊）

我修改样板戏《海港》

〰〰〰〰〰〰〰〰〰〰〰〰〰〰〰〰〰〰〰〰〰〰〰〰〰〰〰〰〰〰〰

　　"文革"中，在大陆的中国人几乎都看过样板戏。当时流传一句民谣：八亿人民八个戏。这八个戏就是"文化大革命"旗手江青亲自树立的所谓革命样板戏。

　　它们是京剧《红灯记》、《沙家浜》、《奇袭白虎团》、《智取威虎山》、《海港》、《龙江颂》，以及芭蕾舞剧《白毛女》、《红色娘子军》。泱泱大国，巍巍中华，数千年灿烂文化竟然只剩下八个戏，听来似乎是笑话，然而这却是历史事实。

　　样板戏是中国文化史上的怪胎，是中国历史也是世界历史上奇特而又罕见的现象。我当年根据最高指示曾参与《海港》剧本的修改，是所谓的样板戏编剧。为改这部戏，从 1967 年 2 月至 1969 年 4 月两年多的时间，我泡在上海京剧团里，在"四人帮"军师张春桥的直接指挥下进行修改，其酸甜苦辣难以言说。

　　这是一段难忘和鲜为人知的历史，朋友们劝我写，但由于种种原因一直未曾提笔。上世纪 90 年代初期,我旅居美国,曾给一家中文刊物谈过有关修改《海港》的情况,他们很感兴趣,予以刊载。2001 年回国,此事也就忘了。想不到 2006 年 8 月,《书屋》杂志却登载了一篇我署名的《我参与修改样板戏〈海港〉始末》。

我非常奇怪,我不知《书屋》,更未给他们投过稿。经向编者询问,对方告知系深圳一位刘姓读者推荐。我问刘某,他说他在国内外好几家网站上看到,觉得很好,便推荐给《书屋》,未经我同意表示歉意。如此也就罢了。近来整理往日文稿,对史实和文字作了必要修改,现奉献给读者,同时也供史学家参考。

从牛鬼蛇神突变成样板戏编剧

中国有些事儿近乎天方夜谭,你无论如何都想象不到。1967 年 2 月,"文革"最疯狂最喧嚣的时候,到处是夺权、抄家、批斗。当时我在上海港务局宣传部任创作员,编写港史。我父亲在香港任建筑工程师,普通百姓,但毕竟在香港,是海外关系。加之我"文革"前好舞文弄墨,发表过小说、散文,并出版过一部小说散文集,虽然在文艺界排不上号,但在港务局四万职工中却引人注目。1966 年 6 月"文革"一开始,我就首当其冲被打成"反党反社会主义分子"、"黑线宠儿",被强迫下放到码头上劳动。过了约半年,王洪文一伙夺权,上海市革命委员会取代市人民政府。人们敲锣打鼓,我作为"牛鬼"只有默然一旁看的分。

一天，我们一批"牛鬼"正在十六铺码头劳动，拉老虎车，领队通知我到局军管会去（因为海港机场是要害单位，"文革"开始便实行军管）。我未免紧张。军管会找我干啥？难道要抓我？但也不像，若抓他们会派人带着手铐来，不会让我自己去。那又是为什么？

　　我实在想不出来，心里 15 个吊桶打水七上八下。怀着忐忑不安的心情，我走进海关大楼军管会办公室。对我们这号人，军管会干部以往总是板着脸，以示立场坚定界限分明。那天却分外客气，不仅让座倒茶，而且由原任上海警备区参谋长的军管会主任蔡群帆亲自接待。

　　"你看过样板戏《海港》吗？"蔡主任问。

　　"看过。"我说。

　　"听说《海港》要修改，市革会指示调你去《海港》剧组修改剧本。"

　　"什么？调我去《海港》剧组？"我以为自己在做梦。谁人不知样板戏由江青亲自领导，样板组属中央军委编制，被称为无产阶级文艺战士，而我一个牛鬼蛇神……

　　"这是春桥同志的批示，"主任看出我的疑惑，加重语气，"至于你的问题我们查过了，属说过一些错话，做过一些错事，根据《十六条》，（《中国共产党中央委员会关于无产阶级文化大革命的决定》）精神，只要认识就好。希望你好好干，不要辜负无产阶司令部的期望和信任。"

　　就这样我一步登天，从牛鬼蛇神一下变成无产阶级文艺战士，真是滑稽。

这一切是如何发生的呢？事后了解，原来几个月前毛泽东看了《海港》。这是八部样板戏中唯一反映当代工业战线生活的戏，主题思想是毛的一贯教导：千万不要忘记阶级斗争。剧情很简单，讲述一个码头工人出身的青年韩小强，由于受资产阶级思想严重的仓库管理员钱守维的影响，工作不负责任，以致发生差错，后在党支部书记方海珍和老工人马洪亮"忆苦思甜"的帮助教育下转变过来。原来的钱守维，按政策划应分属人民内部矛盾。毛主席看后说："可将钱守维改成敌我矛盾。"其目的是进一步突出阶级斗争。

毛的话是最高指示，必须坚决执行。要执行就要修改剧本，江青将修改任务交给张春桥。改剧本得有编剧，张春桥不可能自己动手。该剧原来的编剧何慢、郑拾风进了"牛棚"，另一编剧是著名诗人闻捷，上面认为也不能用（此人后来自杀），因此只剩下原淮剧编剧李晓明。

李表示他缺乏码头生活经验，无力单独承担修改任务。根据这一情况，张春桥指示当时主持上海工作、人称徐老三的市革会副主任徐景贤，让他遴选一名既熟悉海港生活又有创作能力的作家进剧组修改剧本。徐景贤原是市委宣传部文艺处的干部，熟悉上海的作家，他看过我的作品，写过评论文章，其中有重大影响的是1962年毛泽东《在延安文艺座谈会上的讲话》发表20周年，他写的刊载在《解放日报》上的重头纪念文章《上海工人作家的成长道路》，重点评论了我和胡万春、唐克新、肖木、周嘉俊等人的作品。他觉得我比较合适，于是上报张春桥。张春桥以前在一些会上见过我，也知道我,他同意了。于是一夜之间,我从地狱升入天堂。

当时样板剧组文艺界称之"板儿团"。八个板儿团分别以八部戏命名。《海港》和由童祥龄主演的《智取威虎山》,这两个团基本由上海京剧院人员组成,但不属京剧院领导。《威》团由美工师胡冠时负责,《海港》的头头则是演主角方海珍的李丽芳,他们的上级则是原上海音乐学院民乐系教师、《海港》作曲、当时的上海市文化系统革委会筹备委员会负责人、后任中央文化部部长的于会泳。

于会泳是山东人,和江青同乡。此人虽说有音乐家才华,却缺少音乐家的风度,一张大黑脸长满疙疙瘩瘩,可以说其貌不扬。剧组里有人背后喊他于大麻子。这个于大麻子眼里不仅没有徐老三,连张老大也未必放在心上,他直通江青。

毛泽东一贯强调革命的两杆子(枪杆子、笔杆子)。为了让我意识到自己的身份,入团第一天,团部就发给我两套簇新的三合一黄军装,外加一件棉大衣,这叫板儿服。这是当时文艺界最为羡慕的。

此外就是"洗脑",听取和学习"旗手"江青同资产阶级文艺路线进行斗争、树立革命样板戏的丰功伟绩。

为吹捧江青,团里的人都称江青为样板戏第一编剧,第一导演,样板戏属江青,江青就是样板戏。

其实这是弥天大谎。像她这样公然、毫无顾忌地将别人的创作成果改改弄弄就据为己有的文艺扒手,全世界绝无仅有。八个所谓样板戏全部如此。《智取威虎山》是根据小说《林海雪原》改编,"文革"前就有同名电影和京剧;《红灯记》原名《自有后来人》,早已拍成电影;《沙家浜》改自沪剧《芦荡火种》;《龙江颂》改自闽剧《龙江之歌》;《海港》则源于淮剧《海港早晨》;《红色娘子军》也早有电影;《白毛女》更是家喻户晓的老戏。这样一些早已被社会公认的作品,一下成了江青的作品。为了给抢夺正名,江青先抛出一顶大帽子,说这些作品都是文艺黑线的产物,有这样那样的问题,有的甚至被说成毒草。否定之后,江青又祭出"三突出"法宝,即作品中要突出正面人物,正面人物中突出英雄人物,英雄人物中突出主要英雄人物。

像裁缝改衣服一样,江青组织一些人,根据"三突出"原则将上述作品修修改改,填填补补,再换个名字,如此原来的"邪戏坏戏"就都脱胎换骨,成为"样板",而且不许说是改编的,不许提原作及原作者的名字,一律冠以"集体编剧",换句话说编剧就是江青。

为了维护样板戏,江青和张春桥甚至动用子弹和刺刀。就在我进《海港》剧组时,上海郊区就曾发生一起因演样板戏而送命的事情。当时因无其他戏可演,大小剧团均演样板戏,奉贤县一剧团演《智取威虎山》,演出时未按江青指定的剧本,为吸引观众,加了一些噱头,被说成是破坏样板戏,为首者被判处死刑立即执行。

因演戏而掉脑袋世界罕见吧?所谓样板戏就是这样诞生和确立的。

这一切都提醒我:必须兢兢业业,谨慎小心。其实这是在搞政治,不是在搞戏。为了笼络大家,让我们死心塌地紧跟,江青亲自指示有关部门,对样板团生活要特别照顾。当时中国经济十分困难,老百姓生活困苦,一般职工每月工资才三四十元人民币,肉、鱼、鸡、蛋等各种副食品全部都凭票供应。上海一个人一个月只配给一斤鸡蛋、一斤半猪肉,外地更差。而我们每人每天伙食费就有两元(演出夜餐费另加),每天大鱼大肉,人们称之为"板儿灶"。

对我们这支文艺军,各地军政首脑都奉为上宾,不敢怠慢。我们常到外地演出,每到一地,当地党政一把手均亲自赴机场或火车站迎候。最初我奇怪:这些大官怎么如此看得起我们这些唱戏的?

后来我方明白他们迎接的不是我们,而是江青。对样板团的态度也就是对旗手的态度,江对此十分重视,有一次我们到辽宁慰问演出,陈锡联只派军区文化部长接机,江青知道了很不高兴,认为陈对样板戏看不起,吓得陈连连检讨,从此没人敢怠慢。

每个人都有思想,为了便于掌握,板儿团内部采取特务式监控。1967年4月12日,上海发生著名的"四·一二炮打张春桥"事件,一夜之间,上海的大街小巷贴满了炮打张春桥的大标语和大字报,将张的老底都端出来,言之凿凿,气势吓人,上海滩议论纷纷。

作为板儿团嫡系,我们当然不会卷入其中,而且连想也没想过。我只不过早晨骑自行车上班路过静安寺时,看到街上有很多大字报,我停下来稍微看一会儿,回来说了几句。这是很平常很自然的事,却被人密告上去,并由《解放日报》某记者写成"内参",说我"停下剧本创作,上街看大字报","对无产阶级司令部思想动摇",试想这多可怕啊!

夜见张春桥

修改剧本在长乐路一幢小花园洋房中进行。该房原是上海京剧院院长、著名艺术家周信芳的家。1966年"文革"开始,周信芳被揪出来扫地出门,后周自杀,该房也被充公。

修改由我执笔,李晓明、李丽芳、朱文虎等主要演员组成创作集体,讨论修改方案。最高指示就是一句话,"将钱守维改成敌我矛盾",怎么改就看我们。

经反复讨论确定一条原则:既体现落实主席指示,又不伤筋动骨。原则好定,具体体现就不那么容易了,得有好点子。这一任务责无旁贷落在我肩上,我深感压力。

我分析剧本情节、人物、矛盾冲突,特别是钱守维这个人物。原来的钱守维用党的话说属旧社会留用人员,未经好好改造,因而思想落后,腐蚀青年,属思想意识问题。改成敌我矛盾势必要有"反动动机"、"蓄意破坏"而造成"严重后果"。根据海港生活实践,我保留了钱守维的"身份",但由于他历次运动中受到冲击,因而心怀不满,不仅腐蚀拉拢青年,而且收到当天傍晚将有雷阵雨的气象预报故意隐匿不报,从而造成露天堆放的出口粮食受到损失。如此钱守维就从原来的思想意识问题变成敌我性质的蓄意破坏,既落实了毛主席指示,又不致伤筋动骨。有人认为这主意好,有人觉得不理想,可又想不出更好的办法。经过近两年的讨论、修改,最后定稿,拍摄成电影时还是采用了我这一方案，这是后话。

集体讨论定出方案后还不能动笔，其程序是先得向于会泳汇报，于点头后我方才提笔。通常二十天左右我按提纲写出修改稿，在创作组传阅通过，再送交康平路中共上海市委办公厅印刷厂排印，呈徐景贤、张春桥和中央首长审阅。

徐景贤作为作家，对创作内行，但他深知剧本的分量，从不表示意见，哪怕片言只语，而是转呈张春桥，由张定夺。我们只有耐心等待。张春桥是"四人帮"的核心人物、当时任中央文革领导小组副组长，操纵领导全国"文化大革命"，我心想他哪有心思过问剧本？但是我们估计错了，张春桥对此十分认真。就在徐景贤将剧本送给张一个月不到，一天晚上十点多钟，我刚上床入梦——当时国内既无电视也没有书看，又无其他文化活动，老百姓天一黑、吃罢晚饭早早上床睡觉——忽听得乒乒敲门声。当时社会乱得很，红卫兵、造反派，甚至阿猫阿狗随便什么人胳膊上套上个红袖章，无需任何法律手续，就可光顾你家，抄家抓人啥事儿都会发生。我虽说进了板儿团，穿上黄军装，但老爸终究在香港，有所谓海外关系，时时觉得自己是异己软档。这深更半夜敲门更使我胆战心惊。

我扭亮电灯，壮着胆子问："谁？什么事？"

"我——剧组的。"来人说。

打开门一看，原来是剧组工宣队负责人，他通知我："立即到康平路去，春桥同志接见。"说罢便气喘吁吁踩着自行车走了，再去通知别人。

类似情况后来有过多次。每次都是深更半夜,临时通知,当时绝大多数人家家中都没有电话,苦了跑腿的工宣队。接见地点一般在康办,有时也在锦江小礼堂。出席对象除我和李晓民,还有李丽芳等以及剧组工宣队和军宣队负责人。陪同张春桥接见的有徐景贤和当时市革会一办(主管文教卫生系统)头头缪树珊。

以前有几次在作协开会我见过张春桥。张春桥话不多,音调也不高,总是冷冷的,而且两只眼睛从镜片后面盯着你,闪烁着阴沉的光芒,让你心里凉飕飕的。"四人帮"中江青、姚文元、王洪文我都见过,只有看到张春桥有这种感觉,难怪有人说张春桥阴险厉害,此话不假。

深夜召见主要了解剧本修改情况。有一次张春桥竟然向我发难。他冷冷而嘲讽地说:"张士敏,你很有创造性呀!"他指的是某一稿中我们将剧中人物装卸队长赵震山改成"走资派"。

按《十六条》标准,处级以上当权派才够"走资派",实际生活中码头上装卸队长充其量只是科级干部,不够格。但这并非我的发明,而是于会泳的主意,其目的是加强矛盾冲突,对此我是不同意的。

于说:"生活是生活,艺术是艺术。如果样样都依照生活就没戏了。"

这说法不无道理,可这是样板戏,不能胡来,但胳膊拧不过大腿,我只能按照于的主意,进行修改上报。

想不到这事如今张春桥算在我的账上。与会者目光都瞅着我,气氛凝重。我心里很矛盾:讲?还是不讲?讲了于会泳可能会不高兴；不讲自己背黑锅，我承受不起。权衡之后我决定实事求是，如实汇报。听说是于的主意，张春桥不吱声了，但他强调：样板戏要处处是样板，矛盾冲突、人物安排不仅要有生活真实性，还要符合党的政策。像这样的接见，作为剧组领导、《海港》作曲，于会泳按理应参加，但他从不出席。当时我纳闷，后来我才知道，"四人帮"也是帮中有派，于会泳直通江青，根本不把张春桥、徐景贤之流放在眼里。

江青看戏

我学习写作多年，虽无佳作，但从来没有像写作《海港》这样艰难和痛苦。一两个月要改一稿，有时只改几句对话、一段唱词，但每稿均送康办由印刷厂打印送审。人家说著作等身，而我是《海港》剧本修改稿等身——从开始到结束，打印稿叠起来比我人高，真是消磨时间耗费精力。须知并非《海港》这样，其他几个样板戏《红灯记》、《沙家浜》、《龙江颂》等均如此。创作人员长年累月，反反复复，没完没了改了又改，每个戏都花好几年。对此江青专门有个谈话，她说："好戏都是磨出来的，人家说十年磨一剑，我们要十年磨一戏，你们还不到十年，不要怕磨，不要怕花工夫。"

好家伙十年！慢慢磨吧，反正当时也没啥作品好写，写了反而容易惹祸，遭批判；再说一天两元多板儿饭，不吃白不吃。就这么耗着。

创作需要的灵感、诗意和激情，在此完全不存在，像木匠打家具，按客户的意见行事，你说长，我锯短一些；你说糙，我刨刨光，就这样磨呀刨呀，经过一年半的时间，无数次修改，1968 年 8 月，张春桥终于认可修改稿批准彩排，9 月底进京向江青作汇报演出，最后由江青定夺。

我终于松了一口气。9 月中旬我们来到北京，对板儿团来说北京是娘家，每年都要来此汇报演出。这次不同，特别于我，这回是按最高指示，由我执笔修改的剧本向旗手汇报。

剧组里人大多都见过江青，我却是第一次，怀着一种新鲜好奇的心情。这女人到底什么样子？和电影照片上有无区别？听说她很难侍候，爱挑剔找岔子，这样修改她是否会认可？我忐忑不安，浮想联翩。

演出场子安排在人民大会堂，当时这是北京最好的剧场。因为是修改本汇报演出，所以不对外公演，只是内部招待部队和工农劳模先进人物。9 月 22、23 日连演两场不见旗手踪影，24 日休息。再过几天就是国庆节，江青和中央的头头们肯定很忙，人们纷纷猜测，有人认为旗手会来，有人认为不会来。其实这些想法都没有根据，向上面打听也不得要领。9 月 25 日晚继续演出，这天是招待解放军三总部（总政、总参、总后）。也许是我敏感，我觉得大会堂的警卫似乎比往日增多，全部荷枪实弹、神态威严。观看演出的解放军也比往日到得早，提前半小时全部列队进场，一个个身穿新军装，手拿红宝书，胸前戴着毛主席像章，进场完毕不许走动，此起彼伏地唱着流行的毛主席语录歌。同时我们剧组也接获通知：进场后不许出去。

以往剧场总给我和导演在七排当中留两个座位，那天却挪到十排边上。这一切迹象显示：旗手今晚降临。进剧组后我跟随活动，就这么个戏，我几乎看了上百遍，天天看难免腻味，有时开演后尤其到一个新城市，我就和剧组的医生到剧场外面逛一圈，演出结束前回来。那天我却老实实坐在分给我的靠边的位置上。开演时间七时十五分，但过了五分钟仍无动静，我瞅着前面空着的四五排座位，心想旗手不要放"鸽子"。当兵的一个劲儿地唱着语录歌。

又过了约五分钟，全扬灯光突然大亮，我心里咯噔一下，只见一伙人从前方左侧门道里缓缓走进，为首者正是江青，身后跟着张春桥、姚文元，以及陈伯达和康生，再有就是部队将领。江青向我这边走来，愈走愈近，我目不转睛地看着这个中国乃至世界瞩目的"红都女皇"。她身穿一身合体的时髦的黄军装，头戴军帽，头发藏在帽子里，瘦高个儿和可以作为招牌的略长的下巴，给人留下深刻的印象。白皙的脸戴一副细黑框眼镜，腮帮微微塌拉下来，显出老相。

"向江青同志学习！""向江青同志致敬！""文化大革命万岁！""毛主席万岁！"……场上口号声震耳欲聋。江青含笑挥手走进座位，其余人也循序进入，张春桥、姚文元坐在她左首，右边是康生、陈伯达等。于会泳则屈居江青身后。演出中我不时侧目看前方江青的背影。

坦率地说，不仅现在，当时对这位旗手我既不崇拜也不敬仰。作为上海人和上海作家，我知道江青的底细。上世纪三十年代，她上海拍电影起家，我听不少人——有些还是当事人，谈过她的风流韵事。我奇怪的是，尽管她四十年代就成为主席夫人，但几十年来却默默无闻安于寂寞,怎么"文革"后一夜之间,好似原子弹爆炸,她名扬四海灿烂辉煌?对一个女人和三流影星来说,这不能不说是奇迹和本事。当然我也不无自豪。不管过去三流也好四流也罢,在上世纪六十年代的中国,她却是至高无上的"文革"旗手,独一无二的"红都女皇"。多少人想一睹风采而不能。我见到了,而且她看我修改的戏,心里未免得意。

演出结束,江青上台接见主要编、导、演,我们排队,我以为她会发表对戏的意见——她是很喜欢讲话的。也不知是没时间还是什么,那天她竟一言未说,只用她那尖细有着山东腔的声音说:"同志们,谢谢你们。"然后伸出细白的手和大家握手。与其说是握手,不如说是将手赏赐给对方。怕碰坏名瓷似的我轻轻、小心地握了一下,那种说不出的凉丝丝、滑腻腻的感觉至今仍留在记忆里。

上国庆观礼台

见了旗手,听她说"谢谢"。我想这似乎意味着她认可剧本的修改?没人表态,但我觉得应该是,自我满足,我如释重负。

接下来是 10 月 1 日国庆节,登上观礼台不仅是我,也是剧组全体人员共同盼望的。在中国,国庆节能上观礼台的,除中共高级领导人,再有就是重要外宾和著名劳模先进工作者,我们能否有此荣幸?我们猜测着、期望着。9 月 30 日晚终于接上面通知:明日上观礼台参加观礼,而且是全体成员包括服装道具和打字幕的。从这一点也证明板儿团的地位。

第二天清晨天不亮就起床——有人几乎彻夜未眠。当时还没有现在的安全检查仪器，我们依照上面的通知将身上的小刀、指甲钳、火柴、打火机都取出来留在宿舍。为减少上厕所，只啃干馒头，连水也不敢喝。

庆典十点才开始，我们八时之前就上观礼台口站队。观礼台以天安门城楼为中心，左东右西，我们在东四台，距离城楼四五十米，相当近。凭栏远望，眼前的天安门广场万头攒动，人山人海。比较多的是大中学校红卫兵，此外就是工人、农民、解放军。整个广场排满了人。有人说一百万人，有人说不止。就算是前者，请想想一百万人聚集在一起挥舞红旗，欢呼喊叫，那将是什么场景，何等壮观啊！我在电影画面上曾见到过，但电影毕竟是电影。身临其境，亲眼目睹完全是另一回事。

太阳冉冉升起，广场灿烂辉煌。十点钟，毛泽东在林彪、周恩来的陪同下登上天安门城楼，大喇叭响起《东方红》。似飓风掠过海面，似狂风掀动草原，广场上的人海掀起巨澜狂涛，"毛主席万岁！"随着地动山摇的呼喊，人们边挥舞红旗、语录，边欢呼跳跃。那种疯狂、激动、崇拜，难以用语言来形容。

就在这种超乎神灵的顶礼膜拜中，毛泽东举起大手，轻轻、缓缓地摇动着，从城楼左边走到右边，再回到当中。随着他的挥手，欢呼声一浪高过一浪，我看见许多人热泪盈眶，其实何止场上的红卫兵，观礼台上我身边的很多人也眼泪汪汪。也许缺乏阶级感情,我没有哭,但心里也有着说不出的自豪和激动——我见到了伟大领袖。

又变成牛鬼蛇神

北京汇报结束,回到上海便筹组拍摄电影——每个样板戏程序都如此。拍电影首先要导演。当时电影界一些著名导演差不多都进了牛棚。一次夜晚在锦江小礼堂的会上,张春桥问一办头头谢晋的情况。一办头头说谢还在五七干校劳动,张问谢到底有什么问题?对方讲了解放前一些历史情况,也没说出啥要害。

张春桥听后果断地说:"让谢晋上来,让他导演。"

就这样谢晋被启用。

作为编剧,我的任务应该说完成了。但对我今后去向也没人说起。别人不关心我得自己关心自己。从混日子来说,应该是蛮不错的,穿着样板服,吃着样板灶,无所事事。但我想,作为一个外来人我不能总这样,唯一办法是走于会泳的门路。

在这里我得说说于会泳。撇开政治,从艺术上说我觉得他是有音乐才华的,尤其是民乐根底很深,《海港》的一些音乐和唱段相当优美。当时他是我的直接领导,我俩天天见面,而且我们都住在静安寺附近。他比较忙,早晨来得晚,我从静安寺买些早点带给他。我俩私人关系还是不错的。

当时传出于会泳赴北京荣任要职的消息(后宣布任国务院文化

部部长），一些对样板戏的有功之臣都走于的门路，根据我的贡献和能力，按说也应弄个一官半职。有人让我找于会泳走走门路，我摇头。不是我不想当官，而是我觉得不可能。首先我出身不好，还有海外关系，进板儿团已经是做梦拾着金元宝，再往上爬就有野心家之嫌了；此外上次我向张春桥如实汇报了我和于会泳修改剧本中的分歧，事后于虽然没说什么，但我猜测他心里不会高兴，他不可能提携我。而且奇怪的是此时剧组内又调进新人。其中有导演马科（后导演京剧《曹操与杨修》），还有上海人艺的编剧王炼（话剧《枯木逢春》编剧），以及戏校毕业的青年编剧黎宗城。原来导演只有张鸣义，不太著名，现在增强导演力量可以理解。但再增添编剧那就费解了。是否还要修改剧本？也没人对我说这些。重要的是我已经兴趣索然，你们再怎么改、再怎么折腾与我无关。心想你们让我走还不如我自己走。1968 年底，我给徐景贤写了封信要求回海港。过了大约两个来月，1969 年 4 月一天，徐景贤来剧组看戏，结束时在后台接见了我。

他肯定我在剧组的工作，说作家离不开生活，你这个要求是对的，两年来你对样板戏《海港》作出了贡献，党和人民不会忘记你的，等等。

我回到海港向军管会报到。这次蔡主任没有那么热情了，一脸严肃地说："本来我们对你寄予很大希望，可你……"

我问："我怎么啦？"

他说："你被剧组开除了。"

"什么？"我几乎跳起来。

"你看这个。"主任递给我一份材料，那是剧组对我的鉴定，上面写着：政治立场有问题，"四·一二"炮打中曾动摇。还有对样板戏缺乏感情，说《海港》平淡无味、不吸引人，实际上是攻击样板戏"，等等。看后我怒不可遏。

我说："首先我没有参加炮打，第二我对《海港》剧本修改是尽了责的，别的不说，现在的定稿本就是采用了我的方案，对此领导有公正的评价，徐景贤同志曾当面表扬。我给他们看了徐景贤接见我的谈话记录稿。蔡主任无言以对，但我还是被下放到码头劳动，而且活儿比以前更苦——铲煤炭，一天下来满头满身全是煤炭，连鼻孔、耳朵、眼睛都是黑的。这样我又变成牛鬼蛇神。从修改样板戏的有功之臣变成破坏样板戏的罪人。天下还有比这更荒唐、更可笑的吗？

1976 年 10 月"四人帮"被粉碎。"四人帮"下场不用说，其手下一伙也树倒猢狲散，于会泳自杀，那些鞍前马后抢着替他开车门拎皮包的司、局长，一个个被揪回上海成了"说清楚对象"。

我还是我。

文化部发文为我平反，摘掉所谓"破坏样板戏"的帽子。我觉得这并不重要，重要的是由此我更加理解生活，懂得人生，加深了我对自己和我们民族的认识。塞翁失马，焉知非福？

（原载《书屋》杂志 2006 年 8 期）

后　记

这里汇集了几十年来我在报刊上发表的散文和报告文学作品。

这些不仅是纸上的文字,也是我人生的足迹。

耄耋之年,垂垂老矣,但翻阅这些作品,我似乎又回到那热情澎湃、天真无邪的岁月。怀着一颗年轻火热的心,我去海港工地、三峡航道、盐场、捕鱼船队、孤岛灯塔、大庆油田,以及海南岛的五指山。说实话,那时的人朴实、纯真,我也同样如此。我满怀热情地呕歌他们,用诗意的笔触抒写描绘他们。我完全是个孩子,纯真幼稚,却是真诚无邪,不含杂质。

弥足珍贵的感情呵!

上世纪 80 年代改革开放,中国社会发生了巨大的变化,这引起我的关注。我深入到上海新客站工地,写成报告文学《上海的大门》,发表在《解放日报》上。我深入到地下,访问延安东路遂道的施工现场,写成《地层深处的报告》,在《文汇报》上刊出,后来上海电视台又将其拍成电视剧。

对生活中涌现的那些全心全意为人民服务的先进人物，我视他们为学习的榜样。我走访了当时著名的上海市先进单位——宁海东路菜场，写成《菜场奏鸣曲》，获《文汇报》优秀短篇报告文学奖。

我还访问了当时上海北站的优秀三轮车工人，其中有一位能将外地来上海寻亲、只有手掌心里写着"00路大树下16号"几个字的旅客，带到他的亲人身边，散文《路》因此写成，并被选为"一代新风"优秀作品；上海评弹团著名艺术家唐耿良先生还将此文改成评弹，受到观众好评。

在这本书里，我还缅怀了生活中平凡、默默无闻的的人，如《泥土》中的老黄，他谙熟古典文学，而且通晓英、日、德文。尽管才华横溢，但他从不钻营，安于寂寞，做机关图书管理员。他每月将工资的一半，寄给北京的母亲，是个难得的孝子。可就是这样一个人，却死于违反交通规则的司机的车轮下，实在可惜。

上世纪90年代初，我离沪赴美，书中有些文章记录了我在美国的生活，以及周游其他一些国家的足迹。

生活中充满阳光，但也有许多见不得阳光的阴暗角落。我这人说不上嫉恶如仇，但对那些卑劣、阴暗的东西也深恶痛绝。

1986年夏，我获悉一个惊人的消息：广州海运局从国外购买的一艘5000吨新船"德堡"号，首航返国途中，于1986年6月16日在印度洋沉没，当时船上35名海员中，有33人遇难，仅剩两人在海上漂流24天，靠喝自己尿液，吃飞鱼、皮革，甚至啃木头存活了下来。

听海运系统的朋友说，德堡轮是由罗马尼亚建造，作为偿还债务进口的。该船在厂里造了近三年，由于质量差，不合要求，船长和检验师不肯签字，拒绝接收。但国内有领导同志强调"着眼政治"，该船只得接收下来。就是这样一艘"政治船"，在从黑海康斯坦察到红海口印度洋，一般船只须航行七八天，它却走走停停，整整花了59天，速度堪比蜗牛。尽管如此，最终它还是未能抗拒印度洋的风浪，葬身在了印度洋。更令人不可思议的是，直到德堡轮沉没8天后——1986年6月24日，有关部门才向国务院领导作了汇报，请求国际搜索救援。然而一切都为时已晚，太晚了！

草菅人命的官僚主义，33名船员丧命，这绝对是特大新闻。不用说，新闻媒体都想报导。但广州海运局党委说：根据中央有关部门指示，此事关系重大，新闻媒体不得报导。

想不到死了这么多人，还要封锁消息，我当时非常气愤，决定尽自己的能力，撞一撞这个禁区。我赶到广州，冲破重重阻力，找到了那两名幸存的海员。我依据他们对自己九死一生经过的讲述，写成了报告文学《印度洋幸存者》。有媒体看了后觉得好，却也有所顾忌。《青年报》到底有青年人的朝气和勇气，此文于1987年11月20日，率先在该报的《广角镜》刊出，并引起巨大反响。不少报刊进行了转载，许多读者纷纷来信，慰问幸存的海员，声讨漠视人命的官僚主义者。为赓续者，《青年报》还刊发了上海作协张健文先生写的报告文学《难产》——《印度洋幸存者》采写内幕。

　　至于《我修改样板戏〈海港〉》一文，是对过往的那段奇特历史的见证，人们可以从中窥探当时中国社会和文艺界的一些怪现象，同时也提供给史学家作佐证。

　　最后我要感谢赵丽宏先生作序。丽宏是我多年相知，也是我敬重的散文大家。

2015 年羊年春节